新人生

Yeni Hayat by Orhan Pamuk

奧罕・帕慕克——著

蔡鶥如——譯

媒體評論

帕慕克的生花妙筆，讓推理驚悚與浪漫愛情故事，完美結合一體。主角對身分的恍惚，與土耳其身處亞歐非交界位置的尷尬，如出一轍。亞洲境內的安那托利亞、一水之隔隸屬歐洲的浪漫黑海海岸、地中海岸的海濱度假勝地里維耶拉，究竟，哪個才是真正的土耳其？

——亞馬遜網站

一本古怪、迷惑心神的小說。它看似追隨波赫士作品中謎團處處的文風，但卻又轉向討喜的抒情文體，令人聯想到諾貝爾文學獎得主馬奎斯。

——《華爾街日報》

其中衝擊，堪與巴拉德的顛峰之作《超速性追緝》，以及赫塞的名著《流浪者之歌》媲美！一本特異、嚇人的小說。

——《文學評論》

猶如波赫士與電影《刺激驚爆點》的相遇，你可能也會深陷這本書，不可自拔。

——英國《衛報》

字裡行間充斥夢幻與神祕氣息，具挑戰性的結構，捉摸不定的故事主旨與人物，堪稱帕慕克最深奧的小說。雖然，從初版以來，它就是土耳其史上最暢銷的小說，但仍然有許多土耳其人，很難理解這本書的箇中含意。

——《紐約客》雜誌

帕慕克筆下的陰謀論，令人目眩神迷。

——《泰晤士報文學增刊》

目次

中文版作者自序

小說——一項艱巨任務

文／奧罕・帕慕克

在我所有的小說中，都有一場東方與西方的交會。當然，在做出此種聲明的同時，我很清楚所謂的東方和西方，其實皆為文化的概念；也就是說，它們都是想像的產物。儘管如此，無論兩者的想像成分有多少，東方和西方畢竟仍是事實。我所指的，並不單純只是我們在地圖上所見的地理事實，而是它們影響我們生活的文化事實。東方與西方蘊含深邃而獨特的傳統，決定了人們的智慧思想、感知能力及生活方式。對我的家庭和我而言，置身於伊斯坦堡中心，這些傳統從來就不是單純的，總是混雜的。東方與西方的交會，並非如人們以為的是透過戰爭，相反地，一直以來，它都是發生在日常生活的種種細節中，透過物品、故事、藝術、人的熱情與夢想進行。我喜歡描述人們生活中此種互動的痕跡。在當中，我看見

導讀

一則大型的國族文化寓言

文／南方朔（文化評論家）

奧罕．帕慕克的《新人生》，是一則以書這個物件作為隱喻，而討論東方和西方文化融合、誤解與緊張的精神漫遊史。而穿插在其中的陰謀、暗殺、偵探、愛情，以及追根刨底的探索；還有車禍等通俗驚悚的場景，則是精神漫遊的主要過程。

因此，它是一切微言大義和通俗驚悚被縫合得極為寫實完好的後現代性格之傑作，而整個「國族寓意」則在其中。

對當代土耳其首席作家帕慕克有概括性理解的人，都會注意到他最傑出的貢獻，乃是「歷史重寫」（palimpsest），這是一種將歷史小說的角度拉高的寫作方式。如同把舊的羊皮紙歷史文本磨除，而後加以重寫，讓新的文本與舊的痕跡相互比襯，意義也更為豐富。此外，即是他能夠以後現代的寫作技巧來探討東方、西方互動的課題，這當然可以歸納在所謂「後殖民」反思的這個項目之下。對於這個部分，他自己在中文版序這裡即已如此地明說：

「在我所有的小說中，都有一場東方與西方的交會。當然，在做出此種聲明的同時，我很清楚所謂的東方和西方，其實皆為文化的概念；也就是說，它們都是想像的產物。儘管如此，無論兩者的想像成分有多少，東方和西方畢竟仍是事實……東方與西方的交會，並非如人們以為的是透過戰爭，相反地，一直以來，它都是發生在日常生活的種種細節中，透過物品、故事、藝術、人的熱情與夢想進行。」

而很顯然的，上面的這些自述，可以說即是人們通往《新人生》這部作品最重要的鑰匙。

如果我們回顧近代阿拉伯世界，當然包括土耳其在內，即會發現它的知識分子精神史，由於和西方的互動，諸如世俗化的國家主義、西方式的自由民主主義、泛阿拉伯社會主義，以及最新的伊斯蘭基要主義（即通稱的「伊斯蘭基本教義派」），都曾各領風騷，在歷史及國民心態上扮演著巨大的角色。這是東方與西方交會的基線，所有的人間悲喜劇，都在這個基線所搭建的舞台上演出。而悲喜劇則起源於西方的不同理解。

因此，這部小說開宗明義就把德國浪漫神祕詩人諾瓦利斯（Novalis）的名言作為引言。這當然有著作者獨特的用意。諾瓦利斯說道：「即使聽了相同的故事，每個人的體驗，也都大為不同。」這句話指的是理解上的差異，而差異所造成的互動，即是東方和西方交會所造成的歷史之起源。

而整部《新人生》，由一本書這個攜帶了文化意含的物件作為最主要的象徵。它所代表的即是交會中的場域，整部小說從頭到尾都沒有告訴我們它到底在寫些什麼，但它寫些什麼其實並不重要，重要的是那本書被理解的程度。

在小說伊始，這本書是這樣被理解的：

「某天，我讀了一本書，我的一生從此改變。即使才展開第一頁，它的強烈衝擊仍深深打動了我。……這股強大的力量從書頁中衝出一道強光，照亮了我的臉龐。那炙熱的白光，眩惑了我的思維，卻也令我的心智豁然開朗。身處此等亮光中，我或許得以重鑄自我，也可能迷失方向；在這道光線中，我已然領受到以往不曾察知的影子，並展開雙臂擁抱它。……完全折服於那本書描述的世界之後，我真切地在黎明前的微光中，看見死亡以光芒萬丈的天使形像現身。我見證了自己的死亡。」

但經過了這本書的整個旅程，到了最後，當小說的敘述者得以看見天使並走向他原本期待的死亡時，他的認知卻完全不同了：

「我因恐懼和驚奇而為之目眩。這情景，猶如當年望著那本書中轟然衝出的奇特強光一樣，我很快就會被送到另一個世界。我知道，這將是我人生的終結。但是，我只想回家；我一點都不想死，也不想跨入另一個新人生旅程。」

對照小說的開始與最後，可以說那本書在開始的時候，就像是個新的靈丹妙藥一樣，充滿了神話式的光芒，但到了最後，它的這層光芒已落盡。這也意謂著，整本小說，即是個知識分子的精神漫遊史，以及那本書被解除神話的過程。「公路」和「車禍」在這部小說裡是重要的象徵。這裡的「公路」就和稍早前新潮的「公路電影」相同，把公路寓意為生命或文化的覺醒過程，而「車禍」的碰撞，則當然意謂著文化的碰撞。

因此，《新人生》充滿了東西文化相會的各種微言大義。它不是寫實小說。而是高度象徵性的後現代作品。因而它的寓意主要都透過概念的象徵來呈現。如「公路」表示解除神話的過程，「車禍」指文化的相撞，故事裡的「陰謀論」，則代表了文化的防衛和極端主義的源起等。整部小說藉著那本書，已扼要地對文化上的譫狂、妄想、過度的亢奮，做了非常可笑的諷譴，從而也超越了各種有「殺手」性格的文化極端主義心態。

《新人生》有後現代小說的基本特性，它故事極簡，而稠密的敘述與特殊的剪拼，乃是章節產生的地帶。一個大學生奧斯曼（Osman）被一個大學生嘉娜（Janan）所挑動，而讀了一本讓他改變生命的書，接著又認識了嘉娜的男友穆罕默德（Mehmet），而後穆罕默德被刺而失蹤，奧斯曼遂偕同嘉娜去客訪穆罕默德，而後遇到了穆罕默德的父親妙醫師。理解到那本書所造成的影響，使得妙醫師認為那是美國中央情報局和可口可樂公司的陰謀，妙醫師為了維護文化的純粹性，甚至僱人追殺讀過該書的人。接著，奧斯曼和嘉娜返回學校，奧斯曼又展開了第二次旅程，客訪被刺後失蹤的穆罕默德，同時又追查那本書的作者——他的已故親友雷夫奇叔叔。他發現到穆罕默德其實早已不再相信那本書，但只是靠謄寫該書，賣給別人來維持生活。而雷夫奇叔叔寫這本書，則是他漫畫世界的延長。這本書的神話性格因而在兩次旅程裡被解除。只是就在敘述者奧斯曼完成了整個旅程，並覺得這瞬間，我感覺到一股強烈的渴望，我想家，我想妻子和女兒的時候，就在回家的路上，他終於因「車禍」而失去了性命。追究意義的結果，是得到了意義，卻失去了生命。所謂的概念上的「新生命」，最後以現實的失去生命這種反諷式的隱喻做了結束。

因此，一本許諾新生命的書，儘管敘述者從未告訴我們這是一本什麼樣的書，但由它會被像妙醫師這樣的人視為外國的陰謀，可以肯定它乃是一本有許多西方世俗化訊息的書。這樣的書在開始的時候，會產生讓別人覺得舊世界已經死亡的神話光芒，並造成對抗與陰謀的聯想。同樣的一本書被不同的人讀出了不同的意義，並造成了嚴重的敵對和為了維護文化價值而殺人的殘酷劇。但隨著生命旅程的展開與追究，神話的光芒，以及反神話的義正辭嚴，卻顯然都被剝落了。穆罕默德成了只耽溺在抄寫那本書的工作中，書成了自己私密的偏好；而敘述者本人也逐漸脫離那本書，成為一個樂觀的現實主義者。《新人生》所告訴人們的，其實也就是沒有一本如此神祕偉大的書，也不可能有神祕偉大的價值與信念。一切仍得回到生命的現實與生活中，帕慕克在這部小說裡，其實也等於是用非常扼要的方式，將近百年來土耳其知識分子圍繞著西化、現代化、傳統化、基要主義化所造成的糾葛，做了極有啟發性的總結。而近代土耳其最重要的領袖，凱末爾那種政教分離、世俗化、具有西化與本土化所代表精神的國家主義，則無疑的乃是他的基本認知。他自己的家庭與凱末爾時代有關，他的祖父在凱末爾時代負責鐵路建造。書中敘述者奧斯曼的最後認知，其實也就是凱末爾精神的某種再現。《新人生》當年在土耳其造成極大的轟動，或許與此有關。小說裡的雷夫奇叔叔，即那本書的作者是鐵路局的稽查員，這當然也不是沒有意義的安排。

《新人生》有它的微言大義，強調了東西方交會的誤解與衝突。而在表現上，它則是在隱喻的架構下，以一種魔幻寫實的方式來鋪陳它精神漫遊的旅程，因而使得這部小說在義理和文采上都至為不凡，不應被我們錯過。

獻給

賽庫兒（Şeküre）

1

即使聽了相同的故事，每個人的體驗，也都大為不同。

——諾瓦利斯[1]

某天，我讀了一本書，我的一生從此改變。即使才展開第一頁，它的強烈衝擊仍深深打動了我。書本擱在書桌上，我就坐在桌前讀它，但察覺身體脫離了我的掌控，自己從座椅上抽離開來。儘管感覺自己已經分裂，我整個人仍完好如常。這本書不僅對我的靈魂起了作用，對我的各方面都產生影響。這股強大的力量從書頁中衝出一道強光，照亮了我的臉龐。那炙熱的白光，眩惑了我的思維，卻也令我的心智豁然開朗。身處此等亮光中，我或許得以重鑄自我，也可能迷失方向；在這道光線中，我已然領受到以往不曾察知的影子，並展開雙臂擁抱它。我坐在桌旁翻著書頁，不太明白自己所讀為何，但隨著書本一頁翻過一頁，讀著書上的文字，我的人生亦隨之改變。對於降臨在眼前的每一樁事物，我可以說毫無心理準

1　諾瓦利斯（Novalis, 1772-1801），德國浪漫派詩人。

備，覺得徬徨無助。因此，過了半晌，我本能地轉開臉，彷彿想保護自己，免得受書中澎湃而出的力量波及。我驚懼地發現，自己開始意識到，周遭的世界正經歷徹頭徹尾的轉變。一種從來不曾體會的孤寂突然降臨——彷彿我被困在一處人生地不熟、對當地語言及風土民情一無所知的鄉村。

縱然那份寂寥感令我備覺無助，但我更熱切地把全副精神集中在書上。除了那本書，世上沒有任何力量，能把該採取的步驟、該相信的真理或該觀察的事物，一一對我揭示；它更引領我，身處在新的國度中，我的人生道路之所從。我繼續讀下去，一張張翻著書頁，彷彿正在讀一本能夠指引我穿過陌生蠻荒之地的旅行指南。我感覺到自己像是在說，幫幫我吧，幫助我即使遭逢不幸，也能安全、毫髮無傷地找到新人生。但我知道，這個新的人生是建構在這本旅遊導引的字裡行間。我逐字讀著，試圖找到該走的路；但我同時也想像著，那讓我驚異、必然令我迷途的一層層驚奇。

那本躺在我桌上的書，散發的光芒反射在我臉上，但它似乎和屋內其他我熟悉的東西沒有兩樣。當我以歡喜及驚歎的心情接受眼前新世界中一個新人生的可能性，我明白，這本激烈改變自己人生的書，事實上非常平凡。我的心逐漸打開它的門與窗，踏入書中承諾的神奇新世界，而我似乎憶起了引導自己與它結緣的偶然機遇。然而，這份記憶不過就是一個粗淺的影像，甚至沒能在我的意識深處留下印記。隨著我繼續翻動書頁，某種程度的懼怕，某種念頭，加速在我腦中成形：書中揭露的新世界十分陌生、古怪，這個景象令我驚愕，為了避免自己深陷這個世界不可自拔，我急著想感受任何與「當下」有關的事物。

萬一我視線離開那本書向上望，看著我的房間、我的衣櫥、床鋪，或眼光掠向窗外，卻發現已不認識這個世界的時候，那該怎麼辦？恐懼占據了我的心房。

時間一分一秒隨著翻動的書頁流逝，遠方有火車經過。我聽見母親出門又回來；我傾聽這個城市日復一日的喧譁，聆聽街上賣優格小販鈴鐺的叮咚聲，還有汽車引擎聲，傾聽所有熟悉的聲音，彷彿認真聽著充滿異國風情的音調。一開始我以為外面下著傾盆大雨，但原來是女孩們在跳繩。我以為將開始放晴，雨水又啪嗒啪嗒打在我的窗上。我翻下一頁，再一頁，一頁頁讀下去；我看見光線從另一個人生的入口滲入；我看見自己所知與不知；我看見自己的人生，看見自己將來會走的人生道路……。

隨著指尖翻閱的書頁漸增，那個我從來無法想像或不能感知的世界，更加滲入我的身體，盤踞我的靈魂。從前我已知或思量的事，如今都成為雞毛蒜皮小事；過去我無法意識的一切，卻從它們的藏匿處一個個現身，對我傳送訊息。如果有人要我形容它們，仍繼續讀下去的我，看樣子也無法給予明確的解答。我知道自己正緩慢邁向一條永遠無法回返的路，也明白過去挑起我興致與好奇心的事物，已經被我拋在身後；對於眼前這個天地萬物都值得關注的新世界，我則既興奮又欣喜。當這個新世界中的豐饒、多樣性與可能的複雜性轉為某種恐懼，我全身顫抖，雙腿興奮晃動。

在那道從書中猛衝而出、映照在我臉上的光束中，我驚恐地看見寒酸的房間、發狂亂闖的巴士、被雨淋溼的人們、模糊的字母、破敗的城鎮、失落的生命，以及幽靈。其中還有一場旅程，永遠都關乎一場旅程。我看見某個目光一路追隨著我，它總是在最不可能的地方出現，卻又消失；因為它是那麼難以捉摸，反而讓人更想追尋它。那道注視的目光溫柔和藹，沒有愧意，沒有指責……我多麼想成為那眼神，我多麼想置身能被那種目光看照的世界。因為渴望太深，我幾乎相信自己身處那個世界。但我甚至不需要說服自己：事實上，我存在於那裡。因為我存在那裡，當然，這本書一定與我有關。有人已經看透我的想法，並將之付諸文字。

我因此了解，書中的文字與其意義，必然也和一般書籍相異。一開始我就明白，那本書是特別為我而寫：並非因為書中洋溢著深入我心的驚人詞句和華麗詞藻，而是我隱約認為，書的主角是我。我捉摸不出自己為何要順從這份感覺，但是或許我知道自己只能屈服其下，才能由此參透充斥書中的謀殺、意外、死亡與失落的訊號。

因此，當我讀著那本書，想法跟著改觀，那本書也隨我的想法變換。我昏花的雙眼，已無法分辨那本書裡的世界與存在於世界上的那本書，其間有何差異。這就好像一個非凡世界裡充滿所有色彩和事物，把它們全部包羅入文字，組成了那本書；我能帶著歡欣的心情閱讀它，腦袋生出許多奇思妙想。我開始理解，書中的每個部分先是對我低語，接著又重重打擊我，最後無情地壓迫我，置身我的靈魂深處。那本書找尋到遺失多年、早已塵封的寶藏，並讓它重見天日，我覺得自己可以把所讀占為己有。讀到書末某處，我想說，我的想法與它不謀而合。而到書近尾聲，完全折服於那本書描述的世界之後，我真切地在黎明前的微光中，看見死亡以光芒萬丈的天使形像現身。我見證了自己的死亡。

我突然明白，我的人生遠超過自己的認知。雖然依舊無法釐清那本書對我房間或街道上等周遭俗世事物的解讀，我卻不再害怕。再也看不到那本書，才是當時唯一令我驚怖的事。我捧著那本書，嗅著書中冉冉浮現的油墨與紙香，彷彿回到童年時期從頭到尾看完一本漫畫書時會做的那樣，連書的味道聞起來也沒變。

我站起身，像小時候那樣把前額抵在冰冷的窗玻璃上，望向窗外的街道。五個小時前，也就是中午過後不久，我剛把書擺上桌開始閱讀，一輛卡車停在對街（現在已經駛離了）；一戶人家搬進對面空置的公寓，附鏡子的衣櫃、笨重的桌子、置物台、盒子、檯燈……一件件從卡車上搬下。由於新屋的窗簾沒有拉下，藉著一只點亮室內的無罩燈泡，我看見那對中年父母、年紀跟我相仿的兒子，還有他們的女兒；他們在電視前享用晚餐。女孩的頭髮是淡棕色的，電視螢幕閃著綠光。

我對新鄰居注視了半晌。我喜歡看著他們，或許因為對我而言他們是陌生人，或許因為凝視他們給了我安全感。我並不希望原本熟悉的世界全盤翻轉，徹頭徹尾改變，但心裡明白我的房間已不再是原來的房間；街道今非昔比；朋友們不再如昨，連母親亦不復原貌。這些改變在在暗示某種我無以名之的敵意、恐懼和威脅。我離開窗台幾步，但沒再去翻動那本躺在桌上誘惑著我的書。那個引領我人生偏離正軌的物體，就在我的身後，好整以暇。無論如何背向它、抗拒它，一切已經在書頁中衍生展開，我將走上那條路，再也拖延不了了。

硬生生被切斷與過去人生的聯繫，那一刻真令人不寒而慄。我也像許多因為災禍而無法挽回過去的人一樣，假想人生終將回復原貌，企圖安慰自己，降臨身上的並非平常可怕的事，而是意外或大災難。但身後這本書的存在，卻明明白白告訴我，我甚至無法想像自己的人生會再回到從前。

我離開房間時，母親喊我吃晚飯；我坐下來，彷彿對新環境不夠熟稔，試著要說幾句話。電視開著，我們面前是一盤盤煨馬鈴薯和碎肉、涼拌的燉韭菜、青蔬沙拉及蘋果。母親提起剛搬到對街的鄰居，講到我乖乖在家坐了大半天，整個下午都認真做功課，提到她上街購物、豪雨、電視晚間新聞和播報員。我愛母親；她是一個溫柔、優雅、富同情心的美麗女士，想到自己讀了一本讓我就此遠離她的天地的書，我感到內疚。

我推想，如果那本書是為每個人而寫，那麼人世間的生活可能不會再以如此緩慢悠然的步調前進。但換個角度，這位理性的工科學生也就不會認定那本書是特別為他所寫。然而，若它並非針對我一個人而寫，外面的世界為何還是與過去相同？我甚至害怕去想，那本書或許是一個單獨為我打造的謎團。後來，母親洗碗時我想幫忙，因為碰觸她或許能讓我從那個我投射自身的世界中，回到現實。

「不用費心，親愛的，」她說：「我來就好。」

我看了一會兒電視。或許我能進入那個世界，不然就一腳踹進螢幕裡。但這是我們家的電視，這部電視像某種照明設備，是家家戶戶的神祇。我穿上外套和外出鞋。

「我要出門。」我說。

「你幾點回來？」母親問：「要我等門嗎？」

「不用，不然妳又要看電視看到睡著。」

「你房間的燈關了沒？」

我跨出門外，邁向生活了二十二年的童年領地。我走在街上，彷彿踏在某個奇怪國度的危險地帶。十二月潮溼的空氣如微風般輕觸我的臉龐，讓我覺得，或許我已經穿過了舊有的世界，透入早已跨進的新世界；我想，應該快點穿過這些建構我人生的街道。我覺得自己好像開始飛奔。

我沿著沒有路燈的人行道快步行走，閃開笨重的垃圾桶、泥窪，看著新的世界隨著跨出的步伐漸漸成形。我從小就熟知的法國梧桐和白楊樹依然是相同的法國梧桐和白楊樹，但它們與我的強烈聯繫及記憶都已經被剝奪了。我端詳著這幾株枯槁的樹木，望著熟悉的兩層樓房，以及那幢污穢的公寓建築。從它還是灰泥坑開始，我就一路看著它，看它從架起屋頂到砌上磚瓦，到後來新玩伴搬進去，我們在這塊地上一起玩耍。但這些過去的影像，並非生命中無法抹滅的片段，反而如我不記得曾拍過的相片：我認出那些暗影、點著燈的窗頭，以及園中的樹，還有入口處的文字，而這些我認得的物體卻不能觸動我的情感。我原有的世界就在四周，在對街，在這裡、那裡，到處都是；它是熟悉不過的雜貨店窗戶，是伊倫庫伊車站廣場的街燈，是果菜商那台還在烘焙麵包與水果塔的烤箱。我的舊世界在手推車裡，在那間叫作「人生」的糕餅舖中，在破爛的卡車、帆布，在人們一張張疲憊朦朧的臉上。我讓那本書偷偷進駐心田，彷彿它是罪惡的化身。面對在城裡夜燈下溫柔閃爍的各種舊世界回憶，我硬下心腸抗拒。我想逃離這些熟悉的街道，想要拋開被雨水打溼的樹木透出的悲傷氣氛；我想遠離反射在柏油路與雨水坑中、明晃晃高掛的雜貨商及肉店的招牌和廣告字體。一陣微風吹起，打落樹上的小水滴，耳畔轟然作響。我作出結論，那本書一定是授予我的謎團。恐懼緊緊抓住了我，我想和別人說說話。

我在車站廣場走向青年咖啡館，一些鄰居好友晚上還是會在那裡碰頭，打打牌，看足球，或只是過去晃晃。我於大學認識、在他老爸鞋店幫忙的朋友，還有另一個踢業餘足球的鄰居，坐在後頭的桌子旁，正在電視螢幕閃爍的黑白光線照耀下聊天。他們面前有一份被太多人翻爛而四分五裂的報紙、兩杯茶、香菸，還有從雜貨店買來偷藏在一張椅子上的啤酒。我需要與人長談，可能要談好幾個小時，但沒過多久我便知道，不能找這兩位仁兄。憂傷攫住了我，有一瞬間，淚水湧進眼裡，但我傲慢地打起精神思索：我只會把自己的靈魂赤裸裸地展示給經過嚴格挑選、已經身在那本書的世界的人看。

因此，我才會差點相信已經完全掌握自己的未來；但我也明白，目前掌控我的，就是那本書。它不但像祕密或罪孽般滲入我的體內，也把我引入某種無言的夢境。置身這些沉默的同類之中，我要上哪兒找能夠說話的人？我要在哪裡，才能找到那個與我心靈對話的夢境？其他看過那本書的人，究竟在哪裡？我要到哪裡找他們？

我穿越鐵軌走上暗巷，踩著卡在人行道縫隙中的枯黃秋葉。一種樂觀的感受在體內強力湧現。但願我能這麼一直走下去，快步走著，不要停下來。多希望我能踏上一段段旅程，那麼就能夠觸及書中的世界。我心中那股新人生的光芒，在很遠的地方，甚至存在於難以到達的境界，但我感受得到，只要持續前進，自己就離它更近。至少，我能把舊人生拋諸腦後。

當我抵達海邊，驚異地發現海水竟然呈現瀝青般的深黑色。為什麼以前我沒注意到，夜裡的馬爾馬拉海[2]居然如此漆黑，如此冷然，又這麼陰森殘酷？這樣的震撼，就像有人說著一種我初次聽到的語言，儘管聽不真切，在這短暫的寧靜中，它仍透入那本誘惑我的書裡。那一瞬間，我覺得這片溫柔搖曳的水波，就像讀那本書，內心感應到自身難以撫平的、死亡時所現的閃光。不過，這種「大限已至」的感受，並非真正實際死去，反而是一種看到他人展開新人生的好奇與興奮，讓我生氣勃勃。

我在沙灘上隨處走著。孩提時代，我常和鄰居孩子來這裡，翻看海水沖刷沿岸後殘留的東西——錫罐、塑膠球、瓶子、塑膠拖鞋、曬衣夾、電燈泡、塑膠娃娃——從這些寶物中找尋神奇護身符。有了這閃亮的新玩意兒，別人就無法看穿我們。受到那本書的啟發，這一瞬間，我有了新的體認。現在，假如能夠挖出並端詳存在於我舊世界的任何東西，那麼它們應該可以被轉化為小朋友最愛找尋的神奇寶貝。同時我又非常困擾，感覺那本書把我隔絕於世界之外。我覺得漆黑的海面會突然上漲，把我拉入其中，吞噬我。我被焦慮包圍，開始快步行走，並不是想藉由自己的每一步觀察新世界漸漸成形的過程，而是想快點回到我的書房，與那本書獨處。我的步行幾乎變成奔跑，想像自己是由那本書散發的光芒所創造的人物。我的心情因而和緩下來。

父親有個年紀相仿、同在國家鐵路局工作多年、甚至晉升稽查員的好朋友，他在《鐵路》雜誌上為鐵道迷寫文章。除此之外，他還繪製兒童連環畫冊，出版一系列《兒童冒險故事週刊》。當時，我經常在下課後狂奔回家，只為了一頭栽進「鐵路人」雷夫奇叔叔送我的《彼得與伯提夫》或《卡莫遊美國》等漫畫書的世界，但這些童書總有一天會有結局。最後一頁象徵「結束」的字母，就像電影片尾一樣，也是「The End」六個字母。我不但走到這個國度的出境口，而且不捨離去；更傷心的，是得知這神奇的王國只是雷夫奇叔叔信手捏造。

相反地，那本我想再讀的書，所有內容都是真的，所以我把它藏在心中，所以我飛奔而過的潮溼街道感覺並不真實，反而像是我被罰寫的無聊作業。畢竟，似乎對我來說，那本書揭示了我存在的意義。

---

2 馬爾馬拉海（Sea of Marmara），土耳其內海，亞洲和歐洲部分分界線的一段。

我穿越鐵軌，再度繞過清真寺。差點踩進爛泥坑時，我跳開，腳下一滑，一跤摔倒，一邊膝蓋撞上泥濘的人行道。我立刻爬起身，打算上路。

「老天，孩子啊，你差點跌了個狗吃屎！」一個看見我摔倒的大鬍子老頭說：「有沒有受傷？」

「有，」我說：「我父親昨天死了。我們今天埋了他，他是個大爛人；他酗酒，打我媽媽，還遺棄我們。這幾年，我住在華倫巴格。」

華倫巴格！我是怎麼搞的，怎麼會想出這個小鎮的名字？這老頭可能被我的謊話騙了，但我立刻確信自己聰明反被聰明誤。我只能不斷對自己說：「不要怕！不要怕！書中的世界是真實的！」我無從知悉，到底是什麼促使我說出這番話，是因為我編的謊言？還是那本書？或者是那老頭茫然的神情？但是，我真的很害怕。

為什麼呢？

我聽說有些人讀了一本書之後，整個人為之崩潰。我還讀到一篇報導，有人在某個夜晚讀了一本名為《哲學之基本原則》的書，他完全同意書中的見解，第二天便加入「無產階級革命先遣部隊」，才過三天就因為搶銀行被捕，最後吃上十年牢飯。另外，我聽說有些徹夜閱讀《伊斯蘭教與新信仰》或《背棄西化》這類書的人，馬上放下聲色犬馬，皈依真主，坐在浸泡玫瑰香水的冰冷毯子上，堅毅地準備迎接尚未降臨的五十年來生。我甚至遇到一個因為讀了《愛讓你自由》或《了解自我》這類標題的書籍而感動得不能自已的人，雖然這些人相信占星術，卻都純真地說：「一夜之間，這本書改變了我的人生！」

這本書帶來的改變，在我腦中浮現可怖的景象，但下面的情節我甚至沒想過：我害怕孤獨。我怕自己這樣的笨蛋最後非常可能做一些傻事，例如：誤解那本書、太過膚淺，或可能還不夠淺薄、變得特立獨行、淹沒在愛河中；我也許知道那個世界的祕密，但終其一生卻可笑地對一點也沒興趣的人解說這個祕密的箇中奧妙、身陷囹圄、被當成瘋子，終於了解這世界比想像中更殘酷，還有，沒辦法讓美女愛上我。如果書的內容千真萬確，如果人生就像我在書中讀到的一樣，如果書中的世界可能存在，那麼你不可能理解，人們為何需要祈禱，為何人們在咖啡館廢話連篇、虛擲人生，為何大家晚上要坐在電視前而不是無聊致死。你也不能理解，為何人們不願意把窗簾完全拉上，只為了一旦街上有什麼好玩的事發生（比如一輛呼嘯而過的汽車、一匹馬的嘶鳴，或一個酒鬼在街上鬧事），可以趁機偷看。

我弄不清究竟過了多久，才領悟到自己站在鐵路人雷夫奇叔叔的住家前，透過虛掩的窗簾，抬頭凝望他位於二樓的公寓。或許我在不知不覺間已然領會到這點，所以在跨入新人生的前夕，直覺地前來向他致意。我腦中浮現一個古怪的願望，想把最後一次與父親來這裡拜訪時看過的東西，看得更仔細些。鳥籠裡的金絲雀、牆上的氣壓計、精心鑲在相框裡的火車照片、擺設甘露酒的櫥櫃、迷你火車車廂、一個銀製糖果盤、車掌的打票機、陳列在櫃子中央的鐵路服務獎章，還有擺在櫃子另一頭的約四、五十本書，一只沒用過的俄式茶壺放在書上，另外還有桌上的紙牌……透過半開的窗簾，我看見電視螢幕，而非電視「機」發出的閃光。

一股不知哪兒來的決心突然襲向我，激勵我爬上環繞前院的那堵牆，從那裡不但可以瞧見雷夫奇的寡妻正在觀賞的電視，還能看到她的頭。她坐在亡夫的搖椅上，和我母親一樣，低頭弓著雙肩，以四十五度角對著電視；不同的是，我母親一邊編織一邊看節目，而嬸嬸只顧著吞雲吐霧。

父親去年心臟病突發病逝，雷夫奇叔叔比他早一年離開人世，但雷夫奇叔叔並不是因為自然因素辭世。一天傍晚，前往咖啡館的路上，他似乎受槍擊而亡，凶手逍遙法外。有人說是桃色糾紛，但在父親活著的最後一年，他根本不相信這種說法。雷夫奇夫婦膝下沒有子女。

午夜過後，母親早已入睡，我直挺挺地坐在桌旁，一點一滴，熱情又全神貫注地凝神望著支在肘間的那本書。我不再把周遭的環境視為我認同的一切——附近和這城市已經熄滅的燈火；飄著哀愁、潮溼空曠的街頭；賣小米汁[3]的小販最後一次穿過巷弄的叫賣聲；一對烏鴉生嫩的嗚叫；最後一班通勤列車駛離許久之後，貨運火車在鐵軌上發出的、令人勉強忍受的隆隆聲——我全部放棄了，把自己完全投入那本書湧現的亮光中。過去組成我生命與期望的一切——午餐、電影、同學、日報、汽水、足球賽、書桌、渡船、漂亮小妞、快樂的美夢、未來的情人、妻子、辦公桌、清晨、早餐、巴士車票、微不足道的顧慮、沒做完的統計作業、舊長褲、臉孔、睡衣、夜晚、用來自慰的雜誌、我的香菸，甚至最忠於我、被遺忘卻總是耐心以待的床鋪——全部從我的腦海中溜走。我發現，自己身在一片燈火通明的土地上，茫然失措。

2

隔天，我戀愛了。愛，猶如那一道道從書中排山倒海湧至我臉上的光芒，對我昭告，我的人生已經從原有的軌道偏離多遠。

早上一起床，我開始回想前一天碰到的每一件事，馬上明白展現在眼前的那片新領域，不單單只是瞬間的幻想，而像我的身體和四肢一樣真實。為了盡可能把陷入這痛苦新世界中

3 小米汁（boza），小米製成、略顯黏稠狀的白色飲料。

的自己，從難以忍受的孤獨裡拯救出來，我必須去尋找與自己經歷相同困境的人。

夜裡下著雪，皚皚白雪堆滿了窗台、人行道和屋頂。外面是令人顫慄的白光，桌上那本展開的書愈來愈薄，看起來比以往更無邪，讓它更具不祥色彩。

即便如此，我還是一如往常和母親吃早餐，嘗著吐司的美味，快速翻閱《民族報》[4]，瞄了一下吉拉爾．薩里克的專欄。彷彿一切都和平常沒什麼不同，我吃了一些起司，微笑看著母親溫婉的臉龐。茶杯、湯匙和茶壺的碰撞聲，街上販賣柑橘水果的叫賣聲，都在告訴我「要相信自己過正常的日子」，不過我並不相信。當我踏出屋外，非常確定這個世界已經徹底改變，因為穿著過世父親留下的溫暖厚重外套，我一點也不覺得丟臉。

我步向車站，搭上火車，然後下車轉搭渡輪，到卡拉廓伊跳下船；我推開人群衝上樓，搭公車到塔克辛廣場；前往大學的路上，我短暫停駐，看著人行道上叫賣鮮花的吉普賽人。我要怎麼相信，人生將一如以往繼續下去？還是要忘記我曾經讀過那本書？片刻間，未來的展望，似乎讓人覺得恐怖到想逃跑。

在壓力機械學的課堂上，我認真地抄下黑板上的圖表、數據和公式。禿頭的教授沒寫黑板時，我雙手交叉放在胸前，聽著他柔和的聲音。我真的在聽嗎？還是我只是和科技大學土木系那些愛玩的學生一樣，假裝在聽而已？我不清楚。然而，過了一會兒，意識到熟悉的舊世界絕望得令人無法忍受時，我的心跳加速，頭也開始暈眩，彷彿藥物流遍周身血管；書中源源不絕的力量，慢慢順著它的軌跡，從我的脖子擴散到全身，令我戰慄。新世界已經消除所有存在的過去，並且將過去轉換成現在。我所見、所接觸的過去，都已經悽慘地被消滅殆盡。

兩天前，我第一次看到這本書時，它是在一位建築系女生的手上。當時她在樓下的福利社找她的錢包，不過因為手上還拿了其他東西，沒有手可以伸進袋子裡找出錢包。為了騰出一隻手，她不得不把原本手上的那本書，暫放在我坐的那張桌子上；我只看了放在桌上的那本書一眼。一切就這麼巧地改變了我的人生。那天下午回家的路上，我在路邊書報攤一堆舊書、小冊子、詩集、占卜書、羅曼史小說和令人情緒激昂的政論書中，看到那本書，買下了它。

中午的鐘聲響起，多數學生匆匆奔向樓梯，跑到自助餐廳排隊，我依然坐在自己的位子上。之後我一路晃過大樓，下樓走到福利社，再穿過中庭，在長廊上蹓躂，然後走進空教室。我從窗戶望出去，看著對面公園堆滿白雪的樹，並在洗手間喝了點熱水。我走來走去，在塔斯奇斯拉館樓上樓下到處逛，都沒看到那個女孩，但我一點也不擔心。

4 《民族報》（Milliyet），土耳其主要日報之一。

午間休息過後，走廊變得更擁擠。我走遍建築系的迴廊，然後走進製圖室。有人在桌子上玩丟銅板遊戲；我在角落坐下，把散落的報紙整理好，開始閱報。我再度在迴廊走了一趟，於樓梯間上上下下，聽著大家大談足球、政治和昨晚電視播了什麼。我和一群人輕蔑地討論電影女星懷孕的抉擇，拿出香菸和打火機與他人分享。有人說了一個笑話，我聆聽著。他們又拋磚引玉說了好幾個，而我永遠是在別人停下來問「有何反應」、「有沒有看過某某」時，提供友善的回應。有時候我們沒辦法找到可以高談闊論的夥伴、沒辦法發現可以向外望的窗口、沒辦法找到特別的地方走走，這時我會輕快地朝某個方向走去，彷佛心中有什麼急如星火的事情待辦。不過由於沒有什麼特別的目標，如果發現自己站在圖書館的入口，或走上樓梯間，或是碰上一個跟我要根菸的人，我就會改變方向，走進人群，或停下來點菸。當我正打算看布告欄上新貼的公告，我的心開始怦怦跳，接著不再狂跳，而是變得無助。那個我在她手上看過那本書的女孩，她就在那裡，在人群中漸漸離我而去。不過她走得很慢，宛如在夢中漫步一般；不知為何，她似乎在向我招手。我神智混亂，不再是自己，只知道自己便這樣尾隨著她。

她穿著一身極淺但不是白色的洋裝，色調近乎無色，所以我無法歸類那個色彩。她走入樓梯間之前，我追上了她，近距離瞥了她一眼，她臉上的光采就像書中流洩出來的光芒一樣強烈，但卻非常溫和。我身處這個世界，也活在新世界的起點。我注視著她散發的光芒愈久，就更加明白，我的心再也管不住自己。

我告訴她，我看過那本書。我告訴她，看到她手上拿那本書之後，我也讀了那本書。我說，看那本書之前，我有自己的世界；但看了那本書之後，現在我有另一個世界。我說，我們必須談一下，因為我非常孤獨。

「我現在有課。」她說。

我的心漏跳了幾拍。這個女孩也許猜到我心中的迷惘，她思索了一會兒。

「好吧，」她下定決心後說：「我們找間空教室談談吧。」

我們在二樓找到一間沒人使用的教室。走進教室時，我的雙腿抖得厲害。我不知道如何告訴她，我意識到那本書向我預示的世界；也不知道怎麼形容，我能感受那本書對我低語，它宛如打開潘朵拉的盒子般對我揭露祕密。女孩告訴我，她叫嘉娜，我告訴她我的名字。

「你為什麼那麼注意那本書？」她問。

我有一個想法，天使，因為妳看過那本書。但是，我該如何說出有關天使這檔事呢？我的腦袋一片混亂，總是非常迷惑。天使啊，會有人對我伸出援手嗎？

「自從看了那本書，我整個人生全都改變了。」我說：「我的房間、身處的屋子、世界不再屬於我，我覺得自己頓失所依。最先我是看到妳手中的那本書，所以妳一定也看過那本書。告訴我妳在那個世界旅行並且回歸的經歷。告訴我如何能踏入那個世界。請對我解說，為何妳還在這裡。請告訴我為何新世界與我的家一樣熟悉，為何我家像新世界一樣陌生。」

天知道我這種心境還會持續多久，確切的是，我的眼睛似乎暫時迷惑了。冬天的午後，窗外的雪光依舊明亮，滿是粉筆灰的教室窗戶，猶如冰雪打造。我看著她，卻害怕直視她的臉龐。

「為了前往書中那個世界，你願意做什麼？」她問我。

她的面容蒼白，有一頭淡棕色秀髮，目光溫柔。如果她屬於這個世界，她似乎自記憶中被抽離了；如果她來自未來，那麼她將是恐怖與不幸的徵兆。我不自覺地注視著她，彷彿害怕如果太專心一意看著她，所有的一切將成真。

「我什麼都願意做。」我說。

她溫柔地注視我，嘴角掛著一抹淡淡的微笑。當一個有著驚人美貌又迷人的女孩如此注視著你，你要怎麼辦？你要如何拿穩火柴、點菸、看著窗外？要如何和她說話、和她起衝突？如何呼吸？課堂上從來沒教過這些。一般人一定和我一樣為此痛苦無助，企圖掩飾胸口亂撞的小鹿。

「何謂什麼都願意做？」她問我。

「每件事。」我說，接著不再作聲，聽著自己的心跳。

我不知道為什麼，眼前突然出現一個影像，有一段永無止境的旅程，接踵而至的虛構人物和圖形文字、已經消失的迷宮般街道、悲戚的樹叢、泥沙淤積的河流、花園、鄉鎮。如果有一天，有幸能擁抱她，我一定會冒險去這些地方。

「舉個例子，你願意面對死亡嗎？」

「我願意。」

「即使知道有人因為你看了那本書而要殺你？」

我試著微笑，傾聽內心那個工程系學生說：「畢竟那只是一本書罷了！」但嘉娜全神貫注地看著我。我開始擔憂，如果不小心說錯話，那麼自己將永遠無法接近她，也無法抵達那本書裡的世界。

「我不認為會有人要殺我。」我說著，假裝表現出某種我無法形容的性格：「不過若真有這種事，我也不怕死。」

在那間滲入亮晃晃光線的教室內，她那漂亮的蜜色眼睛閃了閃：「你認為那個世界真的存在嗎？或者，那只是幻想出來並寫在書中的世界？」

「那個世界必須存在！」我說：「妳那麼漂亮，我知道妳來自那個世界。」

她快速走近我，雙手捧著我的頭向上湊，親吻我的唇。她的舌頭在我的嘴裡短暫逗留。她向後退了幾步，讓我的手臂擁著她柔軟的身子。

「你好勇敢！」她說。

我聞到某種古龍水的香味。我陶醉地走向她。幾個喧鬧的學生從教室門口走過。

「請等一下，聽我說，」她說：「你一定要把告訴我的每件事，也告訴穆罕默德。他真的去過書中那個世界，而且設法回來了。他從那裡回來，他知道，你了解嗎？但是，他不相信其他人也能到達那裡。他經歷過可怕的事，已經失去信心。你要不要和他談談？」

「這個穆罕默德是誰？」

「十分鐘內到二〇一教室前面，上課前見。」她說著，突然走出教室，就這麼消失了。

教室一片空蕩蕩，彷彿連我都不在那裡。我驚訝地站著。從來沒有人那樣親吻我，也沒有人那樣注視過我。而現在，我被孤零零留下。一思及可能再也看不到她，再也無法直挺挺地站穩，我恐懼極了。我想跑出去追她，但我的心跳得很快，讓我害怕呼吸。那道白色的光芒不僅令我目眩，也讓我神迷。我告訴自己，這一切都肇因於那本書；並且馬上知道，我愛那本書，我想進入那個世界——我太想這麼做了，因此光是想到這裡，便簌簌流下眼淚。書中存在的那個世界讓我向前，我隱約知道那個女孩一定會再度擁抱我。但現在，我卻覺得整個世界停止轉動，離我而去。

我聽見樓下一陣喧鬧，向下望去，看見公園邊一群營建工程系學生吵鬧地彼此丟著雪球。我雖然看著他們，卻漫不經心。我內心已經毫無赤子之心。我已經掙脫了。

這種事人人都會碰到：有一天，很普通的一天，當我們想像自己在這世界上每天過著例行公事般的生活，口袋裡放著票根和菸草碎屑，滿腦子充斥新聞事件、交通噪音、討人厭的長篇大論之際，突然想通其實自己已經身在其他地方，一個實際上並非雙腳帶我們到達的地方。我已經掙脫許久；我已經融入一個極盡慘白的世界，站在冰封的玻璃窗後面。如果你打算降落凡間或回到現實，一定要擁著一名女子，就是那個女孩，緊緊地抱著她，贏得她的芳心。我快速跳動的心多麼快便學會所有這些譁眾取寵的伎倆！我戀愛了。我對自己深不可測的心屈服了。我看了一下手表，還有八分鐘。

我如鬼魅般穿過屋頂挑高的走廊，奇特地意識到我的身體、我的人生、我的面容和我的經歷。我會在人群中遇到她嗎？如果有機會遇見她，我要說什麼？我的臉是什麼樣子？我已經不記得了。我走進樓梯旁邊的洗手間，湊到飲水機上喝水。我望著鏡中剛被親吻過的嘴唇，母親，我戀愛了；母親，我要失足了。我很害怕，但我願意為她做任何事。我想問嘉娜：「那個穆罕默德是誰啊？為什麼他會害怕呢？是誰想殺掉看過那本書的人？」我一點也不害怕。如果有人了解這本書，像我一樣相信書中的一切，自然就不會害怕了。

回到人群中，我再度發現自己疾走著，好像有要事在身。我步上二樓，沿著面對中庭噴水池的高聳窗戶行走，一步接著一步，每一步都想著嘉娜，忘了自己。我經過聚集在下堂課教室前的同學身邊。你猜怎麼著！才不過多久前，一個迷人的女孩吻了我，而如今，我的腿拚命帶著我迎向我的命運！那是一個包含幽暗森林、旅館房間、淡紫和天藍色幻影、人生、平靜，以及死亡的命運。

上課前三分鐘，我到達二〇一教室，甚至還沒看見站在穆罕默德身旁的嘉娜，就已經在走廊的人群中，認出了穆罕默德。他和我一樣蒼白、高瘦，又憂愁、出神，帶著倦容。我隱約記得似乎在嘉娜的朋友中見過他。我揣測他知道得比我多，他已經多了生活的體驗；他甚至比我大了一、兩歲。我不曉得他怎麼知道我是誰，他把我拉到置物櫃後面。

「我聽說你看過那本書。」他說：「對你而言，書裡寫了什麼？」

「一個新的人生。」

「你信這套嗎？」

「我信。」

他無血色的氣色，讓我對他經歷的一切感到恐懼。

「你聽我說，」他說道：「我也去追求過那個新人生。我認為我可以找到那個世界。我總是搭巴士到達一個又一個城鎮，認為自己終將尋得那片樂土，找到那裡的人們，踏上那裡的街道。相信我，到頭來，除了死亡什麼都沒有。他們殺人毫不留情，甚至現在都在監視我們。」

「先不要嚇他。」嘉娜說。

接著是一陣沉默。穆罕默德看了我半晌，彷彿我們已經認識好幾年。我覺得自己讓他失望了。

「我不怕。」我看著嘉娜，展現電影裡那種不屈不撓的氣魄：「我撐得到最後。」

嘉娜令人難以抗拒的肉體就在咫尺，雖然站在我們中間，但她離他近些。

「終點什麼都沒有，」穆罕默德說：「那只是一本書。某人坐下來寫成的一本書。那只不過是個夢罷了。除了一次又一次地讀那本書，你沒什麼可做了。」

「把你告訴我的告訴他。」嘉娜對我說。

「那個世界存在。」我說。我想挽住嘉娜優雅、頎長的手臂，把她拉向我。我停頓了一下：「我會找到那個世界。」

「世界，世界！」穆罕默德說：「它不存在。把它當成老痞子對小孩玩的無聊把戲吧。那個老頭認為，他以逗樂小孩的方式，寫了一本取悅成人的書。搞不好連他自己都不懂新世界的意義。那本書很有趣，但如果真的相信書中的一切，你的人生會陷入迷惑。」

「那裡有個世界，」我的口氣像電影裡光有肌肉沒有大腦的傻瓜：「我知道自己一定有辦法到達那裡。」

「如果你真辦得到，那就祝你旅途愉快……」他轉過身，對嘉娜擺出一副「我就說嘛」的表情。正要離開時，他停下來問道：「是什麼讓你那麼相信那個世界的存在？」

「因為我覺得，那本書說的是我的人生。」

他露出和藹的微笑，然後離開。

「不要走，」我對嘉娜說：「他是妳的情人嗎？」

「事實上，他喜歡你，」她說：「並不是因為我的緣故，也不是為了他自己。他害怕像你這樣的人。」

「他是妳的男朋友嗎？不要什麼都沒說就離開。」

「他需要我。」她說。

在電影裡，這種對白我聽多了，自然而然、堅定又熱切地接了下去：「如果妳離開我，我就會死。」

她微笑著，和同學一起走進二〇一教室。那一刻，我有種跟著她走進教室坐下來的衝動。從走廊的大窗戶望入教室，我看見他們找同一張桌子的位子坐下，置身穿著卡其服、褪色上衣、藍色牛仔褲的學生之中。等待上課時，他們沒有說話。看著嘉娜輕輕地將淡棕色髮絲勾在耳後，我的心又融化了。我覺得拖著悲慘腳步、跟隨他們的自己，簡直比電影裡描述的愛情故事更慘。

她對我有什麼看法呢？她家的牆壁是什麼顏色？她和父親都聊些什麼？他們的浴室是否光可鑑人？她有兄弟姊妹嗎？她早餐吃什麼？他們是一對戀人嗎？如果是，她為什麼要吻我？

她吻我的那間教室，現在沒人上課。我像戰敗的軍人一樣躲了進去，卻仍堅定地期待另一波戰役。我的腳步聲迴盪在空教室裡，用那哀傷該死的手打開一包菸。我將額頭抵住玻璃窗，聞到粉筆的氣味，看見冷冽的白光。難道，這就是今天早上，我在新世界的起點所看到的新人生嗎？思緒中混亂的一切令我心力交瘁，但是身為一位理性的工科學生，腦袋裡還有一部分神智清醒地忙著盤算：我不想去上自己的課，所以接下來兩小時，我得等他們上完課。兩小時！

我的額頭抵著冰冷的玻璃窗，就這樣不知道過了多久，滿懷自憐之情；我喜歡沉浸在自憐的感傷中，片片雪花隨著陣陣輕風飄盪，覺得自己已熱淚盈眶。我遠眺通往朵爾瑪巴切皇宮[5]那條陡峭街道上的法國梧桐和西洋栗樹，它們依然挺立！我想，樹並不知道自己是樹。黑斆鳥從覆滿白雪的枝幹中飛出。我羨慕地望著牠們。

我看著風中輕飄的雪花猶豫不決地追尋其他雪花。每當一陣輕風徐來，將它們吹散，這些雪花便無法決定到底該飛向何方。有時候，偶爾一片雪花在空中飄盪一陣子，然後靜止不動，接著像是改變心意有了動靜，掉過頭，開始慢慢飛向天空。我觀察到許多落單的雪花在落入泥淖、公園、人行道或樹林前，又回歸空中。有人知道嗎？有人注意過嗎？

是否有人曾注意到，路口那個附屬公園的三角形物體尖銳的頂部，直指向黎安德塔[6]？是否有人曾經注意，在終年的東風吹襲下，那排松樹都整齊對稱地傾向人行道，把小型巴士站圍成一個八角形？我望著人行道上手中拿著粉紅色塑膠袋的那個男人，懷疑是否有人知道，伊斯坦堡約半數的人拿塑膠袋。天使，無人知道祢的真實身分，我懷疑在飢餓的狗兒和拾荒者留下的雜沓足跡中，在了無生氣公園的灰白雪地上，是否有人見到你的腳印？兩天前我在人行道上的書報攤買了那本書，難道，眼前這一切，就是書中要揭露的祕密，以及等待印證的新世界嗎？

我憑著情感而非眼力，在漸漸灰暗的光線及漸濃的雪意中，感受到同一條人行道上嘉娜的身影。她穿著一件紫色外套；我不必動腦筋，也會把那件外套記在心裡。她身邊的穆罕默德穿著灰色外套，像個沒有留下任何足跡的惡靈般走在雪中。我有一股追上他們的衝動。

他們停在兩天前書報攤擺設的位置講話。嘉娜痛苦和倒退的姿勢，加上他們誇大的肢體語言，擺明了兩人不只是談話而已。他們在爭論，像一對非常習慣鬥嘴吵架的老情人。

他們開始繼續向前走，只停下來一次。我和他們保持一大段距離，但還是可以輕易從他們的肢體語言，以及人行道上的人潮頻頻對其行注目禮判斷，現在兩人比之前爭論得更凶。

這種情形沒有持續太久。嘉娜轉身跑向我所在的這棟建築物，穆罕默德轉身前往塔克辛廣場之前，眼神都沒有離開她。我的心又漏跳了一拍。

這時候，我看到手裡拿著粉紅色塑膠袋的那個男人站在對街的薩熱耶爾小型巴士站。我的眼睛只顧著那個穿紫色外套的優雅身影，完全沒注意到有人穿越馬路，但那名男子的舉動透出端倪。就在人行道路緣不遠處，那名男子從粉紅色塑膠袋中拿出一個東西——是一把槍。他瞄準穆罕默德，穆罕默德也看見了槍。

---

5 朵爾瑪巴切皇宮（Dolmabahçe Palace），鄂圖曼土耳其帝國建於博斯普魯斯海峽邊的皇宮。

6 黎安德塔（Tower of Leander），四周環水，伊斯坦堡古城的重要門戶。

我先是當場看到穆罕默德中了一槍，身體顫抖著；接著我聽見槍聲，之後又聽到第二聲槍響，我想還有第三聲。穆罕默德一個踉蹌跌倒在地。那個男人把塑膠袋丟掉，走向公園。嘉娜直奔穆罕默德，步伐跌跌撞撞，像隻小鳥。她沒有聽到槍聲。一輛滿載被雪覆蓋的柳橙的卡車，轟隆隆地駛過十字路口。彷彿這世界又將重新運轉。

我注意到小型巴士站有些騷動。穆罕默德爬了起來。丟掉塑膠袋跑掉的那個男人遠遠地跑下斜坡，逃往貝希克塔斯足球俱樂部的主場伊諾努體育場。他匆匆跳過公園的雪堆，像個取悅小孩的小丑，忽左忽右跳來跳去，一路上還有幾隻好玩耍的狗兒跟在他後面。

我應該跑下樓去見嘉娜，告訴她事情的原委，但是我的眼神緊盯住搖搖晃晃、神情恍惚的穆罕默德。我注視了他多久？半晌，好一陣子，直到嘉娜在塔斯奇斯拉館轉彎，從我的視線消失。

我跑下樓，衝過一群便衣警察、學生和學校大樓管理員。當我跑到大門口時，根本沒見著嘉娜的影子。我很快跑上樓，還是看不到她。我跑到十字路口，依然沒看到與剛才那一幕槍擊案有關的任何蛛絲馬跡。穆罕默德不見了，用塑膠袋裝槍的那個男人同樣不知所蹤。

在穆罕默德倒下的地點，積雪已融化成一片泥濘。一個頭戴瓜皮小帽的兩歲孩童和他時髦的迷人母親，從一旁經過。

「媽咪，兔子跑到哪裡去了？」小孩說：「媽咪，到哪裡去了？」

我瘋狂地朝對街的薩熱耶爾小型巴士站奔去。這個世界再度披上沉靜的雪色，以及樹林的冷漠。兩位小型巴士的司機看來被我的問題嚇了一跳。他們根本不知道我在說什麼。而且，那個替他倆帶茶來、面貌凶惡的傢伙，也沒有聽到槍聲。此外，他不是被嚇大的。小型巴士站的服務員拿下哨子，對著我直瞧，彷彿我就是開槍的罪犯。黑斆鳥群聚在我頭頂那棵松樹上。小型巴士離開前的最後一刻，我把頭伸進車內，不安地提出我的問題。

「不久前，」一位上了年紀的女士說：「有個年輕人和一名女子在那裡攔了一輛計程車離開。」

她的手指著塔克辛廣場。我知道這麼做並不理智，但還是朝那個方向跑去。我想，在廣場周圍的小販、車輛和商店之間，這世上彷彿只有我獨自一人。我原本打算前往貝約魯，卻突然想起了緊急照護醫院，於是轉往席拉西爾維勒大道，彷彿自己受了外傷般走進充滿醚和碘味道的急診室大門。

我看到一些男人躺在血泊中，褲子被撕開，袖子捲起。我也看見中毒和腸胃炎的病人，他們臉色慘綠，胃部插著管子；還有躺在擔架上被抬到外面的病人，他們被安置在櫻草盆栽後面的雪地中，以便呼吸新鮮空氣。我為一個和善的矮胖老先生指路，他正在一間間房間中尋找值班醫生。他的手臂上一直綁著晾衣繩，用以充當止血帶，免得失血過多致死。我看到兩個以同一把刀互砍的老朋友，現在正非常客氣地對來抓他們的警察說明和道歉，因為他們忘記把凶刀帶來。輪到我時，護士和警察先後告訴我，沒有一個淡棕色頭髮的女孩陪一位槍傷的學生來這裡就醫。

接著我又到貝約魯市立醫院，總覺得又看見了同樣互砍的死黨、同樣灌下碘酒尋死的女孩、同樣被機器卡住手臂或手指被針刺的學徒，以及同樣在巴士與巴士站間或渡輪和碼頭間被撞倒的乘客。我謹慎地檢視警察的報案檔案，為一位警察做了非公開的筆錄，結果警察懷疑我有嫌疑。在樓上的婦產科，一個剛當爸爸的人高興得把古龍水大方地潑在我的手上，聞到那味道，我怕自己會突然哭出來。

當我回到意外現場，天已經漸漸黑了。我在小型巴士間穿梭，走進小公園，黑斆鳥先是憤怒地在我頭頂狂飛，然後左閃右躲地飛上枝頭。我或許置身城市生活最緊張的部分，但仍聽見自己耳中令人失聰的可怕寧靜，彷彿自己是個始終在暗處拿刀砍人的凶手。我看見遠處嘉娜吻我的那間小教室映出昏黃的燈光，心想現在應該有人在上課。這天早上才讓我陷入苦惱深淵的那排樹木，現在已經變成一堆難看又冷酷的樹皮。我走在雪地上，跟著那個丟掉塑膠袋的人的腳印。四個小時前，那位仁兄像無憂無慮的小丑般蹦蹦跳跳，穿過這片雪地。為了確定他逃走的路線，我沿路一直搜尋到高速公路再轉回來。原路折返時，我卻發現自己的腳印和丟掉塑膠袋那人的腳印，已經糾結重疊。不一會兒，兩隻黑狗從草叢現身，看起來像我一樣心存歉疚，只露出受驚嚇的表情，然後便逃之夭夭。我停駐了一會兒，注視著像黑狗毛色一樣黑的天空。

我和母親邊看電視邊吃晚餐。對我而言，電視中播放的新聞、螢幕上閃爍的臉孔、謀殺案、意外、火災，與暗殺似乎遙不可及，就像在山間看見微小部分的海洋捲起狂怒的波濤一樣遙遠。即便如此，前往「那裡」的渴望，如同遠處某片灰暗的海洋，不斷攪動我的心。因為天線沒有調好，黑白電視機螢幕不停跳動，不過電視上沒有提到學生被槍擊的消息。

晚餐後，我把自己關進房裡。那本書和我離開時一樣，端正地打開放在桌上……我怕那本書。書中有一股猛然的力量召喚我回歸，並要我完全拋棄自己奔向它。想及自己將無法抗拒那股力量，我又跑到街上，走入雪地和滿是淤泥的道路，再到海邊。幽暗的海水給了我勇氣。

我坐在桌前，內心興奮，彷彿貢獻自己的身體去從事一件神聖任務。我捧著臉迎向書中不斷湧現的光芒。剛開始那道光不那麼有力，不過當我翻著書頁，那道光深入我的全身，使我渾身像要融化一般。一種令人無法忍受的渴望在體內四處流竄，性急與興奮讓我的胃直痛。我一直看書到天亮。

3

接下來，我又花了好幾天尋找嘉娜。翌日、後天，以及接著那幾天，她都沒有在學校出現。一開始，她的缺席似乎有理可循，我想她很快就會在學校現身，卻依然未見蹤影。我腳底下的舊世界，仍然不斷向後倒退。我厭倦了尋覓、觀察、冀望；我深陷情海不可自拔，不止這樣，我還受到那本書的影響，徹夜翻閱它。我覺得自己完全孤立無援。我痛切知道，這世間的一切完全肇因於一連串錯誤解讀的訊號，以及根深柢固、纏夾不清的習慣，而現實生活肯定被放置在裡面或外面、那些無法定義的變數之間。我漸漸理解，自己的靈性層次已經和嘉娜一樣了。

我詳細查閱所有日報、地方小報和週刊，閱讀刊載的政治暗殺新聞，以及因喝酒或嗑藥而殺人的老掉牙報導、聳人聽聞的意外，還有鉅細靡遺的火災報導，但找不到任何蛛絲馬跡。整晚翻閱那本書之後，我在中午時分來到塔斯奇斯拉館，心想假如她露面，希望能與她巧遇。我沉重地走在走廊上，偶爾望入福利社。我在樓梯上上下下、查看中庭、於圖書館踱步、穿過廊柱，在她親吻我的教室前駐足片刻。每當需要重振毅力，我便會去教室上課，以便分散注意力，而這麼做只為了之後能重複相同的模式；一次又一次，我只能不斷尋找、等待，徹夜看書。

這樣的日子過了一個禮拜之後，我試著打進嘉娜的朋友圈，但是我不認為她或穆罕默德有很多朋友。有幾個同學知道穆罕默德住在塔克辛廣場附近的飯店，他在那裡擔任櫃檯兼夜間警衛，不過沒有人曉得他為什麼沒到學校。一個積極幹練、曾和嘉娜念同一所高中，但並非嘉娜朋友的女孩透露，嘉娜住在尼尚坦石那一帶。另一位曾和嘉娜一起熬夜趕報告的女孩說，嘉娜有個瀟灑有禮的哥哥，他在爸爸的公司上班，這女孩似乎對嘉娜的哥哥比較感興趣。我沒有從她那裡得到嘉娜的地址，而是藉由告訴註冊組想寄賀年卡給班上所有同學，才要到地址。

我徹夜讀著那本書，直到天邊透出魚肚白。我雙眼發痛，因缺乏睡眠而體力透支。有時候，當我正在讀書時，那道反射在臉上的光芒是那麼強烈、那般炙熱。我想，它不僅融化我的靈魂，也融化了我的軀殼。在那道自書中洶湧射出的光芒中，我的身分亦為之泯滅。然後，我想像那道光在體內逐漸擴散，起初像從地面裂縫中滲出，接著強度愈來愈大，擴散至我的整個世界。有那麼一刻，我夢想著那壯麗的新世界，在那個國度有生生不息、永不枯萎的樹木，還有我幾乎無法目視的失落城市；我會在那個世界的街上遇見嘉娜，而她將擁抱我。

近十二月底的一天晚上，我終於到了嘉娜位於尼尚坦石的住家附近。我漫無目的地在那條大馬路上逛了良久，打扮入時的婦人帶著孩子到妝點著燈飾的商家採買新年禮物。我對著裝潢時髦的三明治店、報攤、蛋糕店及服飾店，仔細端詳起來。

當人群漸散，商店紛紛打烊，我在大馬路後方的一棟公寓按下門鈴。女主人出來開門，我告訴她，我是嘉娜的同學。她走進屋內，有人把電視轉到政論演說的頻道，我聽見屋內的耳語聲。她的父親走向門口，他是個高大的男人，穿著白襯衫，手裡拿著白色餐巾。他請我進屋。嘉娜的母親那張化了妝的臉上，寫滿好奇；她那英俊的哥哥，坐在空了一個位子的餐桌邊。電視正播放著新聞。

我告訴他們，我是嘉娜學校建築系的同學，她一直沒有去學校，朋友都很擔心她。有些人打過電話，但都沒得到滿意的答覆。另外，我寫了一半的統計學報告在她那裡，對不起，我必須請她把作業歸還給我。

過世父親的褪色外套掛在我的左手臂上，我看起來一定像一隻脾氣暴躁、披著慘白羊皮的狼。

「你看來像個乖孩子。」嘉娜的父親開口。他告訴我，他打算開誠布公，希望我也能老實回答他的問題。我有沒有任何政治傾向？是左派？右派？基本教義派？或是社會主義？沒有！那麼，有沒有和任何校外的政治組織掛鈎？沒有，我和任何組織都沒有淵源。

接著是一片靜寂。她的母親深表贊同地揚起眉毛。她的父親那對和嘉娜一樣的蜜色眼睛飄向電視螢幕，在那方虛幻的世界猶疑片刻，然後下定決心轉向我。

嘉娜離家出走了，宛如人間蒸發。也許這個說法並不恰當。她每天都會從遠方打電話回來（電話的靜電干擾應該意味著她在遠方），要他們別擔心，她很好；她不顧父親的質問及母親的懇求，拒絕多說便掛掉電話。他們依照情況判斷，合理懷疑女兒可能被某個政治組織利用去從事不法勾當。他們考慮報警，不過由於相信以嘉娜的聰明才智必能化險為夷，於是打消這個念頭。她的母親從頭到腳對我徹底打量了一番，連我掛在空椅子上那件父親的遺物也沒放過。她哽咽地求我，如果我有任何方法能指點她一條明路，請我明說。

我一臉驚訝地說，太太，我不知道，我一點也不知道。有一段時間，我們都注視著桌上那盤千層捲餅和紅蘿蔔絲沙拉。她英俊的哥哥在房間內外穿梭，向我道歉說他找不到我未完成的作業。我暗示他，或許我可以自己進她的房間找找。但他們沒准我進失蹤女兒的房間，而是隨意招呼我坐在餐桌旁她的空位上。我是個自尊心強的情人，所以拒絕了他們。但是正要離開時，我在鋼琴上看到她鑲框的照片。我對自己的決定後悔不已。九歲的嘉娜綁著小辮子，穿著小天使舞台裝，我想那應該是學校的表演。從天使戲服的每個小細節，到那對翅膀的形貌，都抄襲自西方世界。嘉娜站在父母中間，帶著一抹孩子氣的憂鬱神情，淺淺地笑著。

屋外的夜晚真是難熬又寒冷啊！街道多麼陰沉啊！我明白街上那群野狗為什麼那麼認真地擠在一起了。我輕輕叫醒在電視前睡著的母親，撫摸她沒有光澤的頸子，聞著她身上的香味，真希望她能抱抱我。但是，一旦回到自己的房間，我更深切地覺得，我的真實人生行將展開。

那天夜裡，我又把那本書讀了一遍，臣服於它，希望它把我帶走。我崇敬地閱讀它。新的國度、新的開始、新的視野在我眼前展現。我見到了翻騰的火海、黑暗的海洋、紫色的樹海，以及深紅色的碎浪。接著，就像在一個春天的早晨，陣雨後太陽馬上出現，在我自信樂觀地朝那幢污穢骯髒的公寓、討厭的小巷，以及垂死的窗扉接近前，突然看見自己想像中的雜亂影像都已經清得一乾二淨，在明亮的白色光環中，愛神現身，懷中挽著一個孩子。而她，就是鋼琴上相框裡的那個女孩。

那女孩微笑望著我，或許她有話對我說，也許她已經開口，但我沒能聽到。我覺得自己很沒出息。內心裡的那個聲音告訴我，我永遠無法打進這個美麗的圖畫世界。我痛苦地同意這點，心中懊悔不已。然後，我狼狽地發現，愛神與女孩向上攀升，以某種難以理解的方式上升，然後消失。

這份幻想喚醒我心中的恐懼，猶如閱讀那本書的第一天，我害怕地移開臉，彷彿想躲開書中湧現的光芒。我痛苦地看著自己的肉體置身另一個人生，目瞪口呆。而這個世界裡，有房間的寂靜氣氛、書桌提供的安詳寧靜，以及我的雙手、一切物品、香菸、剪刀、筆記本、窗簾、床引領的靜止氣息。

我希望我那還能察覺體溫和脈搏的身體，能夠離開這個世界；同時我卻認知到，聽見這幢建築物裡傳來的噪音、遠方叫賣小米汁小販的聲音，以及午夜秉燭讀書到天明，對於身處的這片時空，其實都還能忍受。我聆聽著遠方汽車傳來的喇叭聲、狗吠聲、微風輕拂與街上人們談話的聲音（有個人說，已經是明天囉），還聽見一輛長途貨車在夜裡轟然一聲，淹沒其他噪音。好一段時間，當一切都融入靜謐之中，恐懼在眼前現身，我這才了解，那本書已經深深嵌入我的靈魂。當我再度面對那本攤開擺在桌上的書源源散發出的光芒，我的靈魂如白紙般純淨。那本書的內容，一定就是如此注入我的靈魂。

我伸手從抽屜取出一本用來製表、畫地圖的那種方格紙筆記本，那是幾個星期前為統計課買的，當時我還沒看見那本書。筆記本還沒用過，我翻開第一頁，深深吸了口紙張的清澈氣息，拿出原子筆開始把那本書授予我的一切，一句句寫在筆記本上。寫完書中的一句話之後，我接著再寫下一句，然後又是一句。書的內文到了新的段落，我也依樣畫葫蘆；後來我才知道，自己寫下了和書中一模一樣的段落。我就用這種方式，把書中告訴我的一切，一段接著一段，重新賦予它們生氣。又過了一會兒，我抬起頭開始閱讀那本書，然後再研究筆記本上的字句，筆記本的內容和那本書完全一樣。我心情大好，後來每天晚上重複相同的過程，直至深夜。

我不再去上課。我像孤魂野鬼般穿越走廊，不太關心在哪裡及何時上課；我不允許自己享有片刻平靜。我急速穿過福利社，去圖書館、教室，最後再回到福利社。每當發現這些地方都沒有嘉娜的蹤跡時，我的五臟六腑會一陣抽痛。

隨著時間流逝，我開始習慣這種疼痛，與它共存；某種程度上，我甚至有些像在作困獸之鬥。全速疾走或抽菸或許有點幫助，然而尋找轉移自己注意力的小方法甚至更重要，例如：與某人相關的故事、新的紫色繪圖筆、從窗戶望出去見到的纖弱樹林、街上偶爾遇到的新面孔。這些事情都能讓我舒緩從腹部蔓延全身，因挫折與孤獨帶來的痛苦，哪怕很短暫也好。每當走過巧遇嘉娜的地方，例如那間福利社，我不會性急地進行地毯式搜查，而是先瞥向角落。若看見幾個穿牛仔褲抽著菸的女孩正在講話，我總會幻想嘉娜就坐在不遠處或我的身後。我很快便對自己的幻想深信不疑，不願轉身向後看，深怕她消失，反而是花時間研究站滿學生的櫃檯前方和餐桌，不久前嘉娜才在這裡把那本書放在我面前。想像嘉娜就站在我的背後，且確實存在，這讓我享有些許幸福時光，開始相信所見的一切。然而，當我轉過頭去，卻看不到嘉娜，周圍連她的影子都沒有。嘉娜就在附近的影像，猶如甜美的物質在我的血管內流動，但它卻釋放毒素，燒乾了我的胃。

我曾聽人說，並讀過很多遍：愛是甜蜜的折磨。這段時間，我經常不經意讀到這類胡吹瞎說，多數是在談論手相的書籍，或報章星座分析、沙拉圖片、乳液配方旁邊的生活版上看到。嚴重的胃痛、悲慘的孤獨和嫉妒，使我徹底斷絕人性，深受絕望的煎熬。我不但求助於占星術，尋求任何可以舒緩的方法，同時盲目地相信某些現象或標記。例如：如果上樓的樓梯級數是單數，那麼嘉娜就會在樓上；如果第一個走出門的是女生，就表示當天我會見到嘉娜；如果數到七火車離開，那麼嘉娜會來找我，和我說話；如果我是第一個下渡船的乘客，今天她就會出現。

我第一個下船。我沒有踩到人行道的裂縫。我正確無誤地計算出小餐館地板上的瓶蓋數量是奇數。我和一位焊接學徒喝茶，他剛好穿著紫色毛衣和外套。我很幸運地以看見的前五輛計程車車牌，拼出她的名字。我走進卡拉廓伊地下道一個入口，然後成功地憋著氣由另一個出口出來。我在她的尼尚坦石住家外，一邊凝視、數窗戶，一邊毫無遺漏地從頭數到九千。我和那些不知道她的名字意味「心靈伴侶」和「真主」的朋友斷交。我發現我們的名字押韻，腦袋中已經印出我們結婚請帖的樣子，我要以類似「新人生牌牛奶糖」包裝紙上的巧妙韻文裝飾請帖。整整一個星期，每天早上三點，我都正確預估出有幾戶人家亮燈，容錯率甚至沒超過自定的百分之五。我對三十九個人反覆朗誦富祖里[7]最著名的詩句「**Janan yok ise jan gerekmez**」，逼迫他們接受我對詩句的解讀：「如果心靈伴侶不在，也不需要靈魂了。」我裝出二十八種不同的聲音打探嘉娜的底細，蒐集她的資料，每次都以不一樣的聲音發問。每天沒有念三十九次嘉娜的名字之前，我絕對不會回家。我還從廣告招牌、海報、閃爍的霓虹燈、藥局展示窗、烤肉店及彩券商店的名字蒐集字母，拼出嘉娜的名字。但是，嘉娜依舊沒有出現。

一天，我在半夜回家，很有毅力地贏了數字與隨機遊戲「贏雙倍或輸光光」，這會讓我在美夢中更靠近嘉娜一些，這時我發現我的房間燈還亮著。可能是母親擔心我夜歸，或者她在找什麼東西。但突然間，有個截然不同的畫面出現在我的腦海。

我想像自己在屋裡，坐在書桌旁的燈光下。我憑著熱情與意志力想像這樣的畫面，覺得好像能短暫看見自己的頭浸淫在檯燈發出的淡橙光芒中，對照著隱藏在窗簾間、幾乎不得見的小部分灰白牆壁。而同時，那種自由暢快的神奇感受，如令人興奮激昂的電流流遍全身。

原來這一切始終這麼簡單，我告訴自己：我彷彿從另一個人眼中看到的「這個男人」，一定只能留在那個房裡；另一方面，我一定要逃離這個家，遠離這個房間，遠離這一切，包括母親身上的味道、我的床、我二十二年的人生。唯有離開那個房間，我的新人生才能展開。如果我一直在早上離開房間，晚上又回來，可能永遠無法找到嘉娜，尋得那個國度。

當我走進自己的房間，看著彷彿屬於別人的床、堆放書桌一角的書、自從第一次遇見嘉娜便沒再碰過的色情雜誌，以及放在暖器上被烤乾的香菸盒，還有收在盤子裡的零錢、鑰匙圈、沒有關好的衣櫃……一想到這些東西會讓我被舊世界束縛，我很清楚，自己必須準備妥當，逃離這裡。

後來當我翻閱並抄寫那本書時，察覺自己筆下所寫，意味著世上的某種趨勢。我如果在某個地方，就不應該同時在其他地方現身。我的房間是某個地方，它是一個地方，但它不是所有地方。我問自己：「早上幹嘛去塔斯奇斯拉館呢？嘉娜那時又不在那裡。」這世上還有其他嘉娜不會去的地方，有許多我曾經去過卻徒勞無功，不會再去的地方。我只要到書中引領我去的地方，嘉娜和新世界一定都在那裡。當我悉心抄寫那本書傳授的一切，與我非去不

7　富祖里（Fuzuli, 1495-1556），突厥詩人。

可的地方相關的常識資訊，逐漸滲入腦海。我很高興自己開始慢慢變成另一個人。之後，當我重複翻閱先前填入的內容，彷彿是對一路上的進展非常滿意的旅人，可以清楚看見，那個全新的人，在轉換的過程中，取代以往的我。

我是這樣的人：我這個人，藉由坐下來把書的內文一句句抄在筆記本上，指引自己上路，追尋新人生；我這號人物，讀了一本書，改變整個人生，墜入了愛河，覺得自己正在旅途中大步前進，邁向新人生；我這個人的母親，會輕敲我的房門，然後說：「你一整晚都坐著寫東西，但至少不要抽菸。」我這個人，過了令人銷魂的午夜時分會從桌旁起身，聽著當時唯一可聞的遠方狗吠聲，然後對那本讓我沉思數晚的書，以及為了那本書而填寫的內容，做最後巡禮；我這個人，把儲蓄從裝襪子的抽屜取出，沒有關燈就走出自己的房間，站在母親的臥房門口，寵溺地傾聽著她的呼吸聲；天使，我這號人物，長期以來，老是在夜半像個膽怯的外地人般溜出自己的家門，混入暗夜街頭；我這個人，走在人行道上，專注凝望自己房間點著燈的窗口，彷彿因為想到別人脆弱虛空的人生而悲傷流淚。這就是我，他渴望奔向新人生，在寂靜的夜裡傾聽自己回響的腳步聲。

在我家這一帶，唯一還亮著的，是鐵路人雷夫奇叔叔家的窗戶發散的恐怖燈光。我立刻爬上庭院的圍牆，藉著微弱的燈光，從半掩的窗簾中看見他太太萊蒂比嬸嬸端坐著抽菸。雷夫奇叔叔編寫的一個兒童故事裡，有個像我一樣勇敢的英雄。為了尋找黃金王國，這位英雄探入童年時期鬱悶的街坊，聆聽隱匿領域的呼喚、遙遠國度的喧譁，以及樹林間依舊看不見但喧鬧的聲音。我穿著過世父親從鐵路局退休時留下的外套，走進黑暗之中。

我隱沒在夜色裡，它指引我的方向。我深入城市那律動穩定的器官中，水泥高速公路硬得像植物人的動脈，閃著霓虹燈的城市林蔭大道，與裝載肉類、牛奶及罐頭食物卡車的吵雜聲互相回響。我把垃圾桶裡滿滿的垃圾，翻倒在反射燈光的潮溼人行道上；我向從沒穩固生長方向的陰森老樹，請求指點迷津；我瞇眼看著人們依舊在燈光微亮的商店收銀機前結帳；我避開前面管區執勤的警察；我孤單地對醉鬼、流浪漢、異教徒及無家可歸的人微笑，他們完全沒有透出新人生的訊息；等待紅燈亮起時，我對鬼鬼祟祟跟著我、像個機警小賊的計程車司機怒目而視；我沒有被肥皂廣告看板上微笑俯視我的美女欺騙，也不會相信香菸廣告裡的那位帥哥，甚至不信任凱末爾雕像，也不信賴被酒鬼或失眠的人搶成一團的早報，亦不信任那個在通宵營業小餐館喝茶的彩券商，或他身邊對我揮手大叫「來喝一杯吧，年輕人」的朋友。這座腐爛城市最深處的惡臭，指引我到巴士站，車站內瀰漫著海水、漢堡、公廁、廢氣、汽油與髒東西的難聞氣味。

各路客運公司打包票保證讓我到達新國度，體會新的人性、新的人生，保證我到達好幾百個各式各樣的城鎮。為了避免被客運公司售票處上那些保證字眼迷惑，我走進一家小餐館。我對那些擺在寬大冰櫃裡的小麥蛋糕、布丁及沙拉厭煩不已，心想到底誰有這種鐵胃能把它們吃下去，心想要走過幾百英里才能將這些東西全部消化。現在這些食物井然有序地排成一排，像鄉鎮和客運公司名字的塑膠字體一樣。然後，我忘了自己在等待誰。天使，也許我是在等待祢把我輕輕拉開，優雅地告誡我，親切地將我放回正確的軌道。但是除了一個抱小孩的母親，以及幾位滿臉睡容的頑固旅客，餐館裡沒有其他人。我的雙眼搜尋著代表新人生的記號，牆上有個警告標誌指示：「不准擅自開燈」，另一個則昭告：「使用本設備必須付費」，第三個標誌很苛刻地蓄意寫上：「禁止飲用酒精飲料」。我有一種感覺，黑鴉將要展翅，飛越我的心靈之窗；我有個不祥的預感，就是我的死亡可能從這個時間點開始。天使啊，我希望可以向祢形容那餐館裡的哀傷慢慢迫近，但我實在太累了；我聽見幾世紀來的哀鳴，像失眠的森林回響在耳畔；我喜歡那些加足馬力橫衝直撞的巴士分頭朝目的地衝去；我聽見正在尋找新世界入口的嘉娜在遠方呼喚著我。但在吵雜中，我依舊沉默。我是一個因為有技術困難，只想看無聲影片的被動觀眾，我的腦袋瓜幾乎落在桌上，接著便睡著了。

我不知道自己睡了多久。醒來時，我仍在同一家餐館，卻以另一位顧客的身分存在。不過，我覺得自己現在可以和天使交流，啟程前往那能引領我體會獨特經驗的旅程起點。我的

看見遠光燈上交叉的前燈照亮一株種在一望無際大草原上的小樹，以及上面印著古龍水廣告的大圓石、電線桿，還有偶爾遇到的卡車橫掃過來的前燈燈光，也會觀賞司機座位上方螢幕播放的電影。每當那位女主角開口說話，螢幕就呈現和嘉娜外套一樣的紫色；而那個說話像連珠砲的性急男演員回答時，畫面則變成深藍色，有時螢幕的光甚至穿透我的骨髓。當紫色和深藍光線一塊兒出現，我總會想到妳，憶起妳，這種情況經常發生；不過，唉，他們沒有親吻。

旅行第三週，正看著電影時，那一刻到來了，我記得自己被一種不圓滿、恐懼、充滿期待的驚人強大感覺淹沒。我緊張地把菸灰彈進菸灰缸，沒多久卻一頭狠狠撞上菸灰缸的蓋子。看到那對情侶仍猶豫不決，還不吻下去，我體內那股難以忍受的怒火上衝，轉變成更焦躁的情緒。就是現在，我的靈魂深處有種近乎真實的感受，來了、來了——這種感覺，就像國王加冕前籠罩在所有人（包括觀眾）身上那種神奇的沉靜氣氛，儀式進行中只能聽見一對白鴿鼓動翅膀飛越皇宮的聲音。然後我聽見身旁老頭的呻吟，於是轉向他。他的禿頭輕輕地撞在又黑又冰的車窗上，據他描述，行經一百英里、走過兩個活脫是一個模子刻出來的破落小鎮，這顆腦袋已經嘗盡痛楚。我推測，也許他大清早就醫的那間醫院醫生建議他把頭靠在冰冷的窗戶上，以治療他的腦瘤；但是當我將視線轉回漆黑的公路，卻被一陣好久不曾有過的慌亂攫住。這種深沉、不可抗拒的預感是什麼？為什麼這種急切渴望的感覺，在當下排山倒海而來？

一股足以扭曲我五臟六腑的懾人力道，發出劇烈碰撞聲響，讓我大吃一驚。我整個人從位子上彈了起來。快翻滾到前座時，我一頭撞進一堆有鋼、錫、鋁、玻璃成分的東西裡，車上的物品狂暴地打在我身上。我受了傷，跌倒在地。然而很快地，我又跌回原來的座位，但已經徹頭徹尾變成另一個人了！

巴士也完全不再是原來的巴士。我困惑地坐在位子上。透過座椅冒出的藍色霧氣，我看見司機的座位和他背後的椅子只剩下一堆碎片，東西都不見了。

我一直尋找、一直渴望的，一定就是這個了。我太清楚知道心裡找到了什麼，那就是平靜、睡眠、死亡、光陰。我在這裡，也在那裡；我心境平和，同時置身一場血戰，像個不安的鬼魂無法入眠，卻又想睡得不得了；我身處無盡的夜晚，也置身無情流逝的時空。接著，我像電影裡演的那樣，進入慢動作的情境，從位子爬起身，繞過年輕巴士服務員的屍體。他已經遷徙至死亡國度，手上還握著一個瓶子。我從後門下車，踏進夜晚的黑暗庭院。

這個索然無味又無垠的庭院，一端是鋪著柏油的高速公路，如今公路上滿是玻璃碎片，另一端則是無法回頭的國度。我無懼地走入天鵝絨般的夜色中，深信這裡便是幾個星期來我所幻想、如天堂般飄著芳香的樂土。我彷彿在夢遊，但其實很清醒。我在走路，腳卻沒有著地；也許我沒有腳，或許我再也不記得了，因為我只有一個人。我一個人在那裡，獨自一人在那裡，我的身體和意識都麻痺了。喜悅漾滿我全身。

置身這個黑暗的極樂世界，我在一塊岩石旁坐下，於地上伸展筋骨。天上繁星點點，我身旁有塊真實存在的石頭。我渴望地摸著它，感覺到觸摸實體那無可言喻的喜悅。很久、很久以前，有個真實的世界，在那裡，你觸摸得到東西，嗅得到氣息，聽得見真正的聲音。喔，天上的星星啊，在另一個時空下，是否會對現在這一切投下驚鴻一瞥呢？黑暗中，我看見了自己的一生。我讀了一本書，然後找到妳。如果這是死亡，那麼我就再生了。我在這裡，在這個世界裡，一個沒有過去、沒有記憶的全新人生。我就像在新影集中亮相的迷人電視新星，或者像被囚禁在土牢好幾年、第一次看到星星大吃一驚的天真逃犯。我聽見沉默在呼喚我，類似的經驗前所未有。我不斷問自己，為什麼是巴士？為什麼是晚上？為什麼是城鎮？為什麼有這些路、這些橋、這些臉孔？為什麼這種老鷹般的寂寥氛圍籠罩了整個夜晚？為什麼有些字從字面上就可看出含意？為什麼時間無法回頭？我聽到土地裂開，以及手表滴滴答答的聲音。那本書說，時間是無聲的三度空間。我對自己說：所以，我就要死了，卻對三度空間毫無概念，不了解生命，不了解世界，也不了解那本書，甚至無法再見妳一面，嘉娜。我就這樣對著這些嶄新的星星說話，突然有個天真的想法：我還是個命不該絕的孩子。感覺溫熱的血從額頭流到手上時，我再一次感受到發掘、觸覺、嗅覺及視覺帶來的快樂。我認為這個世界很幸福，嘉娜，愛妳也很幸福。

言歸正傳，我離開出事地點，任由那輛不幸的巴士留在原地。當時，巴士和一輛載運水泥的卡車猛然相撞。水泥積雲懸浮於空中，像一把神奇的雨傘，覆蓋在那些瀕死之人的頭上。一道頑強的藍色光束從巴士流洩出來。還活著的倒楣乘客，以及來時無多的傷者，紛紛從後門出來，個個像踏上陌生星球表面一樣小心謹慎。媽咪，媽咪，妳還在裡面，我已經到外面了。媽咪，媽咪，血流像銅板裝滿了我的口袋。我想和他們說話，和那個匍匐前進、頭上戴著帽子、手裡拿著塑膠袋的大伯說話；那位吹毛求疵的軍人，彎腰檢查褲子的破洞；那個原本興高采烈、喋喋不休的老太太，現在又得到宣揚真主的機會。我真想把此一獨特又無懈可擊時刻的重要性，透露給那些惡毒而正在數星星的保險經紀人，並且告知那個女兒被嚇呆、正向已逝司機懇求的母親。我也想把這個重要性透露給那些男人，他們都留著鬍子，互不相識，但這會兒為了活著的喜悅牽手跳舞，溫柔地搖擺著，活像一見鍾情的戀人。我希望自己可以告訴他們，對我們芸芸眾生而言，這個獨特的時刻是一種難得的罕有幸福。我想對他們說，祢，我的天使啊，在這把神奇的水泥傘之下，在這不可思議的時刻，他們的一生中，祢只會出現一次，祢會問他們，為什麼那時我們那麼快樂？你們這對母子緊緊擁抱在一起，像一對大膽示愛的情侶；生命中，你們第一次如此自在地哭泣。妳這位發現流出來的血比口紅更紅、死亡比生命更令人同情的溫婉婦女，你這個站在死去父親身旁、抓著娃娃、望著星星的孤兒，我問你們：誰恩准你們可以如此滿足、充實、快樂？內心的聲音給了我一個答案：那就是啟程……離開……但是，我知道我還沒死。就快要斷氣的老女人問我，服務員在哪裡，她要馬上去拿她的行李。雖然臉上血淋淋，但是她想到下個城鎮，趕上明天早上那班火車。只留我一個人，拿著她那張鮮血溼透的火車票。

我從後門上車，避免看到前排死去乘客貼在擋風玻璃上的臉。我開始察覺發動機運轉的聲音，聯想到一路搭乘的巴士上恐怖的引擎噪音；我聽見的不是死寂，而是與記憶、慾念及幽靈格鬥、充滿活力的聲音。服務員仍然握著瓶子，眼中含淚的母親抱著平靜睡著的嬰兒。外頭很冷。我也坐了下來，覺得雙腿發疼。那位腦部疼痛的鄰座乘客，已經和前排的急躁群眾一起離開這個世界，但他仍端坐著。他睡著時會閉上的眼睛，死後大睜。前方出現兩個男人，他們粗暴地把一具滿是血跡的屍體扛上肩，搬到寒冷的車外。

就在那時，我開始察覺最神奇的巧合或最無懈可擊的命運：司機座位上方的電視螢幕毫無損傷，錄影帶裡的情侶終於擁抱彼此。我用手帕擦掉前額、臉上和脖子上的血跡，輕彈著菸灰缸的蓋子，不久前我的前額才猛烈地撞了它一下。我心滿意足地點了一根菸，開始看電影。

他們一吻再吻，吸吮著口紅與生命。我不知道為什麼，童年時期看到吻戲就會停止呼吸；我也不明白，自己為什麼會晃著腳，把注意力集中在螢幕上的情侶。啊，那個吻！我記得多麼清晰，在白色光芒穿透玻璃窗那天，那個嘴唇相觸的滋味。那是我這輩子唯一的吻。我掉下眼淚，喃喃念著嘉娜的名字。

電影快結束時，我才第一次注意到大燈，再來是恭敬停放在不幸事故地點的卡車，在那裡，冰冷的屍體因為外面寒冷的天氣甚至變得更冰。事件發生時，鄰座那個人的口袋有個鼓鼓的皮夾，而他茫然的眼睛仍專注地望著空白的錄影帶螢幕。這個人姓馬勒，名字是瑪赫姆特。皮夾裡有他的身分證件，從照片上看來，他當軍人的兒子很像我；裡面還有一張一九六六年一份《登利茲利郵報》關於鬥雞消息的破爛剪報。那些錢夠我撐好幾個禮拜，結婚證書應該也很有用，謝了。

我們這群有先見之明的生還者被人用擔架送到鎮上，像身邊的溫順死者一樣。我們一邊試著保暖，免得在卡車車墊上受寒，一邊望著天上的星星。星星似乎告訴我們，保持冷靜，彷彿我們都不夠冷靜似的；你看，我們多麼善於等待時機。我躺在震動的卡車上，望著千變萬化的雲，以及那片隔離在我們與天鵝絨般夜幕之間讓人不安的樹林。我認為這是一場熱鬧、燈光黯淡的狂歡盛會，死者與生者緊緊相依，關在一起。這樣的場景，和一部以新藝綜合體[8]攝製的影片，真是絕配。在那部影片中，我那幽默、愉快的天使從天上降落人間，向我揭露人生和心中的祕密；但是這個我從雷夫奇叔叔一個插畫故事挪用的情節，卻無法具體化。因此，我只能與大熊星座的北極星及Π符號相伴，數著漆黑的電線桿，以及從我們頭頂越過的樹枝。我心裡出現一個想法，畢竟，這不是完美的時刻，因為缺了某些元素。然而，只要我體內蘊含新的靈魂，眼前就有新人生。我的口袋裡有一大把錢，外面天空有星星，到底什麼不見了？我想找出失去的元素。

是什麼讓一個人的人生不圓滿？

綠眼珠的護士回答，是失去一條腿。她在我的膝蓋縫了幾針，叫我不要反抗。好吧，那妳要不要嫁給我？小腿或腳沒有骨折或割傷。好，妳願意和我做愛嗎？我的前額也有一些恐怖的縫線。我痛得眼淚直流。我知道自己哪裡搞錯了。我應該集中精神，看見照料我的護士無名指上有戒指才對。她可能和在德國工作的某個人訂了婚。我是一個新的人，但並非徹頭徹尾全新的人。在這種情況下，我離開醫院和昏昏欲睡的護士。

晨禱剛開始時，我抵達新光明飯店，向晚班櫃檯要了全旅館最好的房間。我從房裡滿布灰塵的抽屜中，找出一份舊的《自由日報》[9]自慰起來。週日版增刊的彩色照片，拍攝地點在伊斯坦堡一家位於尼尚坦石的餐館，照片中每個女人都對著相機展露胴體，她們被閹割的貓及從米蘭訂購的家具也一併入鏡。後來我便睡著了。

這個城鎮叫西寧耶爾，我在這裡停留了約六十個鐘頭，其中三十三個小時待在新光明飯店睡大覺。這地方就像它的名字一樣迷人。一、理髮店：櫃檯有一塊鋁箔紙包裝的OP牌刮鬍皂。二、青少年閱覽室：他們在牌桌上洗著紙漿做成的紅心和黑桃老K，望著廣場上的凱末爾雕像，那裡還有許多苦惱的老頭；從閱覽室可以望見行經的牽引機和像我這樣微跛的人，並觀看不斷播放的電視，眼睛盯著女人、足球選手、謀殺案、肥皂和吻戲。三、萬寶路香菸招牌：除了香菸，還有舊的空手道卡帶、模糊的色情片、國營樂透彩券及運動彩券、黃色小說、老鼠藥；牆上有一幅月曆，微笑的美女讓我想起嘉娜。四、餐館：豆子、肉丸，還能吃。五、郵局：我打電話回家，母親無法理解，一直哭。六、西寧耶爾咖啡館：我坐下來，再次愉悅地看著從那個幸運車禍現場（十二人死亡！）順手牽羊的《自由日報》新聞短

8 新藝綜合體（Cinemascope），一九二八年法國人亨利・克瑞雄（Henri Chrétien）發明的寬銀幕系統，拍攝時採用壓縮變形鏡頭，放映時再還原成正常比例影像。

9 《自由日報》（*Hürriyet*），土耳其主要日報之一。

訊。現在想起來，有個似乎是受僱殺手或臥底警察的三十多歲、四十出頭的男人，像影子般跟在我後面，還從口袋拿出先力手表，開始作詩：

在瘋狂詩篇中
若因為愛喝酒就足以開脫
死是否符合同樣定理
醉倒在酒國險境中
你如禿鷹般飢渴

他沒有等我回應便走出咖啡館，留下濃烈的OP牌刮鬍皂氣味。

每一回在急匆匆前往巴士站的路上，我總疑惑為什麼每個宜人的小鎮，一定有個微醺的瘋子。我們性好飲酒、作詩的朋友，不會在鎮上兩座小客棧中的任何一間出沒。嘉娜，在這個鎮上，我開始感覺到，之前提過的那份讓人興奮的飢渴，已經如我愛妳的心思一般深刻。想睡的司機，疲憊的公車，不修邊幅的巴士服務員們！引領我，到那個我想前往的不知名國度吧！引我前去死亡之門，我沒有意識到前額在流血，所以我可能已經變成別人了！這就是當時的心理狀態。我離開名喚西寧耶爾的小鎮，坐在瑪吉魯斯公司巴士的後排破爛長椅上，身上有幾條縫線，口袋放著死去男子厚厚的皮夾。

夜啊！好一個漫長、蕭颯的夜。昏暗的村子和更加幽暗的羊欄、長生的樹木、破爛的服務站、空蕩蕩的餐廳、寂靜的山巒，還有焦躁的兔子，一個個從我車窗的漆黑鏡面掠過。有時候，我會研究遠方星空下閃爍的燈火，仔細思索自己想像中在那樣的燈光引導下，每一刻的人生會是如何。我會在那段人生中，為嘉娜和自己找到立足之地；當巴士加速遠離那閃爍的燈光，我希望自己能坐在屋簷下，而不是失控的顛簸座位上。有時候，當我注視著巴士上的乘客（我們在服務站、休息站，以及樹木互相迎風招展的十字路口，還有狹窄的橋上打過照面），總會想像自己遇見坐在其中的嘉娜，然後滿腦子全是自己的奇想。我幻想自己趕上另一輛巴士，登上車，把嘉娜擁入懷中。有時候我則非常絕望困頓，當我們那輛瘋狂巴士夜半時分穿過某個偏遠鄉鎮的狹小巷道，我希望自己就是電視螢幕上那個從我半開半闔雙眼望出去，正坐在桌邊抽菸的男人。

但是，我仍然知道自己真的想去別的地方，而不是身處這個時空。我想置身那段還不必在生與死之間抉擇的美妙時光，置身那些因為突如其來悲慘機緣而逝去的死者之中……登上第七層天堂之前，我試著讓自己的眼睛習慣，以微弱的視線看著無法回返的新世界入口、那滾滾血泊和玻璃碎片，或許我會滿足地仔細思考要不要踏進去。我該回頭嗎？還是繼續前進？地獄的清晨是何等模樣？要是放棄整段旅程，讓自己迷失在深不可測的夜裡，那會如何？我顫抖地想著，在那個國度的獨特時空，或許我會跳脫自己的世界，也可能和嘉娜團聚；我的雙腿和縫了好幾針的額頭，迫切地想獲取可能將至的意外幸福。

啊，搭上夜班巴士的你們啊！我不幸的教友們啊！我知道你也還在尋找失重狀態的時空。啊，不是這裡，也不是那裡！你會變成另一個人，在兩個世界之間的平和庭院徘徊！我很清楚，那個穿著皮外套的足球迷不是要等球賽開場，而是期待那最危險的時刻，那時他將成為滿身是血的烈士。我也知道，那位一直從塑膠袋拿東西出來塞進嘴巴的老太太，並不是真的即將死去並與姊妹及外甥相聚，事實上她就要到達另一個世界的入口。那個測量員一隻眼睛盯著路上，另一隻眼則在作夢；他不是在計算城鎮的地籍資料，而是算著成為歷史的小鎮上有多少十字路口。我確定前座那位正在假寐、臉色發青的中學生，並不是夢見自己在親吻女朋友，而是夢到他猛烈地用力緊壓擋風玻璃。畢竟這不同於包圍我們的那種狂喜吧？每當司機猛地踩煞車，或在風中飆車，我們馬上張開眼睛，瞪著漆黑的路面，試著弄清楚關鍵時刻是否就在眼前。不，時候沒到！

我在巴士座位上足足待了八十九個晚上，心靈不曾迎來招致死傷的幸福時刻。有一次，巴士發出刺耳的煞車聲，撞上一輛滿載家禽的卡車，但驚慌的雞隻甚至沒有一隻被撞斷鼻子，昏昏欲睡的乘客也毫髮無傷。另一個晚上，巴士快樂地滑行在冰雪覆蓋的高速公路上，我從結冰的窗戶向外望，感受到與真主相逢的光輝。我以為即將找到那個與所有生活、愛情、生命、時間共通的元素，惡作劇的巴士卻懸在漆黑大洞的邊緣，停了下來。

我曾經讀過，幸運並不是瞎子，只是文盲罷了。我靜靜想著，對那些不懂或然率和統計學的人來說，幸運是一個緩和劑。後門，是我降落地球、返回人生的地方；後門，是我在巴士站與喧囂人生相遇的地方：哈囉，你好，烤種子攤、賣錄音帶小販、賓果遊戲組頭、帶著行李箱的老人、拿著塑膠袋的老婦，哈囉！為了不想錯過幸運這玩意兒，我尋找最不安全的巴士，選擇彎道最多的路線，向咖啡館工作人員打探哪個司機都沒有睡覺，因為巴士公司都叫作什麼「安全旅途」、「真正安全」、「特快安全」、「飛馳安全」、「疾風迅雷」。服務員在我手上倒了好幾瓶古龍水，沒有一種香味是我正在尋找的那個；他們以假銀盤送上竹芋粉餅乾，配上茶後味道不像母親做的那樣。我吃著沒有添加真正可可的國產巧克力，不過倒不像小時候那樣吃了就抽筋。有時候服務員會以籃子盛裝各種糖果和牛奶糖給乘客享用，當中包括金牌、瑪貝爾、果味等品牌，我從來沒看過他們提供雷夫奇叔叔給我吃的新人生牌牛奶糖。我在睡眠中計算里程，然後睜著眼睛作夢。我把自己用力擠壓塞進座位裡，縮了又縮，將自己縮成一團，強行把腿也擠進位子。我夢見和鄰座做愛，醒來時發現那個人的禿頭靠在我的肩上，噁心的手放在我的膝蓋上。每天晚上，一開始我還會對一些倒楣乘客扮演節制的鄰居，接著扮演口才很好的人，但是到了早上，以親密的字眼來說，我會成為鄰座厚臉皮的密友。要香菸嗎？你打算去哪裡？您在哪兒高就？在一輛巴士上，我是正在旅行的年輕保險業務員；在另一輛冷得凍死人的巴士上，我宣稱自己快和表妹結婚，她是我人生的至愛。我像個看見幽浮的人，對一位老爺爺透露，自己期望看到天使；另一次，我說老闆和我很樂意修理您所有壞掉的鐘表。我的是摩凡陀表，一位戴著假牙的老先生說，它永遠精準。當那個手表的主人張著嘴睡著時，我想自己聽見那只永遠準確的手表正滴答滴答響。光陰是什麼？是一場意外！人生是什麼？是光陰！意外是什麼？是一個人生，一個新的人生！我完全臣服於這簡單的邏輯，很驚訝之前居然沒有任何人提出這個定理。我下定決心朝巴士站走去，噢，天使啊，我直接朝意外現場走去。

我觀察那些被前方椅子無情刺穿身體的乘客，他們的巴士輕率地撞上滿載鋼條的卡車，那些鋼條伸出了車身。我看見一位司機努力避開一隻虎斑貓，結果把笨重的巴士開進峽谷；他的屍體夾在裡面，沒辦法撬出來。我看見許多被撕裂成塊的頭顱，以及四分五裂的身體，還有分離斷裂的手。我看見那些斗膽飆車的司機，腦袋像甘藍菜一樣爆開，仍戴著耳環的耳朵滿是鮮血，有的眼鏡摔壞，有的鏡片毫無損傷，還有一些鏡子。我還看見周密地攤在報紙上的鮮紅腸子、梳子、擠爛的水果、銅板、斷裂的牙齒、奶瓶——所有的物品和精神，都急迫地成為真理時刻的犧牲品。

一個春寒料峭的早晨，我從交通警察那裡得知，兩輛巴士一頭撞進平靜的大草原。這場激烈衝撞的意外事故引起轟然爆炸，過了半小時，那個讓生命有意義、可忍受的神奇力量，仍然懸而未決。我站在警察和憲兵隊的車輛間，研究其中一輛翻覆巴士的黑色輪胎，捕捉到新人生和死亡的愉悅輕煙。我的腳顫抖著，縫了好幾針的額頭一陣劇痛。我決定向前擠，彷彿自己有約會，不能耽誤。在濛濛的黃昏時刻，我穿過陷入混亂的生還者之中。

我爬進巴士，有點碰不到門把。我越過所有東倒西歪的椅子，愉快地踩著眼鏡、玻璃製品、項鍊，以及迫於重力飛濺到車頂的水果，似乎想起了什麼——我曾經是另一個人，而那個人曾經很想變成我。我曾夢見幸福時光和壓縮的人生，顏色像瀑布般灌入心中，不是嗎？那本被我留在桌上的書，進入我的腦海。我想像它注視天花板的樣子，就像那些張嘴望著天空的死者。我想像著母親把我桌上的那本書，以及我那已中斷前生的所有東西收在一起。我想像自己開口說，母親，妳聽著，我在玻璃碎片、血滴及亡者之間尋找的，是進入另一個人生的入口。然後我仔細觀察一只皮夾。有個人斷氣之前曾爬過座位，向上往窗戶攀去，不過他的身體在某個時間點陷於平靜，休止了；整個皮夾從他褲子後面的口袋露出來。

我把他的皮夾放進自己的口袋，這不是之前才想起來的，而是我假裝忘記。我心裡想著另外那輛巴士；我站著，從碎玻璃和可愛的小窗簾中向車外望去，見到另一輛巴士車身上以萬寶路的大紅為底、致命藍字書寫的「超安全之旅」字樣。

我從其中一個玻璃已經完全撞碎的窗戶跳出來，開始奔跑，踩在沾滿血跡、散落於屍體間的玻璃上（憲兵還沒移開的那些屍體）。我沒有被誤導，另一輛也印有「超安全之旅」字樣的巴士，曾平安地把我從無聊的城市帶到偏遠的鎮上。我爬到陳舊、熟悉、六星期前坐過的同一個位子上，像充滿耐心的乘客一樣等待，一派樂觀地相信這個世界。我在等什麼？也許是一陣風，一個特定的時間，又或許是一位旅客。天色漸漸暗了。我感覺到有一群像我一樣藏在座位裡或生或死的靈魂，聽見祂們召喚著某些未知的靈魂。祂們喘著氣，彷彿在夢魘中與美女交談；在祂們的天堂美夢裡，祂們和死神衝突。然後，我注意到周遭更難解的事情：我發現除了收音機，司機座位處的其他東西都不見了；那裡伴隨著嘆息與哭泣，還有悅耳的美妙樂音飄然流洩。

沉默降臨了片刻，我發現光線愈來愈濃重。朦朧中，我看見死者和瀕死者的幸福靈魂。旅人們，你們已經盡所能走了這麼遠，但我認為你們可以走得更遠！你們領先一步，愉快地搖曳，渾然不知是否有其他入口及祕密花園，能把生與死、意義與動機、時間與機會、光明與幸福結合在一起。突然間，那股焦慮的渴求再度自內心深處升起，籠罩著我的身體，欲望爬滿全身。我彷彿聽見幾句話語，我顫抖著，我的美人隨之而來。她穿過門走出來，我的嘉娜，身著我最後一次在塔斯奇斯拉館看到她時穿的那件白色洋裝。妳的臉沾滿了血。

「妳在這裡做什麼？」我沒有這麼問妳，而妳也沒有問我為什麼在這裡。我們心照不宣。我牽著妳的手，讓妳坐在我身旁的三十八號座位。我用在西寧耶爾買的格子手帕，擦掉妳臉上和額頭上的血跡。然後，親愛的，我執著妳的手，我倆就這麼靜靜坐著。天色亮了些，救護車來了，死亡司機的收音機正播放著我們的歌。

5

嘉娜的額頭縫了足足四針之後，我們搭上第一班巴士，火速離開死氣沉沉的康亞。在那個小鎮，我們沿途走過低矮的庭院圍牆、灰暗的建築物，還有空無一樹的大街，清楚感受到自己的腳底機械式地踩在人行道上。接下來前往的三個城鎮，我倒還有些記憶：其一到處是煙囪，另一個全鎮都喝扁豆湯，最後一個小鎮品味糟透了。行經這三個小鎮之後，巴士帶我們駛向一個接一個城鎮，睡在巴士上，然後在車上醒來，眼中的世界一片朦朧。我看見水泥早已崩塌的圍牆，上面遺留著昔日藝術家年輕時的海報。我看見被洪水沖垮的橋梁，看見來自阿富汗的難民正在兜售跟我拇指一樣大的《古蘭經》。除了嘉娜那一頭披洩雙肩的淡棕色秀髮，我一定還見到其他景象，例如：巴士站的一大群人、紫紅山巒、光滑的塑膠告示板、活蹦亂跳的狗在後面追趕搭載我們出城的巴士、貧苦的小販穿梭巴士間兜售他們的商品。在一個偏僻的休息站，嘉娜已經放棄尋找她所謂的「調查工作」的蛛絲馬跡。她把向小販買來的食物，諸如煮得硬邦邦的雞蛋、肉餅、剝皮黃瓜，還有一些沒有品牌的當地汽水，放在我倆的膝蓋上。接著，清晨到來，然後夜幕低垂，再來是個多雲的早晨，巴士更換了齒輪。接著愈發漆黑的夜晚降臨，放在司機座位上方的螢幕，放射出廉價口紅般的桃色光芒，嘉娜也開始說她的故事。

她與穆罕默德的「關係」（她是這麼形容），始於一年半之前。在她的印象裡，隱約曾在塔斯奇斯拉館一大群建築系與機械系學生當中，和他有過一面之緣。不過她第一次真正注意他，是在塔克辛一家飯店參加從德國回來親戚的接風宴時。大約午夜時分，她的父母來到飯店大廳，櫃檯後方那個蒼白、高大瘦削的男人，在她心中留下深刻的印象。「可能是因為，我一時想不起來以前在哪裡看過他。」嘉娜說著，又對我甜蜜一笑。但我知道，這個笑並不是因為我。

秋天開學後，她在塔斯奇斯拉館的走廊再度看見他，他們很快便「墜入愛河」。兩人一起漫步在伊斯坦堡街頭，一起看電影，經常到學生福利社和餐廳報到。「起初我們沒有聊太多。」嘉娜以不曾有的嚴肅語調解釋。她說，不是因為穆罕默德太害羞，或不喜歡說話。隨著認識愈久，以及兩人共處的時光愈長，她愈發了解，這個人可能喜歡與別人打成一片，可能非常不屈不撓、固執、能言善道，甚至積極、有拚勁。「他的沉默來自內心的悲哀。」一天晚上，嘉娜這麼對我說，她的目光只注視著巴士電視螢幕的警匪追逐場景，沒有看我一眼。她的唇邊漾起微笑，補充道：「都是來自悲傷。」螢幕上警車加速飛馳，一輛輛翻落橋面掉入河中，撞得稀爛，纏成一團。

嘉娜努力想解開他那哀傷的心結，曾經成功透入他悲痛心結背後的人生。一開始，穆罕默德曾提到，他的前生是另一個人，住在某個省分的某棟大宅邸。後來他漸漸不再畏懼，告訴嘉娜，他拋下了原來的人生，渴望新的人生；對他而言，過去已無關緊要。他曾經是別人，但他決心讓自己成為另一個人。因為嘉娜只認識他的新身分，所以他告誡她，不要理會他的過去，只要認同他的新身分就好。他在追尋之旅中面臨的恐怖人、事，都與他的前生無涉，而是熱切追求的新人生裡的一部分。在一個寒酸小鎮的巴士站，我們友愛、甚至笑鬧地討論要搭哪一班巴士；我們坐在桌前，準備吃她從鎮上一家被老鼠蹂躪的雜貨店架上找來、起碼放了十年的食物罐頭；我們還在這鎮上的老舊鐘表修理店觀察手表指針如何運轉，並在運動彩券商店滿布灰塵的架上看到兒童連環畫。在那個巴士總站，她告訴我：「那就是人生……他在那本書裡遭遇的那個人生。」

因車禍巧遇的十九天來，這是我們第一次提到那本書。嘉娜告訴我，要讓穆罕默德談論那本書很難，讓他論及抑鬱不樂的原因，以及背棄的舊人生，難度一樣大。他們沮喪地走在伊斯坦堡街頭，或在博斯普魯斯的餐館喝茶，或者一起念書時，她要求看那本書，向他要那神奇的東西，但他只會嚴肅拒絕。穆罕默德告訴她，像她這樣的女孩，竟然有意去想像煉獄、心痛與血光，根本大錯特錯，因為在那本書描繪的朦朧境界中，「死亡」、「愛」與「恐懼」藉由受打壓和失意的外表作為掩護，佩帶槍械、冷若冰霜地像不幸的幽魂一樣徘徊。

由於毅力驚人，加上多次對情人表達憂慮之情，嘉娜終於能夠撫慰穆罕默德，不過程度有限。「或許他希望我去讀那本書，把他從書中的魔法及惡毒本質中拯救出來。」嘉娜說：「畢竟，那時我已確定他對我的心意。」當我們的巴士停在平交道前耐心等待火車駛過時，她又補充：「或許，他無意識地期盼我們能一起進入那個人生；他心裡的某個角落也許仍然認為，這麼做行得通。」她像尖聲駛過我家附近的火車頭，喋喋不休地閒談著。一長列箱型貨車裝滿小麥、機械，還有碎玻璃，一列接著一列，從我們窗邊通過，拉出的長長影子活像外國遠道而來的密探和罪犯。

嘉娜與我不太談及那本書對我們的影響力。那份影響力太強大，這點再明白不過，況且進行討論絕對會讓這本書的內容，淪為閒聊和漫無目的的空談。這本書要談論的是，某些在我們兩人的人生中都無庸置疑、占有不可或缺地位，並且明顯存在我倆之間、基本如陽光和水的東西。為了回應書中湧現而映照在我們臉上的光芒，我們出發上路，藉由本能的力量，企圖在這條道路上前進，卻不想弄清楚自己究竟要走向何方。

即便如此，我們還是經常為了要搭哪輛巴士，吵得不可開交。舉個例子，有一次，站方播報員透過擴音器，以金屬般嘔啞嘈雜的聲音向候車室（在這樣一個小鎮，候車室還架了一個衣架，顯得有點過頭了）的乘客宣布巴士離開的時間和目的地，激起嘉娜上車的渴望；雖然我大力反對，最後還是屈服在她的要求下。另一次，我們跟隨一個拎著塑膠手提箱的年輕人來到巴士候車道，走過他淚眼婆娑的母親和老煙槍父親身邊，只因為那年輕人的身材與略微駝背的模樣，使她想起穆罕默德。我們還跟著他上了這班標示「終點站土耳其航空」的巴士，隨他途經三個城鎮，越過兩條污穢的小河，最後到達一處環繞著有刺鐵絲網圍籬、有座瞭望台的營房，圍牆上方宣示：「快樂，就是身為土耳其人。」我們搭遍各式巴士，深入大草原中心，有時只因為嘉娜迷戀巴士車身的暗綠與赭紅色彩；要不就是，你瞧！巴士側邊「疾風迅雷」標誌的R字母尾端，隨著車身震動加速會愈來愈細、變彎，像一道閃電。當我們抵達塵埃滿布的小鎮，在骯髒的巴士站與冷清的超市盤桓，證實嘉娜所謂的調查工作無疾而終，我會問她，為何我們要旅行，並提醒她，我從死去乘客身上偷來的錢已經愈來愈少。但是，我還是會假裝自己正努力理解這樁調查工作中不合邏輯的邏輯。

我告訴嘉娜，在塔斯奇斯拉館上課時，我曾經探出窗外，目睹穆罕默德中槍。她聽了毫不訝異。根據她的說法，人生充滿了明顯、甚至有意的交集，有些魯鈍的笨蛋稱其為「巧合」。穆罕默德遭槍擊後不久，嘉娜發現對街經營漢堡店的傢伙有不尋常的舉動。她記得自己聽到槍聲，直覺東窗事發，奔向受傷倒地的穆罕默德。而在穆罕默德受傷的地點，隨即出現一輛計程車，將他倆載往卡辛帕沙海軍醫院。如果換成別人，也許會認為這只是巧合，計程車司機選擇那間醫院，是因為剛從海軍退伍，一切只是偶然。穆罕默德肩上的傷不嚴重，一、兩天就可以出院。但是第二天早上，嘉娜到醫院時，卻發現他已經離開消失了。

「我去他工作的飯店，在塔斯奇斯拉館略微查看了一下，還到他經常出入的地方，然後回家等他的電話，不過我知道這些都是白費工夫。」她冷靜清楚地說，我對她佩服得五體投地。「我明白，他回去了，回到那個國度。打從那時開始，他就回到那本書的世界了。」

我是她追尋那個國度的「旅伴」；為了重新發掘那片樂土，我們要互相扶持。在尋找新人生的道路上，抱持「三個臭皮匠，勝過一個諸葛亮」的想法並沒有錯。我們是心靈伴侶，也是旅途良伴；我們給予對方無條件支持。瑪麗與阿里[10]只以兩片鏡片就能引燃營火，我們同樣有創意。所以接下來幾個星期，我們在夜車上比鄰而坐，兩人的身體摩擦碰撞。

一些夜裡，在錄影機播放的第二部影片以高八度的槍聲和爆破的直升機告終許久，以及我們這些困倦憔悴的乘客啟程夢周公之後，大家把性命交託死神定奪，巴士在蹣跚前進的車輪轉動下，繼續無休止的旅程。我總會在車子駛過渠溝或突然煞車時驚醒，認真、良久地凝視窗邊的嘉娜那張嬰兒般沉睡的容顏。她的頭靠在捲起充作枕頭的窗簾上，淡棕色秀髮在枕上壟起一座甜美的小丘，繼而陡降在她的香肩上。她修長的美麗手臂，有時像一對平行的柔弱樹枝，碰觸著我飢渴的膝頭；有時她撐起一隻手臂，好像多了第二個枕頭，另一隻手則優雅地扶在前一隻手臂的肘部。當我仔細注視她的臉，看見彷彿有一抹痛楚令她皺眉。有時候，她淡棕色的眉毛在眉心糾蹙成結，前額寫滿疑慮，使我內心一凜。然後我會看見一抹光輝爬上她蒼白的面容，開始幻想有個天鵝絨般柔軟的美麗天堂，那裡玫瑰盛開，日落時松鼠

10 《瑪麗與阿里》是小說中雷夫奇叔叔寫的故事，內容見本書一四一頁。

跳躍嬉鬧，召喚我前往她顴骨和纖細喉頭間的絕妙樂土；或者如果她低垂著頭，秀髮披散頸背，便呼喚我至那個觸不著的部位。我會注視她臉上閃現的金色光輝；如果她在睡夢中甚至僅淺淺一笑，牽動飽滿蒼白、因經常咬唇時而輕啟的雙唇，我會告訴自己：雖然學校和書本都沒教過，但是，噢，天使啊，看著這心愛的睡容，是多麼甜蜜啊！

我們倒是討論過天使的話題，但對話相當虛浮，根本就像嘉娜在市場（比如街角的五金行、死氣沉沉的乾貨店）討價還價買來的易碎物品一樣，不值一提。買來那些小東西之後，我們頂多把玩一下，就留在車站的餐館或巴士座位上。我們也談過死神，死神似乎是那位天使有威嚴又沉悶的同父異母或同母異父兄弟。祂無所不在，尤其是「那裡」，因為死神就是從「那個地方」現身。我們尋找線索，希望到達「那裡」，找到穆罕默德，但也錯失一些蛛絲馬跡。我們的資訊大多由那本書而來——就像我們知道意外發生的獨特時刻，學到能目視另一個世界的起始點，清楚戲院的門廳與新人生牌牛奶糖，知悉可能槍殺穆罕默德、甚至幹掉我們的暗殺行動，認出阻止我前進的飯店遮簷，也認識到持續很久的沉默、夜晚，以及燈光黯淡的餐桌。我應該這麼寫才對：說了做了這麼多之後，我們再度搭上巴士；說了做了這麼多之後，我們再一次啟程上路，有時甚至夜幕低垂前才上車；服務員會驗票，乘客互打交道，孩童和較焦躁的乘客則像看著電視螢幕那樣，望向窗外鋪著柏油的平坦山路。嘉娜眼中突然閃現一道微光，她開始說故事。

「還小的時候，有時我會在半夜醒來。」有一次她這麼說：「我撥開窗簾向外望，會看見有個男人在街上，酒鬼、駝背的胖男人、守夜人，反正總會有個男人在街上……。我很怕，而且我喜歡我的床，可是也很想到街上去。」

「我對男生的認識，是在度暑假的地方與哥哥的朋友玩躲貓貓。也可能是念中學時，看他們對著書桌裡拿出來的東西瞧。也許是更小的時候，我們玩遊戲正起勁，他們突然說要尿尿，從他們擺動雙腿的樣子，我知道男生是怎麼回事。」那天夜裡稍晚，她又說道。

「我九歲時在海邊跌倒，膝蓋受了傷，母親尖聲大叫，大哭起來。我們去找飯店的醫生，他說，真是個漂亮的小女娃，好甜美的小姑娘。他用雙氧水清潔我的傷口，然後說，真是個聰明的小女孩。我從醫生看我頭髮的模樣，知道他喜歡瞧著我。他的眼睛有種眩惑力，把我視為另一個世界的人。他的眼皮有點沉重，看起來有些昏昏欲睡，但還是仔仔細細把我完全看個飽。」後來她又說。

另一個晚上，我們又談起天使。「天使的目光無所不在，」她說：「祂的雙眼無所不看，永遠存在。不過，我們這些不幸的人類，仍為不見這些目光所苦。是因為我們疏忽嗎？還是我們的意志不夠堅強？或是因為我們無法熱愛人生？我知道，總有一天，無論日夜，我會望向巴士窗外，行遍一個又一個城鎮，我的眼神終將與天使之眼相遇。我一定要學會如何注視，那麼我可能就會見到天使。我對巴士充滿信心。我對天使也有信心……有時候……不對，應該是永遠有信心，沒錯，永遠有信心。好吧，只是偶爾有信心。

「我追尋的天使出自那本書。這位天使之所以出現在書裡，似乎是另一個人的想法。天使在書中像過客，但我還是可以認出祂來。我確信，看見祂的那一刻，人生的奧祕就會在我眼前展現。在巴士意外現場，還有巴士上，我都能感受到天使的存在。穆罕默德說過的每一件事都應驗了。你知道嗎？無論穆罕默德走到哪裡，死神放射的光都環繞他的左右。或許，是因為那本書深植他心中。我也聽車禍受難者提過天使，那些人對那本書或新人生一無所知。我追尋著他，蒐集他遺留的訊息，一路跟隨。

一個雨夜，穆罕默德告訴我，那些想殺他的人已經準備動手。他們可能在任何地方出現，甚至無時無刻都在偷聽我們談話。你也可能是其中之一，但你不要想歪了。人們的思考和行事，經常表現出與他們真正想法完全相反的一面。你上路尋找那片樂土，你的心卻向內縮。你以為自己在讀那本書，卻只是重新抄寫罷了。當你以為自己伸出援手，卻是加害於人。多數人都不想要新的人生或新的世界，所以他們殺了那本書的作者。」

這是嘉娜第一次提起那位作家（或者被她稱為「作者」的那個老男人）的經過。我雖然不甚了解她的話，她說這段話的樣子卻讓我非常興奮。倒不是這番話言之有物，而是話中透出十足的神祕感。她坐在一輛頗新巴士的前排座位，雙眼盯著柏油路上發亮的白色中線。不知何故，在那個天空呈紫紅色的夜裡，路上未見迎面而來的其他巴士、卡車及汽車的前照燈。

「我知道穆罕默德與那位老作家曾有過對話，他們從對方的眼神中了然一切。穆罕默德一直在找他，而且很景仰他。他們碰面時沒有太多交談，而是安靜不語；他們有些爭辯，但旋即陷入沉默。那位老先生要不是年輕時寫出那本書，就是在寫年輕時的事。他曾經感傷地說，那是一本年輕人的書。後來，『那些人』恐嚇老人家，逼他放棄親手撰寫、深入自己靈魂、嘔心瀝血的作品。這沒什麼好大驚小怪。『他們』最後殺了他……現在，老人死了，輪到要殺穆罕默德也沒啥好訝異……我們會在殺手動手之前，找到穆罕默德……重要的是，還有其他人讀了那本書，相信書中所言的一切。我在各城鎮看見那些讀者，看到他們在各城鎮、巴士站、商店裡走動；我認得他們，從眼神就認得出他們。讀過那本書並對內容深信不疑的人，臉上的神情與眾不同；他們的眼中都有一股悲傷的渴望，總有一天你會了解，或許你已經領悟到了。如果理解箇中奧祕，如果你能追尋它，那麼人生將令人驚異不已。」

如果嘉娜是在一處蒼蠅滿天飛的荒郊野外休息站對我說這番話，我們可能會抽著菸，喝著無精打采的餐廳伙計送來的免費茶水，然後舀著吃起來像塑膠的糖煮草莓。如果我們當時身處搖搖晃晃的巴士前座，我的眼睛會死盯著嘉娜醇美的雙唇和飽滿的嘴，而她的眸子卻總是凝視偶爾駛過、隨車身震動高低起伏的卡車前照燈。如果我們在擁擠的巴士站，與一大群提著塑膠袋、硬紙板行李箱，還有粗麻布袋的旅客人擠人，嘉娜話講到一半會突然中斷，然後，哎呀，她會從餐桌逃開，不知去向，把心涼了半截的我獨自留在一大群人當中。

有時我會計算時間，好半天才終於在巴士站所在的城鎮，發現她在小巷裡的二手商店裡面。有時候，她焦躁地研究一個壞掉的熨斗，或已經不再生產的老式燒炭火爐；有時候，她轉身對我神祕一笑，手上拿著一份古怪的鄉下報紙朗誦道：「地方自治法通過，允許家畜傍晚返家時，得以使用主要街道。」或是土耳其石油公司代理商的宣傳廣告：他們在當地商店的新產品，都是從伊斯坦堡搶鮮運達的。我經常遠遠地發現她和群眾親密聊天；她會與戴頭巾的老太太深入談心，或反覆吻著坐在膝上嘟著嘴的小女孩，或是詳述巴士路線及搭車站名等驚人常識，幫助那些渾身散發OP牌刮鬍皂臭味、意志薄弱的陌生人。當我氣喘吁吁遲疑地走向她，她會是一副「咱們出外旅行，本來就是為了幫他人解決困境」的表情。「這位可親的女士，她的兒子退伍了，他們應該在這裡碰頭，」她會這麼說：「但是，他不在那班從凡城開來的巴士上。」我們為旁人查詢巴士時刻表，替別人換車票，安撫他們哭鬧的孩子，並在他們上廁所時代為看守大包小包的行李。「願上蒼庇佑你們。」一位裝著金牙的胖老嫗曾這麼說，然後她轉向我揚眉道：「尊夫人美得驚人，你知道嗎？」

一旦巴士上的照明燈和發光的錄影機電視螢幕被關掉，車上的活動便停歇下來，只有那些最憂鬱、最淺眠的乘客仍抽著菸。我和她的身體隨著輕微晃動的座位逐漸靠近。嘉娜，我感受到妳的髮絲在我的臉龐飄拂；妳細長的手臂，輕觸著我的膝蓋；妳那帶著睡意的氣息，吹拂著我的頸子。車輪疾轉，柴油引擎不斷發出陣陣吼聲；而光陰如漆黑、溫暖、流動緩慢的液體，在我倆之間慢慢擴散。在這原始的時刻，一種初生的感受，滲入我們痲木、無氣力、僵硬的雙腿骨子裡，帶著欲望撩撥我們的肉體。

有時候，因為手臂與她碰觸，引燃我的熊熊慾火；有時候，我整夜就等待著她的頭斜靠在我的肩上（老天，求求你！）；有時候，為了不弄亂她披散在我喉頭的一束髮絲，我竟然在位子上僵直不敢動；我帶著怯畏的心，虔誠地數著她的呼吸；見到她眉頭轉瞬即逝的一抹哀傷，我開始胡思亂想這究竟有何含意。當那張燈光猛然照射下蒼白的臉龐在我的注視中醒來，她沒有瞥向窗外，確認自己身在何方，而是凝視我安慰的眼睛，並且對我一笑，我是多麼興奮。我整晚為她守夜，好讓她的頸子不要靠上冰冷的窗口，免得著涼。我脫下在埃爾金占買的栗色外套，披在她的膝上。當司機帶領我們搖搖晃晃地行駛在山路上，我努力護住睡姿跟著東倒西歪的她，免得她摔出座位受傷。有時候，雖然守夜的我聽著引擎噪音、乘客的嘆息，以及他們對死亡的思慕之情，已經被弄得頭腦昏昏沉沉、思路不清，但我的雙眼依舊聚焦在她平滑的頸項與柔軟的耳廓之間。我的意識飄到了童年時期乘船、打雪仗的幻夢曲中，它融入我的夢想，我盼望著有那麼一天，自己能有這份福氣，和她共度如此美滿的婚姻生活。

幾個小時後，我被一道如惡作劇、切割玻璃般冷冽、有稜有角的日光喚醒，這才明白夢中帶著薰衣草香氣的撩人庭園，其實是她那一直在我頭上搓弄、撩撥的頸子；睡睡醒醒之間，它靜靜地在我頭上又停留良久。我眨眨眼，對窗外燦爛的晨光道早安，只為了喟嘆自己與她的雙目距離何其遙遠。而這時，淡紫色的山和新人生的端倪，才剛要顯現。

一天傍晚，她像老到的說書人般說道：「愛能指點迷津，愛能掏空你的生命，愛最終將引導你探得宇宙的祕密。現在，我了解了愛，我們即將抵達『那裡』。」這番話，把我如鯁在喉的灼熱火焰，硬生生吹熄。

「見到穆罕默德的那一刻，」她繼續說著，沒理會巴士站一張桌子上，老舊雜誌封面的「大鏢客」克林伊斯威特正在對她行注目禮：「我知道，我的人生就此改變。認識他之前，我有自己的生活；認識他之後，我的人生改變了。我周遭的一切彷彿都變了顏色，改了形狀

——人、床、燈、菸灰缸、街道、雲朵、煙囪，什麼都不一樣了。我又敬畏又疑惑，開始發掘這個新世界。我買下那本書，心想再也不需要其他書本和小說。為了確切認識那個開展在眼前的世界，我必須學會『用心看』這門學問，用自己的雙眼，看清楚每件事、每個人。然而一旦讀了那本書，我馬上了解，我必須看清楚每件事背後的奧祕。所以我鼓勵從尋找新人生的國度憂傷返回的穆罕默德，說服他只要我們齊心協力，就將抵達那個新世界。那些日子裡，我們一遍又一遍反覆讀那本書，每次都以全新的角度重新詮釋。有時候，我們花上好幾個禮拜，只為了研讀一段文字；有時候，讀過之後一點就通，腦袋像鐘聲噹噹一般清楚。我們一起看電影，一起讀其他書籍，一起閱報，在街頭漫步。那本書盤踞我們的思緒，我們將之牢記在心，期間，伊斯坦堡的街道發散出如此明亮非凡的閃光，這座城市只屬於我們。我們得知，在街角看見的那個斜倚著拐杖的老頭，打算在咖啡館發呆殺時間，等著接孫子放學。我們發現，那三輛馬車中，拖著最後一輛車的母馬與拖拉前兩輛車的兩匹瘦馬是母子關係。我們了解到現在愈來愈多男人穿藍色襪子的原因。我們學會把火車時刻表由下往上念，解讀其中的奧妙。我們明白，那個胖嘟嘟、滿頭大汗的男人提著上巴士的手提箱裡，裝滿了剛剛打家劫舍搶來的內衣褲。我們上小館子，再次閱讀那本書，接著討論內容，一待就是好幾個小時。這，就是愛情。有時候，我認為愛是了解遠方世界的唯一途徑，就像電影裡演的

睡在巴士上。好幾個晚上，當我盤算著告訴她幻想已久的那檔事，嘉娜便會對我展示當天下午我去澡堂時，她所得到的偉大「調查」成果：包括一大捆老舊的溫馨照片雜誌、比雜誌年代更久遠的兒童連環畫、我不記得自己嚼過的口香糖品牌樣本，以及一支一時間還看不出重要性的髮夾。「到巴士上我會跟你說。」她會這麼告訴我，對我一笑。只有螢幕播出她看過的影片時，這特別的笑顏才會在她的臉上展露。

一天夜裡，巴士上並非播放慣見的低俗影片，電視螢幕上出現的是一位播報員，正經、慎重地發布死亡公告。「我已經在前進穆罕默德另一個人生的路上，但他不是穆罕默德，而是另一個人，是在另一個世界的另一個人。」嘉娜說道。巴士加速駛過一座加油站，不住閃爍的紅色霓虹反射在她的臉上。

「穆罕默德沒有透露太多他的過去，只提起有姊姊，居豪宅，有一株桑椹樹；還有，他本來叫作另一個名字，有另一個身分。他曾經告訴我，年幼時非常愛看一本叫作《兒童週刊》的雜誌。你聽過這本《兒童週刊》嗎？」她修長的手指滑過那一大捆已經泛黃、塞在我們雙腿和菸灰缸之間的舊雜誌，望著我翻閱它們，自己卻不看一眼。「我蒐集這些刊物，是因為穆罕默德曾說，每個人最終總會回歸書頁中的世界，這些書建構了他的童年。它們造就了那本書。你懂嗎？」我並不全然了解，有時候一竅不通，但嘉娜對我說話的態度讓我覺得，自己確實了解她的話。「穆罕默德和你一樣讀了那本書，並且全然了悟他的人生終將全盤改變。他把理解到的道理，轉化為合理的結果。他曾經研讀醫科，為了把時間全部奉獻給書中提到的新人生，中輟了學業。他很清楚，如果要成為全然不同的另一個人，必須完全拋棄過去。因此，他割捨與父親及家人的關係……完全捨棄並非易事。他告訴我，事實上他是藉由一場車禍，全然與過去脫鉤，邁向新的人生。事實是，意外意味著啟程，而離去的方式，要靠意外。在啟程的神奇關鍵時刻，你會看見天使；直到那一刻，我們才知道騷動的真正意義，就稱為人生。只有那時，我們才能回家。」

聽著她的話，我發現自己正想著被我拋下的一切，我的母親、我的房間、我的東西、我的床鋪。我察覺隱伏的理性與不相上下的罪惡感在內心並存，但我只會把自己與嘉娜追逐新人生的幻想合而為一，編織成一場美夢。

6

巴士的電視機永遠擺在駕駛座上方某處，有些晚上我們沒有談話，只顧盯著螢幕。因為已經數月沒看報紙，電視成為除了巴士車窗之外，我們在世上的唯一消息管道。車上的電視布置得很繁複——盒子、小飾布、絨布幔、上漆的木製品、護身符、邪惡之眼珠串、印花圖片、小飾品——讓電視從平凡的娛樂裝備，升級成為祭壇。我們看見空手道電影中身手矯健的好漢飛身一腳，同時踢在上百個廢人的臉上，不過動作慢半拍的國產電影複製版，演員就笨手笨腳得多。我們也看了美國片，有一部電影描述一位迷人、聰明的黑人英雄與警察及歹徒鬥法。我們還看了飛行影片，帥哥駕著飛機，不怕死地表演特技；在恐怖片中，漂亮姑娘被吸血鬼和鬼魂嚇得全身僵硬。國產片多是關於有錢人家無法為雍容華貴的女兒找到誠懇對象的故事，無論男女，主角們似乎都在人生的某個階段當過歌手；他們不斷誤解對方，最後總能誤會冰釋，相互諒解。不過，電影裡某些老掉牙的角色，譬如有耐性的郵差、冷血強暴犯、心地善良但長相平凡的姊姊、聲音低沉的法官、蠢蛋或聰明的保母等等，老是由相同的臉孔演出，我們已經習以為常。因此，在「戀戀記憶餐廳」看見一位善心姊姊冷靜地與強暴犯比肩而坐，和本車其他睡眼惺忪的乘客一塊兒吃飯配紅扁豆湯時，我們見怪不怪。餐館牆上掛著清真寺、凱末爾將軍、摔角選手和電影明星的照片，我們相信，自己被糊弄了。嘉娜逐一回想，牆上照片裡的明星，其實都在我們看過的電影裡被飾演強暴犯的同一個演員欺負過。我恍惚憶起那間華麗餐館的其他客人，想著我們在同一艘奇異的船上，置身其明亮而冷冽的餐室喝著湯，正航向死亡。

我們也在電影中見識了不少打鬥場景，很多碎裂的窗戶、玻璃、門，以及許多汽車和飛機從眼前消失，化為一團火球。好多房子、敵人、和樂的家庭、壞人、情書、摩天大樓，還有被狂暴地獄吞噬的寶藏。我們看見從臉上及被亂刀砍斷的喉頭傷口洶湧噴出的鮮血，觀賞不間斷的追逐場面，上百、上千輛汽車一輛輛互相撕裂碰撞，高速蛇行相互超車，最後全部幸福地同歸於盡，撞成一團。我們看了上萬個惡棍、男人、女人、外國人、本國人、有鬍子、沒鬍子的人，互相開火，沒完沒了。一部錄影帶剛播畢、下一部影片尚未開始之前，嘉娜會這麼說：「我不認為那個人這麼容易被騙。」接著第二部錄影帶播畢，空白螢幕上只剩深黑的鏡面後，她會補充：「如果你出發前往某個地方，人生會很美好。」或者「我不相信電影的情節，沒有照單全收，但還是愛看。」如果圓滿的結局令她回味無窮，她會在半夢半醒間發出囈語：「我夢見幸福的夫妻生活。」

我們的旅程已到第三個月底，嘉娜和我看了超過一千幕吻戲。無論我們的目的地是小鎮或偏遠的城市，無論同車乘客是誰，是提著一籃雞蛋上車的旅客，或者拎著公事包的官員，每當吻戲出現，座位上總是一片安靜。我會發現嘉娜的手放在她的膝蓋或大腿上，那一瞬間，我總渴望自己能夠做點什麼真正有力的強硬舉動。一個夏日雨夜，我甚至成功了，但不太清楚自己是真想那麼做，或想做些類似的舉動。

巴士裡沒有燈光，座位約半滿。我們坐在座位中段，螢幕上正播放某個遠方熱帶國度的雨中即景。我本能地把臉靠向窗邊，也就是更挨近嘉娜，發現外頭下著雨。當我像電影和電視裡的主角一樣（或是想像電影裡的接吻動作），吻上嘉娜的唇，我的嘉娜對我笑。噢，天使啊，我以全副力量和欲望狂暴地親吻她，吻出了血，她奮力掙扎。

「不要，親愛的，不可以！」她對我說：「你看起來和他很像，但你不是他，他在別的地方。」

她臉上那片粉紅光暈，是從土耳其石油公司那具最遙遠、最多蒼蠅飛舞、又最可恨的霓虹燈反射而來嗎？還是地獄黎明光芒驚人的顯現？女孩的唇邊有血跡，關於這種狀況，書本教過我們處理的方式；電影裡的主角則是掀翻桌子，打破窗戶，以自己的車猛力撞牆。我期待唇間嘗到吻的滋味，但有些困惑。或許這只是腦中浮現的綺想：我的人並不在這裡，我問自己；如果我不在這裡，情況會不同嗎？但接著，巴士重新熱情地上下震動，我覺得更有活力了。兩腿間的痛楚愈來愈劇烈，令我渴望使勁、爆發，最後終至緩和。這份渴求一定已經滲入骨子裡，一定已成為全世界，成為新的世界。我期待這一刻到來，但會發生什麼，我一無所知；我等待著，雙眼溼潤，全身冒汗：當周遭一切不疾不徐、幸福甜蜜地爆開，繼而趨於平靜，煙消雲散，我不知嚮往的東西是何物。

我們先聽到一陣轟然的喧鬧，然後是一片意外後的寧靜。我知道，電視機和司機已經被炸成碎片，人們哭號呻吟。我拉著嘉娜的手，巧妙地領她平安站上地面。

我們站在傾盆大雨中，發現巴士沒有全毀；除了司機，另外還有兩、三人不幸罹難。但是相撞的另一部急達暢速公司的巴士，連司機帶車斷成兩截，滾進泥濘的田裡，車上的人不是喪生就是垂危。我們走進巴士滾入的玉米田，彷彿踏入生命的核心，愈接近愈覺著迷。

靠近巴士時，我們看見一個女孩掙扎著想從爆開的車窗爬出來。她的腳先伸出車外，牛仔褲上沾滿血跡。她的一隻手臂仍朝車內伸去，因為她還抓著另一個人的手——我們拉長脖子探進去，發現手的主人是個年輕男孩，他已經筋疲力竭、動彈不得。穿牛仔褲的女孩在我們的幫助下脫險，不過她仍不願放開他的手，拉著那隻手繼續用力地拖著，還是無法把男孩弄出車外。我們看得分明，他被卡在壓得稀爛、猶如硬紙板的黃鉛與上漆的金屬之間。他死去時，頭下腳上地看著我們，看著車外下雨的漆黑夜空。

雨水洗淨她長髮上、眼裡和臉上的血漬，她看來大約與我們同齡。雨水沖過之後，她的臉色恢復了點生氣，神情有些孩子氣，不像剛面對死亡。全身淋溼的年輕女孩，我們很遺憾。藉著我們巴士的燈光，她注視了一會兒在座位上死去的年輕男孩。

「我父親……」她說道：「他一定會氣炸。」她的手曾經放開那死去男孩的手，而現在，她的雙手捧起嘉娜的臉，彷彿嘉娜是認識數百年的好姊妹。「天使啊，」她說：「經歷這麼多旅程後，我終於在這裡，在大雨中找到妳了。」她血跡斑斑的臉龐轉向嘉娜，散發著仰慕、渴望又幸福的神采。「那道一直尾隨我的凝視目光，似乎在最不可能的地方現身，又消逝無蹤。它是眾生追尋的目標，我們不只是想見證它的消失而已。」她說：「妳知道，我們搭巴士啟程上路，行遍一個又一個小鎮，反覆閱讀那本書，只是想與妳的目光相遇。天使啊，我們只想回應妳的注視。」

嘉娜淡淡笑著，有些驚訝，有點不確定。關於女孩對「隱藏幾何體」的誤解，嘉娜既喜又悲。

「請繼續對我微笑吧，」穿牛仔褲、來時無多的女孩說（噢，天使啊，我領悟到了，她注定走上死亡之路）：「對著我笑吧，這樣我就能夠從妳的臉上，至少見到一次另一個世界放射的光芒。那神采讓我想起下雪的日子裡麵包店的暖氣，放學後我手提書包光顧，買一個芝麻子圓麵包回家；它也讓我憶及炎炎夏日從防波堤一躍投入海裡的喜悅。妳的笑容令我回想起初吻、第一次擁抱，想起一個人爬上高高的胡桃樹樹梢，想起超越自我的那個夏夜，想起快樂喝醉的那一夜，想起在被窩裡的感覺，還有帶著愛意注視我的可愛男孩的雙眼。所有記憶都存在我渴望許久的另一個世界，幫助我到達那裡吧，那麼，我就能隨著自己吐出的每一口氣，快樂地接受自己愈來愈衰弱的事實。」

嘉娜和藹地對她微笑。

「啊，妳這個天使！」女孩站在玉米田裡，思及死亡與記憶，哭號聲迴盪：「妳太可怕了！妳如此冷酷，卻又如此美麗！每個字句、每件物體、每段回憶都會逐漸消逝，讓我們化為塵土，但所有妳碰觸過的事物及妳那用之不盡的光輝，仍寧靜地存在於時間概念之外。所以，自從不幸的情人和我讀了那本書，我們一直在巴士窗邊尋找妳的目光。天使，現在我看見了妳的目光，這是那本書承諾的非凡時刻，這是兩個領域間的過渡時刻；現在我不在這裡，也不在那裡。我明白『離開』是何意義；我也能理解平靜、死亡與光陰的真諦，我真的太快樂了。天使，繼續對我笑吧，笑吧。」

有那麼一會兒，我不記得接下來發生了什麼事。發生在我身上的事，就像暢飲過後醉茫茫地失去自制力，第二天早上才說：「在那一刻，影片中斷了。」我記得先是聲音消逝，似乎可以看見嘉娜與女孩相互凝視。那影像一定也與聲音一樣消失了，因為接下來我見到的影像無法成為我的回憶，沒有被任何記憶的軌跡記錄下來便消散了。

我模模糊糊地記得，穿牛仔褲的女孩曾提到與水相關的事，卻想不起來我們如何穿過玉米田抵達河岸，不記得是否真有一條河或泥濘的小溪。我也弄不明白，讓我看見雨水落在一片水域並彙聚成同心圓影像的那道藍色燈光，究竟來自哪裡。

我再次看了看穿牛仔褲的女孩，她的雙手捧著嘉娜的臉龐，對嘉娜輕語。我聽不見她說的話，或者是她低吟的話語彷彿我無法觸及的夢境。我隱隱覺得內疚，心想應該讓她倆獨處。我在河岸上走了幾步，腳卻陷入泥沼。幾隻青蛙怕被我不穩的步伐踩扁，趕緊撲通撲通跳進水裡。一包皺巴巴的香菸慢慢漂向我，這包馬爾特皮牌香菸被水波推開，但小雨滴輕擊香菸兩端，它自負、大膽又招搖地朝未知之地而去。除了那包菸，以及嘉娜和女孩的身影，我模糊的視線所及，沒有看見任何移動的物體。母親啊，母親，我親吻了她，見證自己的死去。自言自語的當兒，聽見嘉娜叫喚我。

「幫我，」她說：「我想把她的臉洗乾淨，免得她的父親看見血跡。」

我站在她的身後，把女孩抬起來。她的肩膀很纖細，腋窩溫暖、線條細緻。我望著親愛的嘉娜，她充滿母性光輝，體貼慈悲地清洗女孩的臉，在我看見那包香菸的小池子裡舀起少許的水，溫柔地清洗女孩額頭上的傷口；但我卻覺得，女孩會繼續流血不止。女孩說，小時候，祖母就是這麼幫她洗澡。她曾經很怕水，現在年紀大些非常喜歡水。不過，她就要死了。

「死去之前，我有事要告訴妳。」她說：「扶我到巴士那邊。」

巴士那裡現在充斥優柔寡斷之徒，就像我們在失控又令人筋疲力竭的慶典之夜尾聲看到的群眾一樣。他們團團圍住那輛因翻車斷成兩截的巴士。有兩個人漫無目的地慢慢移動，或許他們正把死者當成行李搬出來。一個拎著塑膠袋的女人撐開雨傘，站在一旁等待，好像在等候另一輛巴士到來。滂沱大雨中，我們這輛殺人巴士上的旅客和另一輛被撞爛巴士的部分乘客，都想把卡在行李及屍體中一息尚存的人，從那輛變形的巴士裡拉出來。垂死女孩曾經緊拉不放的那隻手，位置仍和她離開時一樣。

那名女孩挨近巴士，她這麼做似乎並非因為哀傷，而是基於某種責任和需要。「他是我的男朋友。」她說：「我先讀了那本書，走火入魔，非常害怕。我把書拿給他看，這真是個錯誤。他同樣沉迷其中，覺得這樣還不夠，想去尋找那片樂土。我不斷告訴他，那只不過是一本書，但他根本聽不進去。我愛他，所以我們展開旅程，走過一個個城鎮，接觸人生的表象，追尋生命色彩中蘊藏的奧祕，追求真理，但沒有成功。我們開始爭吵，我回家和父母重聚，讓他繼續進行『調查』，並等待結果。我的摯愛終於回到身邊，但他已經變成另一個人。他告訴我，那本書讓許多人墮落，拖累很多不幸的人遠離人生方向，更引來太多惡魔。現在，他發誓要向那本書報復，因為那本書引來太多沮喪，導致太多破碎的人生。我對他說，那本書是無辜的，向他解釋還有很多書更是如此。我告訴他，他的洞察力，以及深入閱讀之後得到的啟發，才是最重要的，他卻充耳不聞。他和那群被騙的可憐人，已經懷抱滿腔復仇怒火。他提到一個名為『妙醫師』的人物，談到他對抗那本書的奮鬥，提起他對抗那些意圖毀滅我們的外來文化，對抗來自西方世界的新奇玩意兒，以及對抗印刷品的全力抗戰。他還提起所有鐘表種類，以及饒有古風的東西、金絲雀鳥籠、手動搗碎機和絞盤。我完全聽不懂，但我愛他。他被深沉的仇恨包圍，但他仍是我生命的靈魂。所以我才跟著他準備到一個叫作古鐸的小鎮，他說商人們將在那裡舉行祕密集會，大家會團結起來，達到『我們的目標』。妙醫師的忠實支持者應該會找到我們，送我們去見妙醫師，而現在得由你們頂替。別再背叛生命和那本書了，妙醫師正在等待我們——我們化身兩個年輕烹飪爐商人，我們的證件在我男朋友胸前的口袋。前來接應的那個人，身上會有OP牌刮鬍皂的味道。」

女孩的臉上又爬滿斑斑血跡，她親吻並撫摸握著的嘉娜的手，開始啜泣。嘉娜扶住她的肩膀。

「我也該受責備，」女孩說：「我不配妳的愛。我的男友說服我跟隨他，我背叛了那本書。他沒能見到妳就必須死去，因為他犯了更大的錯。我的父親一定很生氣，但能在妳的臂彎中死去，我很開心。」

嘉娜向她保證，她不會死，然而我們相信，事實上她已經死了。她就像我們在所有電影裡看到的，瀕死之人永遠不會馬上死去。被視為天使的嘉娜，讓女孩的手與死去年輕男孩的手，緊緊握在一起，像電影裡的情節一樣。女孩過世了，和她的情人攜手步上黃泉。

嘉娜靠近那位已經死去、頭下腳上的男孩，把頭伸進破碎的車窗，在他的口袋裡搜尋一番。再度出現在雨中時，她的臉上帶著喜悅的笑容，手裡拿著兩張新的身分證件。

她興高采烈的笑容，多麼令人憐愛啊！我看見她飽滿雙唇的唇角那兩個深暗的三角形，輕柔地觸碰美麗的牙齒。當她展露笑顏，那兩個可親的三角形，就在她的唇角成形。她曾吻過我一次，我也吻過她一回；現在，我多麼渴望，我們能在雨中再度親吻，但她略微倒退一步，離我遠了些。

「在我們共度的新人生中，你的名字是阿里．卡拉，」她念著手上的身分證明卡：「而我的名字是愛芙森．卡拉。我們連結婚證書都有。」接著，她以英文老師親切可人的教學語調微笑補充道：「卡拉先生和夫人正前往古鐸鎮，參加商人大會。」

7

經歷一場無盡的夏夜之雨，走過兩座城鎮、搭乘三輛巴士之後，我們抵達名為古鐸的小鎮。一離開泥濘的巴士總站，我們便朝購物區的窄小人行道走去。我仰望天空，看見怪異的景象：一面布製旗幟迎風搖曳，召募小朋友參加暑期《古蘭經》班。在國家專賣局和運動彩券商店的櫥窗內，幾個俗麗的酒瓶間，擺了幾隻露齒而笑的填充老鼠布偶。藥房門口照片裡的人們，看似身穿翻領夾克出席慘遭政治暗殺者喪禮的弔唁群眾一般，人們的面孔下方，寫著死者的出生及死亡日期，讓嘉娜聯想到昔日國產片裡有教養的上流社會角色。我們走進一間商店，買了塑膠手提箱和尼龍衫，希望打扮成兩個年輕正派商人的模樣。人行道上一整排種植、修剪得驚人整齊的西洋栗樹，領我們到飯店。嘉娜念著其中一棵樹下的廣告牌：「讓你大展雄威的好方法，是割禮而非雷射。」她說：「他們在等我們。」已故阿里・卡拉夫婦的證件，我早就備妥放在口袋，那位身材有些瘦削、蓄著兩撇希特勒式鬍鬚的飯店接待員，卻只隨便瞥了我們的結婚證書一眼。

「你們是來參加商人大會嗎？」他說：「他們都在那棟中學大樓參加開幕式。除了這個皮箱，還有其他行李嗎？」

「我們的行李都在巴士意外中燒毀了，」我說：「其他乘客也都死了。你說的學校在哪裡？」

「巴士總是會燒起來，先生。」接待員說：「那男孩會帶你們去學校。」

「這副墨鏡是怎麼回事啊？」嘉娜以不曾對我展現的甜美態度，跟男孩開玩笑：「是他們把你的世界變黑了嗎？」

「才不是哩，」男孩沒好氣地說道：「因為我是麥可．傑克森。」

「那你媽媽怎麼說呢？」嘉娜道：「瞧，她為你織的背心真好看啊！」

「不干我媽媽的事！」男孩說。

在我們抵達基南．艾佛倫[11]中學之前，學校的名字已經顯示在一個閃爍的霓虹燈招牌上。我們向這位麥可．傑克森打探到他的相關資料：他就讀小學六年級，父親在飯店老闆名下的戲院工作，為這場會議四處奔波，應該說整個小鎮都因為會議忙得不可開交。有些人對整件事抱持反對態度，畢竟轄區行政長官放話說：「我不會准許任何不光彩的事與我轄下的城鎮掛鈎！」

在設於基南．艾佛倫中學學生餐廳的展覽中，我們看見能把時間隱藏起來的小玩意兒，還有將黑白變成彩色的神奇玻璃，以及土耳其第一個能從任何產品中偵測到豬肉成分的小儀器、無味刮鬍液、會自動剪下報紙折價券的剪刀、只要主人進屋就會自動點火的暖爐。另外，有一具能順利召喚大家去祈禱、省掉很多麻煩的時鐘；也就是說，如果有事要使用擴音器、廣播，或是宣禮員需要從叫拜樓扯開肺大聲呼喊時，它就派得上用場。這具時鐘藉由一種新式工具，顯示出「西化vs.伊斯蘭化」的問題：它並未使用常見的咕咕鐘，而是運用兩個不同的人偶，一只小型的回教祭師人偶會在適當的祈禱時間從時鐘下方的隔間蹦出來，連喊三次「偉哉真主」；一個沒有蓄鬍、打著領帶的迷你玩具紳士則於每個整點出現在上層隔間，高喊「快樂就是身為土耳其人、土耳其人、土耳其人」。

我們看見某款暗箱時，不免心生疑竇，猜測這些發明物必定是當地中學生的傑作，雖然混雜在人群中的學生老爸、叔叔伯伯及老師們，一定也在科展上出了力。數以百計的小鏡子交叉林立，擺在汽車輪胎與車胎網圈之間的空隙，營造出交錯反射的迷宮幻象。如果把蓋子闔起來，圈住外來物體經由小孔穴反射入的光線，那麼被攫獲的光線，就會在這個鏡子迷宮來回反射，反覆地被照在鏡子上，直到永恆。如果喜歡，你可以在任何時間把眼睛湊近那個孔穴，便會看見被封在那個「密室」裡的實際影像。它可能是一棵梧桐樹、一位參加科展的嘮叨老師，或者肥胖的裝配商人、滿臉粉刺的學生、將一杯檸檬水一飲而盡的土地合約主管官員、艾佛倫將軍的畫像，或是正對著這具儀器微笑的缺牙警衛、某個無趣的人、自己的眼睛，甚至歷經舟車勞頓、肌膚依舊閃著光澤，集美麗、智慧與好奇於一身的嘉娜，盡在孔穴中。

11 基南・艾佛倫（Kenan Evren, 1917-2015），曾任土耳其將軍及總統。

除了這些小東西，我們在展覽會場還觀察到不少事物。例如：身穿格紋夾克、白領衫演講的男士；小團體組成的群眾不但打量我們，也互相品頭論足一番；一個繫緞帶的紅髮小女孩緊緊挨著戴頭巾母親的裙襬，正在復習即將朗誦的詩篇。嘉娜向我靠近了些，她穿著我們在卡斯塔莫奴買的淡綠花紋裙子。噢，天使啊，我愛她，我好愛她。我對她的愛，就如你所知的那麼深。我們在一個攤子買了冰涼的優格飲品。那個灰暗的下午，身處學生餐廳的我們站在人群外圍，頭暈目眩、疲倦想睡，只為了見識這樣的場面。我們所見，似乎只是在塑造某種音樂、某種存在或某種生命脈動。接著我們看見一個像電視機的東西，於是移過去一些，以便仔細觀察。

「這台新式電視，正好就是妙醫師的貢獻。」一個打領結的男人說。他是共濟會的成員嗎？我在報上讀過共濟會的成員都打領結。「這位本人榮幸得見的貴客是……？」他問道，仔細端詳我的前額，或許是為了避免直視嘉娜太久。

「阿里和愛芙森．卡拉。」我說。

「你們真是年輕啊！在這一大群愁眉苦臉的企業家中，看見如此年輕的朋友加入，讓我們充滿希望。」

「我們到這裡並非代表年輕族群，」我說：「而是代表新的人生。」

「我們可沒有愁眉苦臉，我們有堅定的信念。」一個大塊頭說道。這位神情開朗的大叔，是中學女生打探「時間」的合適人選。

因此，我們加入大夥兒集會的行列。頭繫緞帶的女孩朗誦詩詞，咕咕噥噥地念完詩文，聽來如明朗夏日的微風。一位外型俊俏、足以在國產品廣告扮演歌手的年輕男子，與一位一絲不苟的軍人討論起這個地區的種種，談到塞爾柱時代的叫拜樓、鸛鳥、正在興建的新發電廠，以及本地母牛的高牛乳產量。當學生們解說擺在餐廳桌上的科學作品，他們的父親或老師在一旁自豪地凝視著觀眾們。我們和其他喝優格飲品或檸檬汁的人在另一個房間會面，互相握手致意。我聞到淡淡的酒味和OP牌刮鬍皂的味道，但那氣味來自何方，出自誰的身上？我們又看了妙醫師的電視一眼。大夥兒都在談論妙醫師，他本人卻不在這裡。

夜幕低垂時，眾人離開學校，男士領著女士們，大夥兒前往餐廳。小鎮的街頭，處處瀰漫一股心照不宣的明顯敵意，從仍在營業的理髮廳和雜貨店門口，以及置放那台電視的咖啡館，到依舊燈火通明的政府辦公大樓窗口，都有人注視我們。一隻剛才那名英俊男子提到的鸛鳥，也從棲身的廣場高塔俯視我們走進餐館。牠是出於好奇，或者懷著敵意？

這家餐館還算體面，裡面有水族箱和花盆。餐館牆上掛著一排照片，包括土耳其傑出人士、一艘歷史悠久、光榮沉沒的潛艇，還有歪著頭的足球選手、紫色無花果樹、金色的梨樹及嬉戲的羊群。商人夫婦、中學生和老師，以及那些愛我們、對我們滿懷信心的人，很快填滿餐館的座位。我覺得過去幾個月來，自己彷彿一直在等待這場聚會，等待這個夜晚。我開始和其他人一起喝酒，最後喝得比別人多。我和男士們坐在一起，與不斷前來坐在身邊的人叮叮咚咚乾杯，大口灌下茴香酒，飢渴地和他們討論榮譽、消失的人生真諦，以及過往迷失的一切。

之所以談論這些，是因為他們先提起這些話題，而我發現自己和一個友善男子的想法竟驚人地不謀而合。他從口袋掏出一副牌，自豪地展示親自抽出的「傑克」、「皇后」、「國王」牌，並把「國王」換成了「教主」、「傑克」換成「門徒」，詳盡解釋現在是把這種紙牌分送到全國十七萬間咖啡館、將近兩百五十萬張牌桌上的絕佳時機。

這一夜，希望在我們心中滋生，但這個希望和天使相同嗎？他們說，天使是某道光線；他們說，我們每呼吸一次，就會逐漸萎縮。他們還說，我們正在挖掘已埋藏的過去。其中一位仁兄展示一張火爐的圖像。另一個人說，這是完美符合我國人民體型的腳踏車。打領結那個人製造出一瓶液體，說它具備「牙膏般的功效」。有個缺牙的老頭因為被迫戒酒抱憾不已，他告訴我們，他的夢想就是：永遠不要害怕；你不會消失不見。這個人是誰？暗地煽惑這些深奧主題思想的妙醫師，還是沒有露面。他為什麼不在這裡？一個聲音說道，如果真相流傳開來，如果妙醫師見到這個優秀的年輕人，會把這個人當成自己兒子一樣疼愛。這是誰的聲音？我還來不及回頭，他已經不見了。他們說，噓！不可到處傳播妙醫師的名諱！他們說，氣氛搞得這麼恐怖，都是行政長官的作為所致，天使遲早會在電視上現身，而下地獄就是行政長官要付出的代價；但他並非全然反制我們。土耳其首富維比．科克[12]本人，將受邀前來。某人評論說，這樣不好嗎？畢竟，科克是咱們企業家的老大呢。

我記得有人親吻我的臉頰，恭喜我是青年才俊；在我對他們解釋電視螢幕、色彩與時間概念後，又有人因為我夠坦率而擁抱我。一個經營國家專賣店的男子欣喜地說，你等著，對追殺我們的那些人來說，我們的電視螢幕就是他們生命的落幕時刻；畢竟，新的螢幕意味著新的人生。人們陸續過來坐在我身邊，我也不停地換位子，告訴他們關於車禍、死亡、安詳、那本書，以及那個關鍵時刻的種種……。當我開口說著「愛……」時，起身望向正接受教師夫婦探詢的嘉娜，這才發現，自己好像說過頭了。「光陰是一場意外；我們都是偶然來到這個世界。」我坐下來說道。他們急忙召喚一位穿皮外套的農民，並且告訴我，我一定得聽他開講，那樣就會了解自己對「時間」這個主題的關切。「你們太過獎了。」那個人

12 維比．科克（Vehbi Koç, 1901-1996），土耳其最具影響力的企業家，創立跨國企業科克控股。

說。他看起來不算太老，但像老人一樣呼吸沉重。他從外套內側口袋拿出自謙「難登大雅之堂」的發明品。那不過是一只懷表，但對喜樂非常敏感：當你覺得快樂時，手表會停擺，你的幸福時光就會延續到永恆；反之，如果陷入絕望，長短指針會不尋常地加速，讓你了解光陰流逝得多麼快速，你的哀傷眨眼即可能終止。夜裡當你安詳寧靜睡著時，手表——這個其實年紀很大了的人談話之際，小巧的手表在掌心堅毅地滴答運行——會自動調整，把睡眠的時間從你的一生中扣除，晨間起床也不會變老。

「光陰。」我說，凝視水族箱裡緩慢游動的魚兒好一會兒。「他們控訴我們對西方文明不友善，事實上，那是一派胡言。這麼說吧，你知道當年殘餘的十字軍藏身卡帕多西亞由岩石切割成的洞穴裡，居住了好幾個世紀嗎？」有個人像幽靈般靠近我說。我對魚說話的時候，是哪條魚在回話？我一轉身，那個人不見了。起初我告訴自己，不過是個影子罷了，但是當我嗅到可怕的OP牌刮鬍皂氣味時，感到害怕極了。

我才剛跌坐回椅子上，一位蓄著八字鬍的大叔一隻手指緊張地轉著他的鑰匙圈，開始質問我：我的家人是誰？我投票給誰？我喜歡哪一件發明品？明天早上我會怎麼決定？我滿腦子還在想那條魚，各種聲音排山倒海，我打算再敬他一杯茴香酒。我默不作聲，發現自己坐在一位善心的國家專賣店老闆身旁。他告訴我，他不再懼怕任何人了；就連那位對他窗口擺設填充老鼠有意見的行政長官，他也無所畏懼。為什麼這個國家只能有一家公司賣酒，還號稱國家專賣？我想起一件令我害怕的事。因為懼怕，我脫口說出腦海中浮現的第一個念頭：「如果人生是一場旅途，我已經旅行六個多月了，由此學到一、兩件事情。如果你想聽，我願意相告。」我讀了一本書，我的世界化為烏有。我開始上路，希望發現新世界。我找到什麼？感覺上像是在說，噢，天使啊，我找到的是什麼？我沉默了半晌，仔細思量，當我突然開口說出「天使」兩字之際，並不知道自己在說什麼。我彷彿剛從夢中醒來，開始在人群中尋找妳。突然間，我記起來了。在旅程中，我找到的，是「愛」。她就在那裡，和一群設備商夫婦，還有繫領結的男人及其女兒在一起。嘉娜在收音機播放的音樂伴奏下，與某個發育過度的冒昧中學生共舞，學校老師和年長的老人病患者則節制地在一旁觀看。

我坐下來抽菸，真希望自己是個舞林高手……像電影裡的新郎、新娘一樣，婆娑起舞。我喝了一些咖啡，依照那只衡量快樂指數的懷表判斷，我目前的時光一定是全速邁進。我又抽了根菸。大夥兒為一對舞伴鼓掌。再來點咖啡。嘉娜回到女性同胞身邊，但是，再來杯咖啡吧。

回飯店的路上，我靠近嘉娜，像當地所有設備經銷商挽著太太的手臂那樣挽住她。那中學小鬼是誰？他怎麼會認識妳？那隻鸛鳥一定在棲身的叫拜樓頂端俯視我們。夜班服務員交給我們十九號房的鑰匙，彷彿真以為我們是夫妻。這個看起來清楚知道自己在做什麼，也比其他人堅定的傢伙，他壯碩、汗流浹背的龐大身軀朝我們之間塞進來，攔住了我。

「卡拉先生，」他說：「如果您有空的話……」

警察！我心中一驚。他是因為我們掉包了車禍罹難者的身分，還繼承人家的結婚證書，才會盯上我們吧。

「不知道能否借一步說話？」說完那個人隨即走了出去。他一副要來個「男人對男人」公開對決的態勢。嘉娜多麼優雅大方，沒有打擾我們。身穿印花裙、拿著十九號房鑰匙上樓的嘉娜，多麼可人啊！

這位仁兄並非古鐸當地人，他才剛自報姓名，我就忘了他的名字。姑且稱他貓頭鷹先生好了，因為這麼晚了還要找我談話；貓頭鷹先生讓我聯想到被關在大廳鳥籠裡跳上跳下、抗拒圍籠的金絲雀。貓頭鷹先生開口了。

「現在，他們讓咱們大吃大喝，但到了明天，就會要我們投他們一票。你考慮到這點了嗎？今晚我不只向本區的商人拉票，還向來自全國各地的每個人拉票。明天一定會鬧翻天，所以我希望你現在考慮一下。你想清楚了嗎？你是我們當中最年輕的商人，你要投票給誰？」

「你認為我應該投給誰？」

「絕對不要投給妙醫師！相信我，老弟——我能稱你老弟嗎？——他的那一套毫無意義，只會帶來厄運。你能夠說天使犯罪嗎？我們可能解決所有令人煩惱的困境嗎？我們不再是自己了。連著名專欄作家吉拉爾．薩里克都理解這項事實，因而自殺；現在另有他人以其名義寫作專欄。你舉起的每一塊岩石，都有美國佬的身影。沒錯，體會到我們永遠不再是自己的事實，實在令人難受，但深思熟慮的評估，可以挽救我們免於災難。我們的子孫不再了解我們，那又怎樣？文明來來去去，你要拿它如何？難不成要在你的文明面臨移轉時，相信自己已經準備就緒？如果情勢轉壞，難道你要像個只會裝腔作勢的小鬼，抓起槍桿子迎敵嗎？當所有人都披上不同的偽裝外衣，你要殺誰才不會殺錯？天使怎麼能成為共犯？還有，到底誰是這位天使？蒐集一堆舊爐子、羅盤、兒童雜誌、曬衣夾，到底要幹麼？為什麼假設這位天使反制書籍和印刷業？我們都試圖過有意義的生活，然而在某些階段會陷入困局。我們當中，有誰能作自己？哪個幸運兒能聽見天使的低語？這些都是用來欺騙輕率大眾的投機言論和空談。情況愈來愈失控了。你聽說了嗎？他們說科克，也就是鼎鼎大名的維比．科克要來；當局一定不會坐視。無辜的人會帶著罪孽受苦。妙醫師的電視展示大會已經延到明天。你憑什麼認為，他有能耐得到特殊待遇？是他把我們這群人領入不幸，他們說他會解釋

躁不耐的菸圈（真的只有菸圈如此嗎？）從嘉娜的嘴裡冉冉飄升（我倒是看不見），直入那令古鐸失眠的人、無法入睡者，以及逝者多年來不停低語嘆息的悲傷夜空。一個酒鬼在樓上大笑；有人，也許是個商人，砰地關上門。我看見嘉娜沒擰熄香菸便把它扔出窗外，她像個孩子似地看著香菸的橙色菸頭從空中翻滾落下。我也到了窗邊，一瞥樓下的街道和市區廣場，什麼也沒瞧見。我們凝視窗外良久，彷彿認真注視新書封面。

「妳也喝酒了，對嗎？」我問。

「我是喝了。」嘉娜有默契地說。

「這會持續多長？」

「你是指這段路嗎？」嘉娜輕柔地說，手指著市區廣場通往墓園的道路，然後指向巴士站。

「妳覺得它會止於何處？」

「我不知道，」嘉娜說：「走得愈遠愈好。這難道不比坐著苦等好太多了？」

「錢幾乎快花光了。」我說。

嘉娜方才用手指過的道路黑暗死角，現在被一輛車的強力燈光照得大亮。那輛車開到市

---

13 土耳其杯葛可口可樂：一九九〇年間，土耳其有一系列抵制外國商品的活動，此處統稱為可樂事件（Coca-Cola affair）。

區廣場，停在空位上。

「我們永遠到不了那裡。」我說。

「你醉得比我厲害。」嘉娜說。

探出車外的男人鎖上車門，走向飯店，並沒有發現我們。他先踩在嘉娜的菸頭上，像個無心摧毀他人人生的人，接著走進川普飯店。

古鐸陷入一陣長長的死寂。這個迷人的小鎮，似乎已被全然遺忘。遠方幾隻狗兒相互吠叫，然而沉默隨即再度降臨。落在廣場上的法國梧桐樹葉和西洋栗樹葉，有時隨風飄動，但未聞沙沙聲響。我們默不作聲在窗邊站了許久，像兩個期待趣事發生的小孩。這種感覺像某種錯覺，我很清楚自己無法判斷，現在時光是繼續流逝，還是靜止永恆。

又過了更久之後，嘉娜說：「不要，請不要碰我！我沒和男人發生過關係！」

有時在現實生活中或回憶過往時，片刻間我會感覺，目前的情境和窗外的這個小鎮，都不是真實的，只是自己的想像。或許眼前的古鐸小鎮並非真正存在，或許我只是在欣賞郵票上某個小鎮的照片（郵政總局發行過「家鄉系列」郵票）。城鎮在郵票上出現，同理，市區廣場也讓古鐸更像個紀念品，而不是街道交錯、供我們行走、能買包香菸、有塵埃滿布的窗戶，並可以向外探索的地方。

我不斷思忖，虛幻的小鎮，紀念品城市。我知道自己的雙眼正在搜尋那無法從記憶中消除，而且與無法忘懷的痛苦回憶相關的一切，它不藉外力，由心底最深處自行竄出。我掃視了廣場旁樹下的漆黑角落，拖拉機的擋泥板在一道神祕光線照耀下閃閃發亮，藥房店名和銀行招牌的字體有些部分不可見。我看見街上一個老頭的背影，還有幾扇窗戶。然後，我像個拍電影的狂熱愛好者，找出制高點，讓攝影師和相機拍下整個廣場。我開始看見自己的身影探出川普飯店二樓的窗外。在這個偏遠僻靜的小鎮，我望向窗外，而妳則在靠窗的床上，伸展手腳入眠。我拉近腦海中的影像，一開始是鄉間的形貌，接著是我們行經的道路，再來是這個小鎮、市區廣場、這間飯店、這扇窗戶，再到我倆——如同在巴士上看過的外國電影開場，我們會看見電影把影像拉近到一座城市，接著縮小至某個地區，再到庭院、一間房舍、一扇窗。彷彿所有想像中及記不真切的城鎮、村莊、電影、加油站和乘客，都與我內心深處的痛苦和渴望混合在一起，但我無法判別是那些城鎮透出的哀傷、毀壞的物體及乘客們感染了我，還是我把內心的悲痛散播到全國各地和地圖上。

窗邊的紫色壁紙，讓我想起地圖。屋角的電熱器是維蘇威公司出品，今晚稍早我還和它的經銷商碰過面。我對面牆壁的水槽裡，水龍頭正在滴水。衣櫃門半開，門上的鏡子映照出兩張床之間的床頭桌和立在案頭的小檯燈。燈光柔柔地落在熟睡的嘉娜身上，她沒脫掉滿是塵土的外套，就和衣倒在印有紫色葉片的床單上。

她的淡棕秀髮變得比較像紅褐色，我怎麼沒注意到那道紅色的強光？

我想，我還是忽略了很多事。我的腦袋頓時一亮，像我們下車喝湯的餐館一樣燈火通明，同時思路也如餐館內部亂成一團。令人煩心的思緒與困惑在心中交錯，如腦中一輛輛駛過街道岔口餐館的虛構卡車，不停更換齒輪，噴吐著氣。當下我聽見躺在身後的夢中情人發出均勻的呼吸聲，在夢中與另一個人相會。

快躺在她身旁，把她攬入懷中吧！經歷這麼久的相處，肉體情不自禁地渴望對方。那個妙醫師究竟是何方神聖？當我再也無法克制自己的慾念，回望她漂亮的雙腿，我記得，我的兄弟們（兄弟們啊，兄弟們！），那雙美腿正在這靜謐的夜晚密謀大計，埋伏以待我入甕。一隻飛蛾自窗外的沉靜世界飛入，繞著燈泡飛舞，最後痛苦地化為碎碎片片。給她一個猛烈、深長的吻，直到我倆都慾火焚身吧。我是不是聽到音樂聲？還是應觀眾要求，我的腦袋裡正在演奏一首名為〈夜的呼喚〉的樂章？每個年紀和我相仿、慾求不滿的血性青年都很清楚，夜的呼喚充其量就是發現自己躲在漆黑的陋巷，與一群同樣絕望、深陷相同困局的可憐蟲痛苦地哀號，恣意謾罵他人，自製足以把自個兒炸死的炸彈——憐憫我們，噢，天使——詛咒那些和國際陰謀掛鉤、連累我們如此悲慘苟活的人。我確信，關於上述行為的傳聞，總結來說就叫作「歷史」。

我看著嘉娜的睡姿足足半小時，或者有四十五分鐘吧，好啦，好啦，最多就看一小時而已。我開門走出去，鎖上門，把鑰匙收進口袋。我的嘉娜留在屋內，而我卻被拒絕，慘遭放逐。

在街上到處亂走，然後回屋裡擁抱她吧。抽根菸，回屋裡去擁抱她吧。找間還營業的店家，喝個爛醉，鼓起勇氣，回屋裡擁抱她吧。

我步下樓梯，那群在夜裡出沒的陰謀分子撲向我。「那麼你就是阿里．卡拉，」其中一人說道：「恭喜你一路來到這裡，你真年輕。」「加入我們吧。」第二個暴徒說。他們幾乎一般年紀，一樣身高，打著同樣的窄領帶、穿著相同的黑外套。「等明天開始騷動，我們就會讓你知道有啥大事發生。」

他們手上拿著菸，火紅的菸頭像槍口一樣對著我的額頭。「我們不是有意讓你受到驚嚇。」他們挑釁地笑道。第一個人說：「只是給你一點小警告。」我看得出來，他們正在這深夜裡策動散布流言的勾當，先行待命著，免得措手不及。

我們走上街，鸛鳥不再居高俯視。我們走過那間陳設酒瓶與填充老鼠的商家，步入一條暗巷；沒走幾步，一扇門打開，一股濃烈的茴香酒氣味從小酒館傳來。我們坐在一張鋪著污穢油布的桌旁，大夥兒喝著茴香酒，很快酒過兩巡——一醉解千愁吧！拜託——我對新朋友們便略知一二，也學到一些關於人生與快樂的道理。

第一位與我攀談的傢伙，姑且稱他西特奇先生吧，是來自賽迪真的啤酒商人。他以自己的故事為例，對我解釋他的職業沒有和其信念矛盾。他說，如果仔細思考就知道，因為事實擺在眼前，啤酒不是茴香酒那種酒類。他點了一瓶以弗所啤酒，將之倒入杯中，證明冒出的泡沫不過是碳酸鹽。第二位兄弟對兩難推論、感性及區分差異等話題不太留意，因為他是縫紉機經銷商，選擇直刺要害，像個深夜時分喝醉睡昏頭，結果盲目撞上電線桿的卡車司機。

這裡充滿了祥和，在這個安寧小鎮上，平靜的氣氛洋溢在這間小酒館裡。我們三個信念十足的好哥兒們，此時此刻體會同桌共飲的緣分。當我們思量已經發生及明天或許會降臨在自身的每件事，非常清楚眼前這存在於我們輝煌過往，以及可怕悲慘未來之間的非常時刻，真是彌足珍貴。我們起誓，彼此要開誠布公，不打誑語。我們互相擁抱親吻。我們笑中帶淚。我們稱頌世界與生命的莊嚴偉大。我們為這場瘋狂商人派對舉杯，順便敬酒館裡警覺的破壞分子同志。本質上，這就是人生；不是全然否定，不是身在天堂或地獄。就在這裡，就在當下，就在此刻，生命散發炫目的光采。哪個瘋子膽敢反抗我們？哪兒來的白痴敢看扁我們？誰有權說我們是可憐蟲、卑鄙的人渣？我們不打算住在伊斯坦堡，也沒意願居於巴黎或紐約。就讓大城市的那些人，盡情在迪斯可舞廳狂舞，猛力揮霍金錢，住進摩天大樓，享用超音速的高檔交通工具吧。就讓他們聽自個兒的廣播，看自己的彩色電視，嘿，我們也有自己的廣播和電視不是嗎？但我們擁有一樣他們不具備的寶物：真心。我們有真心。你瞧，瞧那生命的光芒，是如何一點一滴注入我的心坎啊！

噢，天使啊，我記得那一刻自己曾動腦筋推測並心生疑慮，如果只要狂灌這萬靈丹就能對抗失意，大家為何不喝酒呢？化名阿里・卡拉的這個人，與他的知心好友跨出小酒館，步入夏夜裡問道：「為何有這麼多痛苦、哀傷與苦難？為什麼，噢，為什麼？」

川普飯店二樓，床頭燈的紅色光芒投射在嘉娜的秀髮上。

接著，我記得自己被拉入一處充滿共和國、凱末爾將軍，還有合法印記標誌的世界。我們一路走進政府辦公大樓和行政官員的密室，長官親吻我的額頭。原來，他也是我道中人。他告訴我們，安卡拉那邊已經發布官方命令，明天不准有流血事件。他挑中了我，信任我，如果願意，我可以上前朗讀那份剛從影印機印出的熱騰騰公告。

「各位可敬的古鐸鄉親、貴人、父老、兄弟、姊妹，以及伊瑪目[14]傳道學校虔誠的年輕學

14 伊瑪目意即「領導人」，於清真寺引領拜功儀式的教長。

子們，顯然，有些人完全忘記，他們只是本鎮的過客。他們所求為何？他們，是為了侮辱本鎮視為神聖不可侵犯的國有寶藏嗎？過去幾個世紀，吾人對宗教、先知與教主及凱末爾雕像的熱愛，在本鎮的清真寺及聖堂的慶典上，早已展露無疑。我們不但拒絕飲酒，也不願屈服而去飲用可口可樂。我們崇敬阿拉，而不是十字架或美國或撒旦。我們無法理解，我們平和的小鎮為何被這群公認的瘋子、瑪麗與阿里的模仿者、只會貶低陸軍統帥費茲·卡克馬克[15]的猶太情報員麥克斯·魯羅等人，選為會議地點？那天使又是誰？是誰如此斗膽冒失，把天使弄上電視，被人當作笑柄？難道我們要坐視他們侮辱咱們勤勉的打火兄弟，並侵犯庇佑小鎮二十年的哈吉鸛鳥嗎？凱末爾將軍不就是為此驅逐了希臘大軍？如果我們無法把這些目中無人的所謂貴客趕出本地，如果我們不教訓那些怠忽職守、引狼入室的人，明天，我們將如何對自己交代？明日十點，消防隊廣場將有一場造勢大會，我們寧可趕盡殺絕不留活口。」

我又把告示讀了一遍。如果倒著念，或假若字謎遊戲是由大寫字母組成，會不會有另一番完全不同的解讀？顯然不會。行政長官說，早上消防車已經從溪中注滿了水。明天情況可能（雖然機率不大）失去控制，激情或許會失序，大夥兒一衝動，消防水柱恐怕很難制住暴徒。鎮長已向我們的支持者保證，鎮公所會全力配合，省會派遣的憲警人員也將立即制裁任何可能接踵而至的動亂。「等到大勢底定，挑撥者與國家的敵人都將無所遁形，露出真面目。」行政長官說道：「咱們倒要看看，有誰盤桓不去，毀損肥皂廣告和主角為女性的廣告看板。咱們倒要瞧瞧，是誰喝得爛醉從裁縫店出來，虛張聲勢到處詛咒行政長官，更別說痛罵鸛鳥了。」

他們決定派我這個堅強的年輕人，負責監管裁縫店。要我念完兩位具有半祕密組織「現代文明推廣幹部會議」成員身分的教師所寫的反對聲明後，行政長官派了一位警衛給我，叫那個人帶我去裁縫店。

「行政長官一直逼我們加班。」上街後，這位叫作哈山的警衛大叔說。兩位祕密警察忙著撕掉《古蘭經》學校的布幅，靜悄悄地猶如兩個在漆黑深夜作案的賊子。「我們都為國家及省府的利益認真打拚。」

裁縫店的架上有台電視，下方是一部錄影機，還有一架縫紉機、幾匹布和鏡子。兩個比我稍大的弟兄正忙著在電視上動手腳，用螺絲起子鬆開電線。一名男子窩在角落的紫色座椅上監工，對面的原寸大鏡反射出他在旁觀看的影像。他先從頭到腳對我打量一番，質疑的眼光投向帶我前來的警衛大叔。

「可敬的地區行政長官派他過來。」哈山大叔說：「他把這位年輕人交託給您了。」

---

15 費茲．卡克馬克（Fevzi Çakmak, 1876-1950），曾任土耳其國防部長。

這個坐在紫色椅子上的人，就是剛才先踩熄嘉娜的菸蒂，又把車停在飯店前面那個人。他親熱地對我微笑，要我坐下來。半小時後，他打開錄影機。

一個電視螢幕的影像，顯現在螢幕上；影像裡又是另一個螢幕。接著，我看見一道讓人聯想到死亡的藍光，在這個緊要時刻，死亡或許離我們還很遠。那道藍光漫無目的地映照我們曾搭車經過的大草原；接著清晨到來，曙光破空而出，像極了日曆上的風光。這個影像，或許就是指創世紀。在一個人生地不熟的小鎮喝醉（而我的心肝寶貝，早在飯店很快入睡），又與神祕兮兮的弟兄們於裁縫店並肩而坐，不必再去質疑生命的意義，只要透過電視影像就能突然解開人生的祕密，多麼不可思議啊。

為何人們能透過文字思考，卻因影像而苦？「我要！我要！」我自語著，但不太知道自己到底要什麼。接著，一道白光出現在螢幕上。藉著反射在我臉上的光芒，那兩個正在修電視的年輕人或許也發現了這道白光，因此轉向螢幕查看，調高了音量。現在，那道光，轉化成為天使。

「我雖在遠方，」一個聲音說：「我雖離你們如此遙遠，但永遠與汝等同在。藉由你內心聲音的音調，傾聽我。動動你的唇，跟著我吧。」

我含糊地說著，試圖讓聲音聽起來自然一些，就像那些為人修飾瘸腳配音，以便將品質改善到足以轉成音樂帶的失意錄音師。

「隨著嘉娜入睡，隨著清晨來臨，」我以那個聲音的腔調說：「光陰無法持續，但我們仍能咬緊牙關忍受。」

隨即一陣沉默。感覺彷彿我能在螢幕上讀到自己的思緒；它是無形的，因此無論我的眼睛是開或闔，心目中與外面世界的影像一模一樣。此時我再度開口。

「當上蒼意欲見到自身無窮大的反射光影，再造祂在鏡中所見的自身影像時，祂創造了這個宇宙。因此，映入森林便令吾人膽寒的月亮，透過我們在電視與電影屏幕上看見的大量影像，如清晨的大草原、耀眼的天空、湍急沖刷岩岸的清澈流水，漸漸成形。以前，月亮孤零零掛在漆黑夜空，就像電視的命運一樣。到了夜裡，人們很快入睡，關掉電源，電視只能孤單地在客廳唱獨腳戲。以前月球曾經和其他萬物共存，然而沒有人見過它們。物體缺乏靈魂，就像沒有鍍銀的鏡子無法反射。你懂這個道理，一路上你看得夠多了。沒有人會對這無靈性的宇宙再看一眼，所以這個例子可以讓你學到教訓。」

「老闆，在那裡！」其中一個帶著扁鑽的弟兄說：「那就是炸彈爆破的時間點。」

我從他們的對話中推測，他們在電視裡安置一枚炸彈。我會不會搞錯了？不，我猜對了。那是某種映像炸彈，當耀眼的天使影像出現在螢幕上，炸彈就會引爆。我知道自己是對的，因為除了對映像炸彈的好奇心之外，一股罪惡感在我心中洶湧。另一方面，我又不斷想著：「一定是這樣。」或許，屆時將出現下面的情況：到了早上，當商人們一個個迷失在螢幕上的神奇影像中，討論天使、光線和時間概念之際，那枚炸彈順利引爆，如同車禍那般精準；而在這一刻，時間將從那些掙扎求生、反抗、共謀但瀕死的人身上源源湧出，猛烈擴張出螢幕，映像為之凍結，在那個瞬間停留。我知道自己可不想被炸死，也不想因心臟病發送命，反而想在真實的車禍中喪生。或許是因為，我想，在那撞擊的一刻，天使會在我的眼前現身，傾身過來輕語生命的奧祕。什麼時候，噢，什麼時候，噢，天使啊？

我仍在螢幕上看見一些影像，它是某種無色的光束；或者，那就是天使，我無法確認。目睹爆炸後的餘殃，就像先行預見死後的生命。我很興奮，能藉此難得機會看見自己解說螢幕上的影像。我是否僅不斷複誦別人的話？或者，這只是一群靈魂在發表來生的集體感受？我們是這麼說的：

「當上蒼把祂的靈魂吹向萬物，亞當親眼看見了。我們看見物質的真正面貌，沒錯，一如孩提時代一般。但在眼前那個無法反射的鏡子中，我們不會看到真貌。我們曾是快樂的孩子，為眼見的物體命名，並親眼見到任何有名字的物體。那時，光陰是光陰，危險是危險，人生就是人生。我們擁有真正的幸福，但撒旦不樂見我們快樂；因此，被激怒的撒旦策畫了一個『大陰謀』。大陰謀的其中一位爪牙叫作古騰堡，大家知道他是印刷業者，許多人爭相模仿。這傢伙利用一種方法複製文字，超越了勤奮手工、有毅力的手指與嚴苛的筆所產生的文字。這些複印的一落落文字、文字、文字，如同散落老遠的一串念珠，亦如脫韁野馬源源湧出。文字像飢渴、狂亂的蟑螂，侵入一塊塊肥皂的包裝紙，進攻雞蛋盒，湧入我們的大門，大舉湧上街頭。因此，過去不可分離的文字與物體，如今互相對峙。當月光問我們，何為光陰、人生、悲傷、命運與痛楚，我們像考試前才熬夜死記課本的學生一樣迷惑，雖然我們心中曾經知曉這些問題的答案。有個笨蛋說，光陰是喧囂；另一個蠢蛋說，意外是命運；第三個呆瓜說，人生是一本書。你可以看見，我們都很迷惑，我們都等待天使在耳邊輕吟正確答案。」

「阿里，我的好孩子，你信真主嗎？」坐在紫色椅子上的男人打斷我。

我認真思索著。

「我的嘉娜還在等我，」我說：「她在飯店房間裡。」

「真主是每個人的至愛[16]。」他說：「就去和你的至愛結合吧，不過明早要去『維納斯』

16 嘉娜（Janan）與土耳其文中的「至愛」同字。

理髮店刮個鬍子。」

我出了門，走入溫暖的夏夜。我對自己說，炸彈就像意外，也是個幻夢，你永遠不知道它何時出現。我們是可悲的輸家，顯然，我們輸掉那場名為歷史的賭局；而現在，我們淪落到要在未來幾個世紀相互轟炸抨擊，希望說服自己，我們是贏家，品嘗到勝利的滋味。我們在齒輪箱、《古蘭經》卷冊、為真主之愛製作的糖果盒、書籍、歷史與世界中，安置炸彈，炸毀我們的靈魂和肉體，巴望能夠升天。我正想著這樣的情節演變倒不算太糟時，看見了嘉娜房裡的燈光。

我走進飯店，上樓步入房內。母親，我真的醉了。我在心愛的嘉娜身邊躺下，沉沉入睡，相信自己已把她攬入臂彎中。

早晨醒來時，我看見我的嘉娜睡在身旁。她臉上的神情，和在巴士上看錄影帶時一樣焦慮，帶著戒心。她揚了揚淡棕色的眉毛，彷彿正期待夢中接下來的驚人發展。水槽中的水龍頭仍在滴水。一道塵灰的日光，穿透窗簾滲入屋內。當光束灑落在她的腿上，光線變成了蜜色。睡夢中的嘉娜含糊不清地問了一句。當她翻身時，我靜靜地離開房間。

前往維納斯理髮店的路上，我的前額感受到清晨的涼意。我在店裡看到昨晚遇見的那個人，也就是踩熄嘉娜菸蒂的人。他正在刮鬍子，臉上滿是泡沫。坐下等待時，我聞到刮鬍皂的氣味。我認出那個味道，完全領悟了。我們的眼神在鏡中相遇，兩人相視而笑。顯然，他就是要領我們去見妙醫師的那個人。

8

前往妙醫師住所的路上，嘉娜坐在那輛有尾翼的六一年分雪佛蘭轎車後座，手裡性急地揮舞著一份《古鐸郵報》，像個倨傲不遜的西班牙公主；而我則坐在前座，仔細望著鬼魅般的村落、破爛不堪的橋梁和乏味無趣的小鎮。我們的司機身上透著OP牌刮鬍皂的氣味，話不太多。聽收音機時，他喜歡在各電台間轉來轉去，把相同的新聞及相互矛盾的氣象報告反覆聽上很多遍。安那托利亞中部可能下雨，可能不會；濱愛琴海的部分地區也許有局部豪雨，或者是多雲的天氣，或者晴天。我們的旅途中，六小時局部有雲，經歷了海盜電影和神話故事裡常見的不祥驟雨。當雪佛蘭的車頂遭最後一場暴雨無情地狂敲猛打之後，我們驟然發現，自己身在一處氛圍完全不同、如故事書場景那樣美麗的地方。

擋風玻璃上的雨刷終於不再有氣無力地擺動。這個呈幾何圖形的土地上，陽光燦爛閃耀，驕陽照在左側車窗的通風口上。多麼澄澈、明亮、安寧祥和的國度啊，對我們傾吐你的祕密吧！葉片上掛著雨滴的樹木是活生生的樹。在我們行經的小徑上穿梭飛舞的鳥兒和蝴蝶，平靜又泰然自若，沒有一頭撞上擋風玻璃的意圖。我很想問，這位住在故事書裡的巨人，到底藏匿在這個世外桃源的哪個角落？粉紅色小矮人和紫衣女巫，究竟躲在哪棵樹背後？當我正打算指出這裡沒有任何標幟，任何字樣均付之闕如之際，閃爍著光亮的高速公路上，一輛保險桿上貼著「想清楚再過」貼紙的卡車平穩地駛過。我們行經一座小鎮，接著左轉，駛入一條碎石路，攀上山丘。日暮前，我們又經過一、兩處破敗的村落，瞥見一座座陰暗的森林，然後汽車終於在妙醫師的住家前停下。

妙醫師的家是木造房屋，看起來很像那種改裝成小旅館的鄉下房舍。如果原本居住的家庭因為死亡、遭遇不幸或搬走而消失無蹤，空出來的房舍就會被改裝為旅館，通常叫作迎賓宮、天國之殿、歡樂宮廷或舒適寢宮，諸如此類。不過這裡沒有當地消防車的蹤影，也沒有沾滿灰塵的拖拉機，或名為「小城燒烤」之類的餐館。這裡，只有孤寂。這幢房子的樓上只有四扇窗戶，而非同型房屋的六個。第三個窗內的橙色燈光，照射在屋前三棵法國梧桐較低矮的枝幹上。桑椹樹的輪廓在黑暗中隱隱可見。窗簾內有動靜，一扇窗戶砰砰作響，腳步聲，門鈴響，有個人影移動，門開了。出來迎接我們的，是妙醫師本人。

他的身材很高，相貌堂堂，戴著眼鏡，年約六十五至七十出頭。他的臉沒有特殊之處，或許稍後回房便會忘記他到底有沒有戴眼鏡，就像你甚至不記得某個熟人有沒有留鬍子一樣。他的儀表風度極佳。回到房裡，嘉娜說：「我好怕。」但看起來，她的好奇心似乎比恐懼多一些。

我們和妙醫師全家一起在一張很長的餐桌上吃飯，煤油燈的光線把桌子拖出一道長長的陰影。他有三個女兒，最小的叫作玫瑰蕾，喜歡作夢，容易滿足，年紀不小了，還沒有出嫁。排行居中的叫作玫瑰貝拉，她與醫生老公的關係，似乎比和父親親近；她的先生就坐在我的對面，呼吸聲大得吵死人。美麗的玫瑰蒙德是妙醫師最大的女兒，有兩個家教非常好的女兒，分別是六歲和七歲；從兩個女孩的談話旁敲側擊，她已經離婚一陣子了。至於這三位玫瑰姊妹花的母親，是個個子矮小但性情乖張的女人；她的眼神和舉止都在告訴你：給我小心點，要敢不如我的意，我就哭給你看。餐桌末端坐著一位城裡來的律師——我沒聽清楚是哪一個城市——他說了一個關於土地糾紛的故事，內容圍繞黨派、政治、賄賂和死亡打轉。妙醫師滿心期待，很好奇地聽著，眼神一方面對律師表達稱許之意，同時對發生的事件表示遺憾。妙醫師的態度讓律師相當高興。我旁邊坐著一個老頭兒，他和這裡的許多長者一樣，對自己遲暮之年能見證這個有權勢又受尊敬的大家族生活中的點點滴滴，感到十分歡喜。我不清楚老頭兒和這家人的關係，他擺在餐盤邊的電晶體收音機，讓他增添了幾分喜悅。他數度附耳湊近收音機——或許是聽力不太好——然後微笑著轉向我和妙醫師，露出滿嘴的假牙說道：「古鐸那邊沒有什麼消息！」接著他又自顧自地下結論：「醫師喜歡討論哲學，也仰慕像你這樣的年輕人。你實在太像他的兒子了，多麼神奇啊！」

接下來是一陣漫長的沉默。我想那位母親已經哭了出來，也看到妙醫師眼中閃過的怒火。飯廳外某處的一座老爺鐘敲了九下，提醒我們光陰和人生多麼短暫無常。

我緩緩地環視餐桌，開始有點明白了。在我們身處的宅邸中，這個房間與陳設、人們和食物，在在透出蛛絲馬跡，暗示著曾有過的夢想、某段已被深埋的人生和無數追憶。在我與嘉娜於巴士上共度的那些長夜，當服務員因部分狂熱乘客的堅持而把第二卷錄影帶塞進放映機之際，總有那麼幾分鐘，我們會陷入疲倦又優柔寡斷的恍惚當中，或者陷於強烈的躊躇與不知所措，放任自己跌入某種遊戲，對它的偶然性與必然性卻又一知半解。當我們站在不同角度，占據不同的有利位置，認為自己即將解開這個幾何學謎題中隱晦和無法預料的祕密，也就是所謂人生時，迷惘依舊；但是就在我們急於探究樹木陰影、那個帶槍男人的模糊影像、紅豔豔的蘋果、螢幕上機械聲響等背後蘊含的深意之際，這才發現，要死了，我們早就看過這部電影了！

晚餐過後，這種相同的感觸一直在我心頭盤桓不去。我們聽了半晌老頭兒的收音機，播送的正是童年時期我絕不會錯過的同一個廣播劇頻道的節目。玫瑰蒙德端來昔時的點心，銀製糖果盤與雷夫奇叔叔家的一模一樣，盤裡裝著獅牌椰子糖，還有新人生牌牛奶糖。玫瑰貝拉送上咖啡，那位母親探詢我們還需要什麼。餐桌旁的桌子及架著鏡子的櫥櫃上，立著幾張全國各地都有銷售的浪漫情調照片。無論喝咖啡或為牆上的掛鐘上發條時，妙醫師都扮演著國家樂透彩券上優雅、慈愛的模範家庭父親角色。這種值得尊敬的高尚雅致，以及井然有序，不但美得無法以言語形容，更灌注在屋內每件物品上，為其增光添色，例如：周邊鑲著康乃馨及鬱金香裝飾花樣的窗簾、舊式煤油爐，還有外型死氣沉沉、同樣散發黯淡光線的煤油燈。妙醫師牽著我的手，帶我看牆上的氣壓計，要我在那個細緻、精巧的水晶玻璃表面輕敲三下。我輕輕一敲，指針動了動，他擺出父親的派頭說道：「明天天氣又要變壞了。」

氣壓計旁邊掛著一張擺在大相框裡的舊照片，那是一個年輕人的肖像，我們回房後嘉娜曾提起這張照片。不過當時我沒多加注意。我就是那種不容易為感情所動、遊戲人間、日子過得亂糟糟的人，看電影總是呼呼大睡，讀書從來不求甚解，於是我問她相框裡照片上的人是誰。

「穆罕默德。」嘉娜說道。我們拿著主人遞來的煤油燈進房，兩人在燈光下佇立著。「你還沒弄懂嗎？妙醫師就是穆罕默德的父親。」

我聽見自己的腦袋鏗鏘作響，那聲音聽起來活像會吃掉代幣的爛公共電話。然後，所有事情都釐清了，我的憤怒多過驚訝，明白了黎明前的暴雨是什麼涵義。我們經歷過太多這種事，當我們坐定，看了一個鐘頭的電影，自以為知道其中奧妙，到頭來才曉得，整座戲院只有我們是完全搞不清楚狀況的笨蛋，因而惱羞成怒。

「所以，他的另一個名字是？」

「納希特。」她邊說邊心照不宣地點點頭，像個深信占星術奧妙的人：「這個字是夜間星宿的意思，當然就是指金星。」

當我正想說「如果叫那樣的名字，還配上那樣的父親，我也想要換個身分」之際，發現嘉娜淚如泉湧。

我甚至不願再回想那一夜的一切。嘉娜為了化名納希特的穆罕默德哭泣，我的任務就是安慰她，或許這樣不算太難。不過，我的最低限度還是要提醒嘉娜，我們早就知道，其實穆罕默德——納希特並未死於交通事故，他只是讓情況看來如此。我們確定看過穆罕默德在大草原中心地帶令人驚奇的街道上漫步，而且他或許已經藉由從書中得來的智慧，讓自己轉移到另一個新人生可能存在的絕妙國度。

即使嘉娜比我更堅信這種說法，但焦慮不安仍在我那位哀痛的美人心中掀起巨波大浪；

我被迫詳細對她解釋自己之所以認為我們做得對的理由。妳瞧！我們是如何全身而退，逃出商人大會；想想看，我們是如何追隨內心因巧合而生的推理能力，最後找到了這座房舍；我們追訪的目標曾在這裡度過童年，這間屋子充斥著他留下的形跡。能夠感覺出我語調中譏嘲之意的讀者，或許也能察覺到，我這才真正清醒地發現，那侵擾我五臟六腑、照亮我靈魂的迷人魔力——我該如何處置它？——已經改變了方向。只是為了穆罕默德——納希特被認為已經死亡，嘉娜就哀傷逾恆，而我則苦惱失望，因為現在我明白，我們的巴士之旅永遠不會像過去一樣了。

與玫瑰三姊妹共享一頓有麵包、蜂蜜、義大利鄉村起司和茶的早餐之後，我們在二樓看見一個類似博物館的房間。這是妙醫師為了紀念他的第四個孩子，也是獨生子所設，那個孩子在一場巴士車禍中喪生。「我父親希望你們能看看這裡。」玫瑰蒙德說，同時非常輕易地把一支大鑰匙插入細小的鎖孔中。

門啟處，是一片不可思議的寂靜。屋裡瀰漫著舊雜誌、舊報紙的怪味。微弱的光線從窗簾滲入屋內。納希特的床和床罩都繡著花朵圖樣。牆上的相框裡，陳列著穆罕默德的童年、青少年等納希特時期的舊照。

我的心跳在不可思議、難以抗拒的衝動驅使下加快，狂烈地怦怦跳動。玫瑰蒙德指著納希特的小學和中學成績單，還有優等生證書，輕聲細語地說，所有科目都是A。屋裡擺著小納希特那雙仍沾滿泥巴的足球鞋及他的吊帶短褲，還有一只從安卡拉一家叫「黃水仙」的商店訂購的日本萬花筒。這個燈光昏暗的房間，擺設與我小時候大同小異，讓我不禁猛打哆嗦。玫瑰蒙德拉開窗簾時輕聲說道，她的寶貝弟弟就讀醫學院期間，只要在家就經常整夜不睡，邊讀書邊抽菸；到了早上他則打開窗戶，凝神望著桑椹樹。聽到這番話，我思及嘉娜曾提起的那種恐懼感，現在感同身受。

屋內一片死寂。然後，嘉娜問起那段時期納希特究竟看了哪些書。有那麼一瞬間，這位大姊透出些許不確定和猶豫。「家父認為，那些書不適合放在房子裡。」她說著，露出微笑，彷彿在撫慰自己：「不過你們可以看看這些，這都是他童年時看的書。」

她指向床邊的書架，滿櫃子兒童雜誌和漫畫。我實在不想靠近書架，因為不願意把自己和閱讀過同樣出版品的這個人視為一體；而且，置身這樣一座令人心碎、沮喪的博物館，我怕嘉娜會情緒失控，放聲大哭。但是，當我決心伸出手，觸摸到其中一本雜誌的封面圖案時，心中的抗拒蕩然無存。那些雜誌被妥善地捆好，書背雖然褪色，但看起來非常眼熟。

封面圖案是一個單手緊緊抱住樹木粗幹的十二歲男孩，樹上的葉片描繪得煞費苦心，但因印刷相當粗劣，綠色漾出了葉片的輪廓；男孩另一隻手用力抓著一個年紀相仿金髮男孩的手，在金髮男孩將墜入深不見底峽谷的緊要關頭，保住他的一條小命。兩個小鬼的臉上寫滿驚怖的神情。圖畫的背景是灰、藍兩色描繪的美國大西部荒野風光，一隻禿鷹在天頂盤旋，虎視眈眈等待慘劇發生，血濺八方。

我試探性地以童年的音調，念出書名的每個音節：《尼比遊內布拉斯加》。這本書是雷夫奇叔叔早年的力作之一。我草草翻閱著連環畫，回想書頁中上演的冒險故事。

蘇丹指派年輕的尼比代表回教兒童，前往芝加哥參加世界博覽會。那裡有個看來像美國印地安人的小朋友湯姆，他告訴尼比自己有麻煩，因此兩人連袂前去內布拉斯加州，打算解決問題。湯姆的祖先世代以獵捕野牛為生，由於白人覬覦他們狩獵的土地，鼓動印地安人喝酒上癮無法自拔，還拿槍枝和一瓶瓶威士忌給印地安孩子，禍延下一代，讓他們為非作歹。尼比與湯姆揭發的這些陰謀可說相當狠毒：讓與世無爭的印地安人喝得爛醉，使之起而造反，屆時便可召來聯邦軍隊介入，弭平叛亂，把印地安人趕出領地。那個有錢的旅館和酒吧老闆本來想把湯姆推下萬丈深淵，卻自食惡果死於非命，兩個孩子因而救了全族的人，免於落入白人的圈套。

嘉娜快速翻閱著《瑪麗與阿里》，因為她覺得這個書名聽來很耳熟。這是一則關於某個到美國的伊斯坦堡男孩經歷的冒險故事。阿里在加拉塔登上汽船，希望追尋奇遇，最後抵達波士頓，在碼頭遇見了正對著大西洋哭成淚人兒的瑪麗，因為繼母把她趕出家鄉。兩個小孩開始朝西部前進，找尋瑪麗失蹤的父親。他們行經聖路易，那裡的景致看起來和西部英雄湯姆．米克斯冒險漫畫中描繪的一樣。他們也穿過愛荷華州被雪覆蓋的白色森林；在幽暗的角落，雷夫奇叔叔以陰影代表狼群。接著他們到達一處陽光普照的樂園，讓兩人忘卻居無定所、行為放蕩的牛仔，忘了搶劫火車的土匪，以及團團圍住載貨馬車的印地安人。在這個綠意盎然的明亮山谷，瑪麗終於明瞭，真正的快樂並不是找到父親，而是領會從阿里身上學來的，也就是蘇菲主義倡議的和平、順從與毅力等美德，並且建立責任感，所以她回到波士頓投靠哥哥。阿里則自忖：「當你甦醒後仔細一想，不公與邪惡無處不在。」思鄉心切登上回伊斯坦堡的快速帆船後，他站在甲板上，回頭望著美國說道：「要緊的是，要活得有骨氣，出淤泥不染。」

我以為嘉娜會喪氣失意，她卻非常快活地翻閱散發出墨水味、讓我聯想起童年時期陰冷冬夜的書頁。我告訴她，小時候我也看過同樣的連環畫。我猜想，她沒察覺我話中的嘲諷，所以補充說我和化名穆罕默德的納希特又多了一項共同點。我猜，自己的行為就像一個執迷的戀人，總覺得自己的愛之所以得不到回應，一定因為對方是呆頭鵝。但我一點也不想告訴她，創作這些連環畫的插畫家和作家，就是我曾經喚作雷夫奇叔叔的人。我倒是對她提起一段引文，作者想要藉這段文字告訴我們讀者，他如何受到驅使創造出這些漫畫人物。

「親愛的小朋友們，」雷夫奇叔叔在一本漫畫的開頭寫下簡短的開場白：「每當看見你們下課，無論你們是在火車裡，或在我家附近的街道上，我總瞧見你們讀著牛仔雜誌的湯姆．米克斯或比利小子的冒險故事。我自己也很愛這些勇敢、誠實的牛仔及德州遊騎兵，所以我想，假如說一個關於一位土耳其小孩置身美國牛仔當中的故事，你們或許會喜歡。而且，你們不但可以藉此認識基督教的英雄人物，還能藉著咱們勇敢土耳其同胞的冒險故事，珍惜老祖宗留給我們的倫理規範和國家民族的道德觀念。下回，如果一個出身伊斯坦堡貧民區的小孩，拔槍的速度媲美比利小子，心地又和湯姆．米克斯一般正直誠實，像這樣的故事讓你血脈沸騰，那麼，就請你好好期待我們下一次的冒險吧。」

我和嘉娜就這麼研究雷夫奇叔叔筆下描繪的英雄人物、他們所在的黑白世界、昏暗的山巒、嚇人的森林，還有充滿各種奇怪發明及習性的城市。我們認真閱讀了良久，就像阿里和瑪麗那樣，懷著滿腔毅力，小心翼翼又安安靜靜地思忖在大西部蠻荒遇見的種種奇觀。無論在法院、泊滿雙桅帆船的港口，或是偏僻的火車站，我們於大批淘金客中，遇到了向土耳其蘇丹和人民致意的虛張聲勢人物，還有被解放後欣然接受伊斯蘭教的黑奴，以及曾向中亞土耳其僧侶討教如何製作圓頂帳棚的印地安酋長，還有農人和他們天使般純潔善良的孩子。我們也讀了許多關於歹徒間殘酷火拼、殺人如滅蠅的血腥場景，好人與壞人多次混戰，互有勝負，或者是東方倫理被拿來和西方的理性主義相較。一位善良又勇敢的英雄被沒用的膽小鬼從背後暗算，黎明來臨時斷了氣，但他臨死前暗示，自己來到與天使相遇的起點。不過，雷夫奇叔叔沒有對這位天使多加著墨。

我把一些畫冊彙集起來，這系列冒險故事是描述來自伊斯坦堡的男孩伯提夫和來自波士頓的彼得，如何一見如故、結為莫逆，並且徹頭徹尾改變美國的經歷。我將最喜歡的一個場景拿給嘉娜看：在彼得的協助下，伯提夫擊退一個詐騙的賭棍，那個人靠一套騙來的鏡子裝備，把整座小鎮洗劫一空。接著，伯提夫又藉由立誓戒掉撲克牌的鎮民幫忙，把那個傢伙趕出小鎮。當原油從教堂中央泉湧噴出，已經分裂成好幾派的鎮民當場互相扭打，落入石油大亨或剝削者的圈套；然而彼得一番具凱末爾風範的談話，卻救了大家。他受到伯提夫的西化思潮啟發，對眾人大談俗化的概念。不僅如此，當年年輕的伯提夫於火車上遇見在車廂靠賣報紙為生的愛迪生。他告訴年紀輕輕的愛迪生，光由天使創造而生，因為天使身上被賦予某種神祕的電力；這個關於電力的初始想法，促成愛迪生發明燈泡。

雷夫奇叔叔所有作品中，《鐵路英豪》最能強烈反映他的熱情與渴望。故事裡，彼得和伯提夫協助原住民，倡議建造橫貫美國東西部的鐵路。這條連結美國東西兩岸的鐵路堪稱國家命脈，如一九三〇年代的土耳其，然而當時許多各有意圖的敵對勢力，如富國集團、美孚石油或教會的聖職人員，都拒絕讓鐵路穿過他們的領地；外國敵人如蘇聯，則以各種手段破壞鐵路從業人員的苦心和努力，包括煽動印地安人、教唆工人發動罷工、鼓勵年輕人用剃刀和菜刀把火車座椅亂砍一通，與當年伊斯坦堡興建通勤火車時如出一轍。

「萬一鐵路計畫失敗，」彼得在連環畫的對白圓圈中焦急地說：「我們國家的發展會因而萎縮；所謂機遇，將攸關命運。我們一定要奮鬥到底！」

從前我很喜歡粗黑體的大叫字眼後面，那些塞滿對白氣球的特大號驚嘆號，「小心！」伯提夫會對彼得大喊，警告他閃開，免得被拿刀的惡棍從背後偷襲。「在你背後！」彼得也會對伯提夫喊。伯提夫甚至不必回頭，一揮拳，就可擊中阻撓蓋鐵路敵人的下巴。有時，雷夫奇叔叔直接以文字表達，在圖畫中插入許多小區塊，以和他雙腿一樣細長的字體，寫下諸如「冷不防」或「現在怎麼著」，以及「突然之間」等字眼，配上超大驚嘆號。根據我自己的經驗，化名穆罕默德的納希特，應該也會被這個故事吸引才對。

當嘉娜和我讀到「書裡所寫的一切已被我拋諸腦後」這句話，我們就等著帶有驚嘆號的句子出現。這句話出自一位致力打擊文盲的角色之口，他是在伯提夫和彼得前往其茅屋拜訪時說的。他對自己失敗的一生失望透頂，因而離群索居。

在這些書裡，心地善良的美國人都是金髮，臉上有雀斑，壞人則長了一張歪嘴；每個人都為了一些雞毛蒜皮的小事互相道謝，禿鷹總是把屍體叼走撕裂而食，仙人掌的汁液都可以讓即將渴死的人獲救。當我發現嘉娜對這些千篇一律的內容已經不感興趣，便趕緊打起精神。

我並沒有陷入幻想，以為能成為另一個納希特，展開新人生，反而告訴自己最好糾正嘉娜虛妄的幻夢。現在的她，正感傷地看著納希特的中學成績單，還有他身分證上的照片。這時玫瑰蕾突然走進屋裡，就像雷夫奇叔叔出馬幫助被厄運和逆境所困的角色時，插入一個寫著「冷不防」字樣的區塊一樣，通知我們，她的父親等著見我們。

對於接下來會發生什麼事，我完全沒有概念，連要以何種方式更接近嘉娜都毫無頭緒。跨出這座紀念穆罕默德在納希特時期的博物館時，我直覺地產生兩個念頭：我想遠離這個場景，還有，我想成為納希特。

9

稍晚，妙醫師和我沿著他的莊園漫步了很長一段時間，他很慷慨地提供兩種不同的生活方式，要我從中擇一，兩者我都想要。這實在相當巧合，身為人父者似乎都知道兒子的腦袋裡在想什麼，彷彿擁有無窮記憶力、能把一切事情仔細記載下來的萬物主宰。事實上，他們只是把自己無法實現的熱望，投射在兒子或讓他們想起兒子的陌生人身上。僅是如此。

我早就推斷，一旦參觀了博物館，妙醫師會希望我們兩人一起散步，好好談談。我們沿著田地的邊緣走著，麥子在微風中擺動；我們還穿過休耕地，幾頭牛羊正低頭輕輕嗅著蘋果樹下稀疏的牧草，樹上的果實還很小，尚未成熟。妙醫師也領我去瞧被錢鼠鑿通的洞穴，招呼我去看野豬留下的足跡，並對我解說一種叫作「鶇」的鳴禽在從鎮上南郊飛向果園時，只要看到牠們不規則拍動的微小翅膀，就可指認出來。他還講解了許多、許多事，聲音中透著幾分指導的味道、幾分耐性，而且流露慈愛的神情。

他並不是真正的醫師。當兵的夥伴為他取這樣的綽號，是因為他對微不足道但可隨手拿來修理東西的玩意兒知道得鉅細靡遺，例如：修補門閂的八螺紋螺帽，或者野戰電話所需的曲軸箱。他認同這個綽號，因為真心喜愛儀器，也樂於維修照料，同時深知要有最高超的才幹，才能發掘每件物品的獨特性能。他沒有念過醫科，父親曾擔任國會議員，為了順應父親的心願，所以念的是法律，之後在鎮上執業；父親過世後，他繼承所有樹林和土地。他伸出食指，遙指那片區域給我看，說他決定要隨心所欲過日子。隨心所欲！他親自挑選了一些自己喜歡、慣用，也較為知悉的產品，抱持這個目標，在鎮上開了一家店鋪。

我們登上一座山丘，在半隱半現的陽光照耀下，這裡有些暖意。妙醫師對我透露，東西也有記性。物品就像人一樣，也有記載過去經歷並保留記憶的能力，但多數人不懂這一點。「物質本身會互相打探消息，尋求共識，彼此輕聲對談，敲擊出共鳴的樂章，那就是我們所稱的世界。」妙醫師說：「留心的人就能聽得到，看得見，心領神會。」他撿起一截乾枯的樹枝，只要在上面發現黏質色斑，就看得出鶇鳥在附近築巢；只需研究泥巴上的痕跡，他就可以解釋這根樹枝是兩週前被一場暴風雨吹落。

他販售的商品貨源不僅來自伊斯坦堡和安卡拉，整個安那托利亞的商家都是他的訂貨對象；貨品包括永遠不會磨損的磨石子、手織毯、錘鐵打造的鎖、聞起來香噴噴的煤油燈芯、功能陽春的冰箱、上好毛氈製成的無邊便帽、朗森牌黑燧石、門把，還有利用回收汽油桶改裝的爐子和水族箱——只要對他來說商品有意義或實用，他都拿來賣。那些年人們基本生活所需的所有物品，店裡統統供應，相當有人情味，那也是他最快活的一段時光。連生三個女兒之後喜獲麟兒，他快樂得不得了。他問我的年紀，我告訴了他。他說，兒子過世那年，和我現在一樣年紀。

山丘下傳來小孩子的聲音，但我們看不見他們。太陽消失在一些快速移動的烏雲後方，我們看到幾個小鬼正在一片光禿禿的遊樂場踢足球。從我們瞧見球被一腳踢出，到聽見踢中球的聲音，時間上有些落差。妙醫師說這些孩子裡，有幾個曾犯下情節輕微的竊盜罪，還提到人類偉大文明的沒落，以及對文明的遺忘，從年輕一代道德淪喪便可看出端倪。年輕人對舊事物不痛不癢一下就忘個精光，速度和他們體會新東西一樣快。他補充說，這是指那些住在城市裡的小鬼。

他談論兒子時，我覺得很火大。當老爸的為什麼傲氣凌人？為何不知不覺露出殘酷的一面？我發現，他的眼鏡讓他的雙眼看起來特別小；我想起來了，他的兒子也有一對一樣的眼睛。

他的兒子非常聰明，事實上，應該說才華洋溢。他不僅四歲半就開始看書，而且會拼字，即使報紙倒著拿也看得懂；他發明小朋友玩的遊戲，自己制定規則；他下棋贏過老爸；只要讀過幾遍，他就能把一首長達三節的詩一字不漏背下來。我知道，這些小故事只會為一個棋藝不精又痛失愛子的父親所津津樂道，但還是依言聽著。當他告訴我當年和納希特騎馬的往事，我也想像自己和他們一塊兒騎馬；當他談到中學時代納希特對宗教儀式多麼虔誠，我想像自己齋戒月期間和老祖母在黯淡的夜裡起床，以便在破曉至黃昏的禁食時段來臨前先吃點東西。根據納希特父親的說法，面臨周遭貧困、無知及愚蠢的環境時，我的反應和他一樣，感到痛苦和憤怒；沒錯，我也是這樣！聽著妙醫師說話，我想到自己這個年輕人，除了天資不夠聰穎，內心深處和納希特非常相像。沒錯，聚會中當別人只顧抽菸、喝酒，忙著講笑話吸引他人短暫注意時，納希特會退到角落，陷入感性的沉思，正經八百的眼神因而變得溫柔。是的，他會憑著直覺，在不起眼的人身上發現他們最意想不到的優點，並鼓起勇氣和他們交朋友，例如：中學門房的兒子，或戲院裡每次都把膠卷搞混的蠢蛋放映師。然而，這些特殊友情並不表示他離棄了原有的世界；畢竟，每個人都想成為他的朋友、好哥兒們或是夥伴。他個性誠懇，外貌英俊瀟灑，對長輩尊敬有加，對小輩……

我不停想著嘉娜。在她面前，我就像一台定在同一頻道的電視機，但現在我想著她坐在一張不同的座椅上，或許因為我正在不同的光線下檢視自己。

「然後，他突然開始跟我作對，」我們攀上山丘頂端時，妙醫師說：「因為他讀了某本書。」

山丘頂的絲柏在涼爽的微風中擺動，不過沒有散發香氣。越過絲柏的遠方，有一大片外露的岩石和石塊。一開始我以為那是墳地，但當我們抵達那裡，沿著這些細心修整的大石塊步行時，妙醫師解釋說，這是塞爾柱時代的要塞廢墟。他伸手指著橫亙前方的斜坡，那兒有一片生長著絲柏的深色山丘（這的確是個墳場）、滿是金色麥穗的農地，還有一個被積雨雲覆蓋、狂風呼呼吹的高地，以及整座村莊。妙醫師說，這些地方加上要塞，現在均歸他所有。

為什麼一個年輕小伙子對這片生機盎然的土地、絲柏、白楊樹、美好的蘋果園、針葉樹等等父親供給他的食糧如此不屑一顧？為什麼他對店裡能和上述食物完美搭配的琳瑯滿目商品置之不理？為什麼一個年輕人會留書父親，說永遠不想再見到他，還告知不要派人追蹤他？為何他想消失？妙醫師的臉上不時露出某種特別的神情，我永遠猜不透那個表情是想刺激我，還是像我一樣的其他人，或是整個世界，抑或他只是一個悶悶不樂又渺小的人，一心想與全世界斷絕關係。「整件事都是陰謀。」他說。這樁大陰謀針對他本人、他的思維模式、他奉獻一生的產品，以及衝著攸關國家生死的每件事而來。

他要我仔細聽接下來說的話。他要我一定必須保證，不會把他打算說的事當成某個僻居鄉下小鎮老頭的胡言亂語，或是喪子之痛引發的天馬行空幻想。我說，我很確定。我小心地聆聽，不過因為想起他的兒子或嘉娜，思緒偶爾走神而聽漏了一些。

他就物體的記憶提出一些討論；彷彿談論的是可觸到的東西一般，他熱烈、堅定地解說封藏於物體中的時間概念。他發現神奇、必然和詩意的時間概念的存在，它藉由我們使用或接觸一些簡單的東西，如湯匙或剪刀這些物體，傳達給我們，但大陰謀也在這個時候揭竿而起。更明確地說，大概就在這段時間，平凡的人行道被販售乏味、無趣商品的無聊商家團團包圍。起初，他對販售供某種爐子（就是有旋鈕的什麼來著）使用的罐裝瓦斯的土耳其瓦斯公司，或者銷售一種像人造雪一樣白的冰箱的AEG公司都不以為意。但是，當小販捨棄我們熟悉的美味優格霜淇淋，開始引進一種伯特品牌〔Pert，妙醫師的念法聽起來活像「髒東西」（Dirt）〕的優格，或放棄傳統的冰涼優格飲料、櫻桃露冰；另外，身穿開襟襯衫的駕駛人端坐在設備齊全、一塵不染的卡車上，帶來一種拾人牙慧的變種可樂——卡車可樂（不過它很快便被正牌的可口可樂取代），而販賣這種新商品的商人都是領帶繫得整整齊齊的殷實紳士時，由於一時的愚蠢衝動，他很想當經銷商。妙醫師希望拿到德國UHU膠水的經營權，而不是販售我們這邊由松脂製成的黏膠（UHU膠水有可愛的小貓頭鷹商標，代表只要使用這種膠水，想黏任何東西都沒問題）；或者想銷售取代我們傳統黏土皂的玩意兒，比如麗仕香皂，它發出的香味和外盒一樣污染環境。把這些商品擺進原本寧靜的店鋪後，一切似乎與之前沒什麼兩樣，然而他很快發現，自己不但無法再分辨時間，也不知道今夕何夕。不只他一個人被這些無趣、平凡的物品搞得心煩意亂，連他的商品也跟著苦惱——就像被旁邊鳥籠裡聒噪麻雀吵得不得安寧的夜鶯——因此，他放棄成為經銷商的念頭。他開始變得冷淡、漠不關心，只剩老頭和蒼蠅才會造訪他的店鋪。他只持續囤積那些老祖宗時代才使用的傳統產品。

他就像那些因為狂喝可口可樂而發瘋失神，卻對此一無所知的人一樣，以為全國民眾都為可口可樂著迷，或許也開始漠視、甚至接受了「大陰謀」；畢竟，他和販賣這些商品的代理商不僅有交情，也有生意往來。但事情尚未結束，或許因為物品與物品之間已經和睦融洽，他店裡的每件貨品都反抗所謂的經銷商陰謀——包括他的熨斗、打火機、無臭火爐、鳥籠、木製菸灰缸、曬衣夾、扇子，各式東西。也有些人像他一樣，私下抱怨這場陰謀，如來自康亞、膚色深黑、短小精幹的傢伙，以及來自西瓦斯的退休將領，還有來自翠比松、雖然心碎卻仍對理念堅定不移的商人。他們來自各個城市，想得到的地方都有，甚至有人來自德黑蘭、大馬士革、埃迪尼和巴爾幹半島。這些只賣自己商品的悲痛商人們與他結盟，成立一個組織。大概就在那時，他收到在伊斯坦堡念醫科的兒子寄來的信。「不要找我，也不要派人追蹤我；我要退學了。」妙醫師諷刺地複述兒子的叛逆言詞，當時這些話激怒了他。

他很快就了解，與大陰謀掛鉤的那股勢力，對他的店鋪、他的想法、他的品味都有意見。他們早就從他的兒子下手，藉由兒子來傷害他。「就是要傷害我——妙醫師！」他傲慢地說。因此，他違背兒子在信中的所有要求，希望反敗為勝。他聘僱一個人跟蹤兒子，要那個人好好監視納希特，並把其言行舉止寫成報告。後來，他知道一個密探不夠，又派了第二名手下去追蹤，接著再派出第三個。他們一樣要交報告，這些人之後的密探同樣這麼做。閱讀這些報告，讓他更加確信大陰謀真實存在，它是由那些想毀滅我國及吾人靈魂的有心人士鼓動，目的在於連根拔除我們擁有的集體記憶。

「等你自己讀了那些報告，就會明白我的意思。」他說：「牽涉其中的每個人及所有東西一定要嚴密追蹤。政府該做的事，我已經接手自己做了。這是我的職責。目前我已經有許多支持者，許多悲痛的商人也對我全盤信任。」

我們眼前的景致，和明信片上的風光一樣美麗，這裡全部是妙醫師的財產，不過現在被暗灰色雲層覆蓋。從墳地所在的山丘開始，原本晴朗鮮明的視野，如今隱沒在一片朦朧與橙黃之中。「那邊下雨了，」妙醫師說：「但雨勢不會蔓延到這邊。」那副口吻彷彿他是造物主，在山丘上居高臨下，決定如何處置他創造的萬物。然而同時，他的聲音中帶著一絲反諷、甚至自貶的幽默，表明他很清楚自己說話的樣子。我推斷他的兒子連這一丁點幽默感都付之闕如。我開始有點喜歡妙醫師了。

細長微弱的閃電在雲端來回閃動，妙醫師再次提到，導致兒子背叛他的禍首是一本書。他的兒子某天讀了一本書，認為他的世界完全改變。「阿里，我的小伙子，」他對我說道：「你同樣是商人之子，也是二十出頭，你告訴我，這個時代可能發生這種事嗎？一本書能改變一個人的一生嗎？」我保持緘默，從眼角看著妙醫師。「在這個年代，到底有何等力量，能以如此強大的魔力迷惑人？」他不只試圖強化自己的信念，也第一次真心想從我的口中得到解答。因為恐懼，我還是沒有說話。過了半晌，我以為他要朝我衝過來，但他卻是走向要塞廢墟。他突然停步，從地上撿起某個東西。

「瞧我找到了什麼。」他說，讓我看掌心。「是四葉苜蓿。」他說著，露出微笑。

為了與那本書及所有文學作品對抗，妙醫師和來自康亞的精幹傢伙、西瓦斯的退休將領、翠比松那位叫作哈里斯的紳士，以及來自大馬士革、埃迪尼、巴爾幹半島的悲痛朋友們搭上線。為了因應大陰謀，他們開始只與自己人作生意，對同病相憐、一樣傷心的人吐露祕密，並且組織起來——小心翼翼、文雅高尚又審慎地——對抗大陰謀的走狗。妙醫師要求所有朋友只能儲存真正的貨品，僅可留下足以延續四肢（如手或手臂）功能的商品，還有那些詩詞般能讓靈魂完整無憾的東西。「換言之，就是能夠使人們感到完整無缺的產品。」——諸如沙漏狀茶杯、燃油香爐、鉛筆盒、被子——藉由這些東西，我們便可避免像那些失去集體記憶的絕望笨蛋一樣無助。集體記憶是「我們最珍貴的寶貝」，所以雖然所有那些強加在身上的悲苦與遺忘讓我們受難，我們仍應該神氣地揭示，重新「記載瀕臨滅絕危機的純正歷史，打造其主導地位」。每個人亦在自己的店裡，竭盡所能囤積、增添老舊的機器、爐子、不染色的肥皂、蚊帳、老爺鐘等等。假如國家恐怖主義，也就是所謂國家法律，禁止在店裡保存產品，那麼他們就存放在自己家裡、地下室，甚至在花園挖坑都行。

由於妙醫師不斷踱步，有時拉開我們之間的距離，消失在要塞廢墟的絲柏後面，我只好等他。但是，看見他走向一座隱蔽在灌木叢與絲柏後方的山丘時，我隨即跑過去跟上。我們先經過一段坡度不大、覆蓋蕨類和薊類植物的下坡路，接著登上相當陡峭的山丘。妙醫師在前帶路，偶爾停下來等我，這樣我才不會聽漏他的故事。

他告訴朋友們，想想看，大陰謀的走狗及傀儡透過書籍與文學，有意無意地攻擊我們，我們應該對印刷品多加防範。「是哪些文學作品呢？」他邊問我邊在岩石間跳躍，像個手腳俐落的童子軍。「是哪本書？」他曾仔細思索這個問題。他靜默了半晌，似乎想讓我知道他多麼小心謹慎、對這件事的細節考慮得多周到、這段思考過程又耗費多少光陰。我的褲腳被一片荊棘絆住，他一邊協助我脫困，一邊解釋道：「罪犯不單是那本蠱惑我兒子的特定書籍，而是所有出版社印刷的書；它們是人類史冊、亦即吾人過去生活點滴的敵人。」

他並沒有抵制手抄的文學作品，因為這些作品完全以手握筆寫成——這種文學作品藉由手的移動表達靈魂的哀傷、好奇與愛慕，取悅並啟發我們的心智。他也不抵制教導農人對付老鼠或為粗心大意的路痴指引正確方向的書，被他認可的還有指導誤入歧途者傳統價值，或者透過圖畫教導天真孩童世界本質的書籍；他認為現在這些類別的書仍像過去一樣，有其必要性，多多益善。妙醫師反對的是那些失去熱情、缺乏清楚思維，也沒有真理，卻偽裝成情感澎湃、清晰且真實的書。他認為這些書只能在世界的狹小範疇，許諾我們一個寧靜和迷人的天堂，它們被大陰謀的走狗拿去大量生產並大肆傳播——他正說到這裡，一隻田鼠眨眼間迅速跑過我們兩人身旁——他接著說道，那些人這麼做，就是要竭力讓我們忘了生命中的美感。「證據呢？」他多疑地看著我說，好像我是問這個問題的人。「證據在哪裡？」他迅速地在細長的林木和被鳥糞覆蓋的岩石間攀行。

如果要找證據，我必須閱讀他遍及全國各地的手下（也就是他派去伊斯坦堡的密探）所留下的種種紀錄。讀了那本書之後，他的兒子迷失了方向，不但拒家人於千里之外——這點或許歸因於年輕人的叛逆——對生命的豐饒，亦即「無法呈現的時間對稱性」，同樣不屑一顧。他被某種「盲目的勢力」牽著鼻子走，對「保存在每件物品中瑣碎細目的全體性」反抗到底，並屈從於一種「自我毀滅的渴望」。

「一本書可能有這等能耐嗎？」妙醫師說：「那本書，不過是大陰謀手中的一顆棋子罷了。」

他仍然沒有低估這本書及作者。當我讀他的朋友和密探們所作的報告，以及他們保存的紀錄時，親眼看到上面寫著這本書的效力與作者的意圖背道而馳。作者本人是貧困的退休公務員，優柔寡斷，甚至無法勇於堅持自己的信念。「這個人隨著東漸的西風，帶著一種叫作遺忘的瘟疫，腐化人心，迫使我們建立懦弱的人格，清除我們的集體記憶。他是軟腳蝦，無聊透頂，微不足道！他已經掛了，被摧毀，也被消滅了。」對於這位作者之死，妙醫師顯然毫無遺憾。

有一段時間，我們無言地攀上一條羊腸小徑。帶著光澤的閃電，在飄忽不定的積雨雲中穿梭，但未聞雷鳴，彷彿看電視時把音量調到靜音一般。當我們登上山丘頂，不僅可看到妙醫師的土地，還看見井然坐落於平原中的小鎮，那像極了勤勞家庭主婦擺設的餐桌。另外，我們也瞧見紅磚屋頂、有著細長叫拜樓的清真寺，以及向外延伸的街道，麥田與果園組成的鮮明分界線，區隔了小鎮內外。

「早上，我都是趕在老天爺喚醒我之前起床，迎接新的一天。」妙醫師說，一邊研究眼前的景色：「太陽自山後升起，但燕子知道，在其他地方，幾個小時前太陽便已經升起了。有時候，我會在早晨一路走到這裡，迎接前來問候我的太陽。那時的大自然是靜止的，蜜蜂和蛇尚未開始活動喧鬧。大地與我互問，這一刻為何我們身在此處？為了什麼目的？到底有何崇高的意圖？凡夫俗子中，很少人能抱著與大自然保持和諧的態度，思考這些問題。如果人類能多思考，腦袋裡就不會有那麼多從他處取得的可憐想法，而是與對方互動思考；他們從不靠對大自然深思熟慮的方式，創造新發現。他們全部軟弱無能，無聊到家，而且脆弱不堪。」

「早在發現來自西方的大陰謀之前，我便已體認，要能夠不被他人制伏，一定必須具備力量和決心。」妙醫師說：「我們憂鬱哀傷的街道、受難多時的樹木，還有鬼影般的燈光，對我產生不了任何作用，我只是漠然以對；我把自己打理妥當，整合時間概念，拒絕向歷史或想主導歷史的人屈服。我幹嘛低頭？我信任自己，因為我相信，其他人也對我的意志力及我生命中詩意的正義有信心。我確信他們與我心靈契合，他們也尋得了我們這個時代的史冊。我們默契十足，透過密碼互通有無，愛侶般熱烈往還，舉辦祕密集會。親愛的阿里老弟，這史上第一回的商人大會，就是我們長久奮鬥與精心策畫的成果。這番行動需要愚公移山的毅力，我們的組織架構更是像蜘蛛網般精密。無論如何，西方勢力再也無法妨礙我們了。」

他停頓了一會兒，又補充一些情報：我和美麗的妻子離開古鐸之後，火勢蔓延了整座小鎮。當地消防隊雖有政府支援，對大火仍束手無策，這絕非巧合。難怪那些暴徒，也就是受到報紙煽動起而作亂的烏合之眾會眼眶含淚，目露憤慨。妙醫師那些憑直覺感知自己靈性、詩意和記憶被掠奪的悲痛商人朋友，也有一樣的神情。假如我已經知道那些車子都是被人縱火焚燒，知道有人開槍，知道有人——而且是他們自己人——因此送命，那又會如何？這整件事皆由地方行政長官本人教唆，加上當地政黨相助，以這場集會威脅法治為由，阻止悲痛商人繼續召開會議。

「此事已告一段落，」妙醫師說：「但我可沒打算認輸。關於天使的議題應該開誠布公辯論是我的主張，要求建構反映人心與童年的電視機也是出自我的提議，同時我更是一手打造這個裝置的人。是我要求所有邪惡的東西，譬如那本把兒子從我身邊奪走的書，都應該被趕回它孳生蠢動的巢穴和地獄。我們發現，每年都有好幾百名年輕人，因為這種欺瞞，『他們的人生全盤改變』；只是因為手上的一、兩本書，『他們的人生陷入紊亂』。我仔細思索每一件事。我沒有出席那場集會，其實並不是巧合；因為那場集會，引來了你這樣一位年輕人，這也不只是因緣際會。每件事都像我預期地那樣逐漸落實。我的兒子在交通事故中過世時，年紀和你一樣大。今天是十四日，我就是在十四日失去兒子。」

妙醫師張開他的大手，我看見那片四葉苜蓿。他抓著葉柄，細看了一會兒，直到葉片隨一陣輕風飄走。風從積雨雲的方向吹來，如此輕柔而幾不可覺，我只感受到些許涼意拂過臉龐。紫灰色的雲彷彿拿不定主意似地，滯留原地不動。淡黃色的光線似乎在小鎮外的遠方閃動。妙醫師說，現在那邊正在下雨。爬上山丘另一頭的岩石峭壁後，我們看見先前覆在墳地上空的雲層已經散開了。一隻鳶鳥在岩石間築巢，那裡到處凹凸不平；當牠發現我們趨近，警覺地振翅高飛，在妙醫師的地盤上空畫出一道寬闊的弧線。我們靜默無聲，帶著敬意與幾分豔羨，目送這隻鳥兒翱翔天際。

「土地自有其力量與財富，我醞釀多年、專心致志的崇高主張得以激發為偉大行動，都是拜其所賜。如果我的兒子擁有這樣的力量與意志去抵抗大陰謀耍的花招，如果像他這樣的聰明人沒有放任自己被區區一本書左右，或許他就可以感受到現今我獲致的創造力和意志力，能夠居高臨下審視這片大地。我知道，今天你也得到同樣的啟發，開拓了同樣的視野。我一開始就明白，你傳達給我的決心一點都不假。得知你的年紀之後，我再也沒有保留，甚至不必查探你的背景資料。雖然你年紀不大，和我的兒子遭人無情地狡詐帶走時一樣，但是對每件事均已理解透徹，所以才會參加商人集會。一位相識不久的泛泛之交指引過我，一個人無法成就的天命，可以透過另一個人重生。我不是平白讓你進入保存對兒子記憶的博物館，除了他的母親和姊姊之外，只有你和尊夫人曾入內參觀。你可以在其中領會自我、過去與未來。凝視著我妙醫師的同時，現在你應該知道下一步怎麼走，那就是成為我的兒子、接收他的地位、接手我的工作。我的年紀愈來愈大了，熱情卻未稍減。我想確認這個行動將會長存。我在政府部門有熟人，傳送報告回來的人仍在行動。我持續追蹤數百名遭欺瞞的年輕人。我會讓你看所有相關檔案，無一例外，即使我兒子的活動狀況報告也一樣。只要讀這些文件就會知道了，有太多年輕人被帶離生命的正途！你不必與父親及家庭斷絕關係。我還希望你去瞧瞧我收藏的槍械。只要說一聲『好！』，對你的命運說你願意。我不是墮落頹廢的人，我事事精通。以前多年沒有子嗣讓我相當苦惱，而他們從我身邊把他帶走之後，我更加受苦；但最心痛的，莫過於留下的遺產無人繼承。」

雷雨雲已經分散各處，陽光宛若照亮舞台布景的燈光，滿溢在妙醫師的土地上。當陽光瞬間照亮一塊土地，生長著蘋果樹和野生橄欖的地平面，還有他兒子下葬的墓地，以及羊欄周圍的乾土，很快變了顏色。我們注意到一束圓錐狀光柱快速穿過整片田地，然後消逝無蹤，像一縷不安分的靈魂，完全不把別人的地盤當回事。當我發現從這個制高點向下望，可以飽覽一路行來的所有區域，便向後張看，觀察沿路走過的岩石峭壁、羊腸小徑、絲柏、第一座山丘、樹林、麥田，然後認出了妙醫師的宅邸，大吃一驚的程度和第一次在空中望見自己家園的飛機乘客不相上下。他的宅院坐落在一片被林木環繞的寬闊平原中央。我看見五個清楚的微小人影正朝松木及通往小鎮的道路走去，認出其中一個是嘉娜，因為她穿著最近剛買的栗色印花裙——不對，不只依據這個事實，從步行的儀態、她的站姿、她的細緻與優雅，我都能認出她——不對，是因為一見到她，我的一顆心便如小鹿亂撞。突然間，妙醫師美麗王國邊境的群山後方，某種東西在遠處成形，我看見一道嘆為觀止的彩虹。

「其他人觀察大自然時，」妙醫師說：「只會看出自己的不足、無能，以及內心的恐懼。由於害怕自身的脆弱，他們把所有恐懼歸咎於大自然的無窮無盡和莊嚴。對我來說，大自然是一種傳達給我的強大宣示，讓我聯想起自己必須緊守的意志力；我把大自然視為內容豐饒的手稿，會堅決、無情並無懼地閱讀。就像偉大時代及偉大國家一樣，成大事者是那些蓄積深厚實力，並在瞬間迸發的人。當時機成熟，當機會展現，當歷史將行改寫，當偉人蓄勢待發，這股偉大的力量將非常嚴厲且果決地行動。天命也將無情地轉動。當偉大的日子到來，我們不會輕易饒恕輿論、報章或現代思潮，對小家子氣的假道學和無關輕重的商品也不會客氣，例如：他們賣的瓶裝瓦斯、麗仕香皂、可口可樂，還有萬寶路香菸等等，因為西方人就是憑藉這些商品，欺騙了我們可憐的同胞。」

「先生，我何時能閱讀那些紀錄？」我問道。

接著是一陣漫長的緘默。彩虹燦爛地閃爍在妙醫師沾滿灰塵的髒污眼鏡上，像一幅對稱的圖畫。

「我是天才。」妙醫師說。

10

我們回到妙醫師的宅邸。和全家人靜靜吃完午餐後，妙醫師帶我到他的書房拿鑰匙開鎖。這把鑰匙與早上玫瑰蒙德用來開啟穆罕默德年少時代房間的那把相當類似。他給我看那些自抽屜裡抽出的筆記本，以及從櫥櫃拿出的檔案，告訴我說，有朝一日，這些依據指示寫出的情報及證詞或許會具體化為國家檔案的形式。他從來沒有輕忽這種可能性。如果妙醫師的努力有成果，一切經由他旗下的密探網路證實其真實性，那麼他打算建立一個新國家。

事實上，所有報告都經過仔細整理，並依日期排列，因此我能輕易了解重點。關於派去追蹤兒子的密探，妙醫師不讓他們知道彼此的真實身分，只提供每位線民一個手表商標作為代碼。儘管多數手表由西方世界製造，但妙醫師認為它們都是「自己人」，因為這些表已經為我們計時超過一世紀。

第一位線民的代號叫作先力，四年前的三月，他提交第一份報告。納希特——當時他還沒有新身分——高中畢業後，就讀卡帕區的伊斯坦堡大學六年制醫科，此時是三年級。先力推斷，秋天開學以來，這位大三學生的課業就一團糟。他將調查所得摘錄如下：「過去幾個月來主人翁在課業上的挫敗，主要是因為他很少跨出宿舍大門一步。他翹課，甚至從未現身診所與醫院的實習課程。」這份檔案夾塞滿報告，鉅細靡遺地列出納希特離開宿舍的時間、去了哪間速食店、哪家賣烤肉或布丁的鋪子、往來哪間銀行、光顧哪家理髮廳。每次穆罕默德出外辦事，從不在外滯留，很快便回宿舍。而先力每次報告的結論都是向妙醫師要求更多錢，以便讓他繼續進行「調查工作」。

繼先力之後，妙醫師派出的密探代號為摩凡陀，這位仁兄顯然是來自卡德格的舍監。和所有舍監一樣，他也與警方有交情。我猜想，這個經驗老到、有能力每小時盯牢納希特的人，或許以前就在各省與國家調查局，為一些心急如焚的父母調查就學中的孩子以賺取好處。單從他描述宿舍權力生態的精準筆調，就可看出其評估簡潔犀利，具職業水準。他的結論是：納希特與宿舍中為爭權拚得你死我活的學生派系，沒有任何關聯；派系中兩個小集團是基本教義派的極端分子，另一個組織與親納克什的蘇菲教派團體有聯繫，最後一派的政治傾向則是中間偏左。咱們這位年輕男子獨來獨往，沒有與任何小團體接觸，而是和三位室友同住一室，平靜地生活，終日埋頭苦讀，很少抬起頭來。他讀的始終是某本特定的書，彷彿自己是個受僱每天從早到晚背誦《古蘭經》、經文倒背如流的偉大教徒（值得尊敬的大人物，請允許我用這個說法）。至於其他在政治理念或觀念上讓摩凡陀全盤放心的宿舍工作人員、警察，以及咱們年輕人的室友們，都斬釘截鐵地確認，年輕一輩的基本教義派或政客絕對不會死背這種書。為了向主子說明其實情況不算太嚴重，摩凡陀還加註若干評語，例如：咱們年輕的主人翁在書桌前看了幾小時書後心不在焉地對著窗外發呆，或者善意地微笑，或者在餐館被人取笑時敷衍地回對方幾句，或者每天早上照舊不刮鬍子，諸如此類。摩凡陀甚至向主子打包票，表示以他的經驗判斷，這些年少時代的怪念頭只是「過渡階段必經之路」，又不是一天到晚看同一部黃色電影，或把一卷錄音帶反覆聽上好幾千遍，或上餐館永遠只點碎肉燉韭蔥這道菜。

至於五月上任的第三位密探歐米茄，一定是接到妙醫師直接下達的指令，所以對那本書的追蹤多過對納希特。這一點也顯示他的父親判斷正確，的確就是這本書讓穆罕默德，也就是當時的納希特脫離正軌。

歐米茄針對伊斯坦堡許多書店進行調查，包括三年半後將同一本書賣給我的那個書報攤。經過勤奮不懈的明查暗訪，歐米茄在兩處不同的路邊書報攤發現這本書。藉由從兩家書商蒐集到的資訊，他找到一家二手書店，將得到的事實作出下列結論：這些為數不多的書，市面上大約找得到一百五十本至兩百本，它們來源相同，出處卻不得而知；書商可能為了清理發霉的倉庫，或者關門大吉，把書論斤賣給舊物商，因此這批書才會落到路邊書攤及二手書區的書店。論重量買下書的商人因為與合夥人不和，收了生意離開伊斯坦堡；想找到這個人並追查出書的原始供應者，恐怕辦不到。二手書區的書店老闆暗示歐米茄，警方或許和這批書流散各地有關。據稱，這本書曾經合法出版，但後來遭檢察官沒收，存放在國內安全局所屬的倉庫，然後這批充公的書又被某些缺錢的警官偷走（這種事司空見慣），論斤秤重賣給一位舊貨商，所以這些書又在市面上流通。

勤奮努力的歐米茄在圖書館查不到這位作者的其他作品，電話簿上也查無此人，因此提出下列假設：「雖然連電話都買不起的同胞也有能耐寫書，但我恭敬地向您呈報我的見解，那就是，這本書是以假名發表的。」

整個夏天把這本書讀了一遍又一遍的穆罕默德，秋天來臨時也著手進行調查，希望找到作者。他的父親派出的第四位新密探已經開始對他展開追蹤，這位新進人員的代號叫作舍奇索夫。這家蘇聯廠商生產的鐘表，在土耳其共和國早年的伊斯坦堡相當受歡迎。

舍奇索夫追查發現，穆罕默德完全沉浸在倍亞濟區國家圖書館的書堆中，因此一開始回報妙醫師，表示這是好消息，咱們的年輕主人翁不過是在念書，以便跟上課業進度。後來他才了解，這位年輕人一直都在看如《彼得與伯提夫》或《瑪麗與阿里》這類連環畫，因此捨棄原先樂觀的推論，轉以安撫的態度向妙醫師提出自己的推測：也許這位年輕人希望藉著尋訪童年的回憶，讓自己脫離沮喪的情緒。

根據這些報告，十月穆罕默德拜訪了幾家位於巴比亞里的出版社，他們曾出版或目前仍在出版兒童連環畫。他也探訪了幾個沒有良心的作者——諸如奈薩提之流——這種人老是在雜誌上亂畫一些不入流的東西。舍奇索夫認為，妙醫師派人調查自己的兒子是為了探查他的意識型態和政治傾向，因此針對一些人發表了以下的看法：「先生，我跟您說，無論人們假裝對政治多有興趣，無論每天談論多少政治和意識型態方面的議題，這些一天到晚參與論戰的人，其實並沒有真正的信念。他們為了錢才寫這類玩意兒；如果拿不到錢，他們寫這種東西的目的，則是惹毛和他們唱反調的人。」

在舍奇索夫及歐米茄的報告中，我都看到關於一個秋天的早晨，穆罕默德前往海達帕夏拜會國家鐵路局人事處的記載。這兩位不相識的密探的報告中，歐米茄提供了正確的情報：「年輕人想搜羅某位退休官員的資料。」

我快速瀏覽活頁夾中的報告，雙眼掃過一頁頁紙張，尋找我的鄰居、我家所在的街道，以及童年時代熟悉的名字。當我讀到一天傍晚穆罕默德走進我家那條街，並仔細端詳某棟房子二樓窗戶的紀錄，心開始狂跳。彷彿那些一手打造書中奇妙世界的人已經打定主意，把所有技巧送到我的眼前，讓我更容易被召喚入這個世界，但當時還是中學生的我從來都不夠聰明。

我從資料研判，第二天穆罕默德和雷夫奇叔叔見了面，兩位負責跟蹤穆罕默德的密探都證實他進入伊倫庫伊區的銀白楊街二十八號，停留了五、六分鐘，不過兩人都沒查出他前往那棟公寓拜訪誰。兩只手表當中比較勤快的歐米茄，至少還盤問了街角雜貨店的小廝，查到同棟建築物裡三個家庭的資料。我猜測，這是妙醫師第一次聽聞雷夫奇叔叔。

拜訪過名喚雷夫奇的先生後，穆罕默德出了問題，連先力都注意到了。摩凡陀發現年輕人足不出戶，甚至沒到餐館吃飯，從此也未再見到他讀那本書，一次都沒有。根據舍奇索夫的說法，穆罕默德離開宿舍的頻率變得不固定，而且沒有確切目的。他曾經在藍色清真寺區的後街晃蕩一整晚，還在一處公園坐著抽了好幾個鐘頭的菸。另一天傍晚，歐米茄發現他拎著一紙袋的葡萄，他甚至先將葡萄逐顆拿出來端詳，彷彿當作寶石一般，接著才一顆顆把葡萄放進嘴裡慢慢咀嚼；這一吃就花了四小時，然後才返回宿舍。他放任頭髮和鬍子胡亂生長，對外表毫不在意。密探們要求老闆多付工資，每個人都對年輕人不規律的出沒時間怨聲載道。

十一月的某個下午，穆罕默德搭乘渡輪前往海達帕夏，然後坐火車到伊倫庫伊，在街頭徘徊良久。據尾隨的歐米茄表示，年輕人在那一區來回走動，腳步沉重，還經過我的窗外三次——那時我很可能在屋內——等到天色漸暗，則開始在銀白楊街二十八號對面站崗，觀察窗台的動靜。根據歐米茄的報告，穆罕默德在下著小雨的黑夜對亮燈的窗戶足足觀望了幾個小時，一無所獲之後，在卡迪奎區一家小酒館喝得爛醉，隨後才回宿舍。歐米茄和舍奇索夫都在報告中提到，穆罕默德後來又去了伊倫庫伊六次；比較機警的舍奇索夫，已確認亮燈窗戶住戶的真實身分。

穆罕默德第二次拜訪雷夫奇叔叔的過程，舍奇索夫都看在眼裡。他先從對面的人行道上偷窺亮燈窗戶內的動靜，後來甚至站上一堵低矮的庭院圍牆，把情況看得一清二楚。儘管後來的信件中，他陸續交代這次會面的細節——信中有時稱其為「集會」——不過這第一次的報告更精確，因為較有事實根據，同時是他親眼所見。

一開始，老作家和年輕訪客悶不吭聲地在搖椅上對坐了七、八分鐘，兩人中間的電視正播放著一部牛仔電影。老先生的妻子有時會為他們送咖啡。之後穆罕默德站起身，非常熱情、狂暴地談話，手勢熱烈奔放。舍奇索夫一度以為，年輕人將揮拳海扁老頭。叫作雷夫奇的老先生起初一直只是憂鬱地微笑，但後來也站了起來，回應年輕人咄咄逼人的質問。他的反擊力道一樣猛烈。接著兩人坐回搖椅，身影如實地投射在牆壁上。雙方開始耐心地聆聽彼此談話，然後是一陣沉默；兩人憂愁地看著電視，過了半晌才繼續說話。老先生滔滔不絕，年輕人傾耳細聽，接著兩人又陷入沉默，望向窗外，甚至沒意識到舍奇索夫的存在。

然而，住在隔壁的暴躁女人可發現了。她察覺舍奇索夫往窗內偷窺，扯開喉嚨使勁尖叫：「救命啊！王八蛋，你這死變態！」她這一喊，咱們倒楣的密探只好被迫離開，沒掌握到這次會談最後三分鐘的實況。不過他在後面的報告中推測，這件事應該與某個地下組織或國際政治團體有關；他還提到了陰謀論。

下一份檔案顯示，那段期間，妙醫師要求嚴密監視他的兒子，緊迫盯人；密探們的報告連珠炮般密集湧至。歐米茄認為，與雷夫奇老先生會面之後，穆罕默德似乎陷入半瘋狂狀態；但根據舍奇索夫的說法，他雖然更加黯然神傷，卻益發堅定。穆罕默德把市面上所能找到的那本書複本全部買下來，並嘗試將這部「作品」分送到城內所有角落，比如卡德格的學生宿舍（消息來自摩凡陀）、學生經常出入之處（根據先力和舍奇索夫的報告），還有巴士站、電影院及渡輪的梯板（訊息得自歐米茄）。他的任務不太成功。摩凡陀非常清楚，穆罕默德在宿舍裡竭盡所能地影響其他學生；而在學生經常出沒的場所，他也試圖對身旁其他年輕朋友提起這個主題，但因他一向獨來獨往，效果不大。我剛才還讀到，他一直把在餐廳和學校碰見的一些同學列在名單上——這項任務是他在那裡出現的唯一目的——也順利誘導他們閱讀這本書。接著，我發現下面這份剪報：

伊倫庫伊發生謀殺案〔安卡拉通訊社報導〕

昨晚九點左右，國家鐵路局退休稽查員雷夫奇．雷伊，遭到不明人士槍殺身亡。他在從銀白楊街的住所前往咖啡館的路上，遇見有人攀談，此人隨即對他連開三槍。殺手行凶後立刻離開了現場，目前尚無法得知身分。雷伊（六十七歲）當場傷重身亡，他曾經在國家鐵路局各分支機構服務，表現活躍，最後以稽查員身分退休。雷伊的死訊，讓一直敬重他的鐵路界人士深感哀悼。

我從檔案堆中抬起頭，回憶當年的情景：那天父親很晚才回家，神情哀痛。每個參加葬禮的人都哭了。小道傳言說，凶手是在狂怒之下才犯下殺人罪行。這個妒恨交加的凶手到底是誰？我很快瀏覽一遍妙醫師鉅細靡遺的檔案，試圖找出這個人。是隨時可供差遣的舍奇索夫？是不值得信任的先力？還是精準不誤事的歐米茄？

在另一份檔案中，我發現妙醫師耗費鉅資進行的調查出現截然不同的結論。一位很可能任職於國家調查局的手表密探漢彌頓曾寄給妙醫師一封短箋，提供下列訊息：

雷夫奇．雷伊就是那本書的作者。十二年前他就寫了那本書，但因為他只是一個沒有自信的業餘作家，沒膽量以本名出版。在那個動亂的年代，對於會引起教師和家長恐慌，擔心孩子及學生未來受波及的故事書，國家調查局都相當留意，當然也風聞了這本導致年輕孩子迷途墮落的書。因此，國家調查局從出版社那裡下手，探出作者的真實身分，他們讓本案在主管出版事業的能幹檢察官控制下自然發展。十二年前，檢察官下令沒收這批書，但沒有非要以威脅手段把這位初出茅廬的新手送交法辦，藉以讓他知道恐懼之神的厲害。不過，作者兼鐵路局退休稽查員雷夫奇．雷伊被傳喚至檢察官辦公室時，暢所欲言，話中透著滿足。他不但同意把書充公，對官方的舉動也無意抗拒，並且簽下切結書，表示永遠不會再寫書。漢彌頓密探的報告，寫於雷夫奇叔叔遇害前十一天。

顯然，穆罕默德很快就知道雷夫奇叔叔的死訊；至於他有何反應，據摩凡陀的說法，這位「陷於妄想的青年」精神狀態欠佳，把自己關在房裡，甚至開始從早到晚不間斷地讀著那本書，彷彿陷入某種宗教性的恍神狀態。舍奇索夫和摩凡陀都看見他離開住處，兩人皆認為年輕人的種種行徑毫無意義可言。某天，他像個無所事事的遊魂在翟芮克社區的陋巷遊蕩；第二天，他又在貝約魯的戲院看了一下午黃色電影。舍奇索夫指出，他有時半夜離開宿舍，但不確定目的地在何方。先力曾經在白天看過他嚇人的模樣：他的鬍子和頭髮如野草蔓生，蓬頭垢面，一雙眼睛瞪著街上來往的行人，「活像一隻受到晨光驚嚇的貓頭鷹」。他徹底遠離那些過去經常出入、試圖推銷那本書的地方，如學生聚集地、學校走廊等。他與任何女性都沒有瓜葛，看起來也沒那個興趣。趁著穆罕默德不在，舍監出身的摩凡陀曾經進入他的房裡，找到幾本裸女雜誌；但他補充，大部分正常的學生都有這種玩意兒。根據互不知悉對方身分的先力和歐米茄回報，有一段期間，穆罕默德顯然有酗酒惡習。不過，後來一票學生在學生的啤酒屋「三樂烏鴉」奚落他，他與對方大打一架，之後便寧願光顧陋巷偏僻破舊的小酒館。過了一陣子，他重新與其他學生及在酒館認識的狂熱分子聯繫，仍然徒勞無功。之後，他乾脆在書報攤前閒逛好幾個鐘頭，尋找可能上門購買並閱讀那本書的知音。他看上了幾個年輕人，與他們為友，並說動他們去讀那本書。但根據先力的說法，他的脾氣太壞，動不動便挑起戰火。歐米茄曾經在一家位於阿克薩萊伊陋巷的小酒館，偷聽到他和別人爭論的全部內容。咱們看起來其實已不再年輕的年輕人，熱情有勁、滔滔不絕地述說著那本書裡的世界。他先講到「抵達」，接著是「入口」、「靜止」、「超凡的時刻」，再談到「偶然」。摩凡陀指出，但這些熱忱一定也只是暫時的，因為全身上下如此邋遢、髒亂、不修邊幅的穆罕默德，已經成為朋友心中的討厭鬼——如果他還有朋友的話——而且也不再讀那本書。提及穆罕默德毫無目標的漫步過程時，摩凡陀曾如此寫道：「這年輕人正在追尋某種能減輕背上重荷的事物，雖然我不太確定他究竟在尋找什麼，但我想，連他自己都搞不清楚。」

有一天，他又漫無目的地走在伊斯坦堡街頭。舍奇索夫緊隨其後，看見咱們的年輕主人翁在巴士站找到了那或許能舒緩他的哀傷，並使他的靈魂平靜的「某樣東西」。也就是說，他找到了那輛巴士。連行李都沒帶，也沒有購買註明終點站的車票，他就不由自主地隨意搭上了一輛準備出發的車。舍奇索夫呆了半晌，也跳上下一輛德國瑪吉魯斯公司製造的巴士，在後面尾隨追蹤。

自那時候開始，一連幾個星期，他們搭著同樣的巴士走遍各地，從這個小鎮到那個小鎮，從這個到另一個巴士站，從這輛換搭另一輛巴士，始終沒有終點，舍奇索夫一直盯得很牢。由於舍奇索夫在顛簸的巴士座位上寫報告，字跡相當難辨認，但他的字裡行間，為這一段段不確定且沒有目的旅程的神奇與悸動，作了最真切的見證。他們看到遺失行李又迷了路的旅人，還有寒盡不知年的瘋子；他們遇見販售月曆的退休百姓、熱血報國的男孩，以及宣示世界末日將至的年輕人。他們坐在巴士站的餐廳裡，與訂婚的年輕愛侶、修理店學徒、足球選手、走私香菸供應商、職業殺手、小學老師，還有戲院經理一塊兒用餐；在巴士座椅上和候車室裡，他們蜷曲著身體，與幾百個人摩肩擦踵入眠，甚至從來沒在旅館過夜。他們之間也不曾建立永久的聯繫，或是發展任何形式的友誼。他們的旅途，從沒有一次知道終點站在哪裡。

「事實上，我們只是下車，然後再登上另一輛車。」舍奇索夫寫道：「我們在期待某種東西，它或許是一項奇蹟，或許是一道光，或許是一個天使，或者一場意外；我真的不知道是什麼，這是我的感覺……我們彷彿在尋找某種能帶領我們走向未知國度的徵象，但到目前為止，我們並不走運。我們甚至連最輕微的小意外都沒碰上，意味著或許真有天使在照護我們。我不清楚咱們的年輕人對我的動機是否一無所知。我不知道自己是否能頑強地撐下去。」

他沒能撐到最後猶豫不決地寫下這封信件，一個星期後，當他們在休息站過夜時，穆罕默德扔下喝了一半的湯，衝上一輛藍天安適公司的巴士，而舍奇索夫正從碗裡舀取同樣的湯，只能眼睜睜看著穆罕默德逃逸無蹤。他冷靜地喝完湯，向妙醫師報告情況，表示自己一點也不覺丟臉。他詢問接下來該怎麼做。

妙醫師告知舍奇索夫繼續追查，但是之後幾個星期，他或妙醫師都沒再得到關於穆罕默德動靜的進一步消息。

這段期間，舍奇索夫一直在巴士站、交通局及司機的聚會場所消磨時間，一有車禍就火速奔向出事地點，憑著他的直覺，在屍體中找尋我們的年輕主人翁。一個多月後，舍奇索夫見到另一位年輕人的遺體，他認為這是穆罕默德。從其他在巴士上所寫的信件得知，妙醫師還派了其餘的手表密探，加入追蹤兒子的行列。其中一封信出自先力，當他寫信時，巴士一頭撞進馬車的尾部，他一絲不苟的心臟因此失血過多，從此停止跳動。這輛巴士所屬的快速安適公司，將這封沾著血污、尚未完成的信件，寄給了妙醫師。

當舍奇索夫花了四個小時，終於趕到車禍地點時，穆罕默德已經成功地讓納希特的身分壽終正寢。一輛安全特快公司的巴士，尾端撞上一部滿載印表機墨水的油罐車。不多久巴士便充斥著尖叫聲，深黑色的車體開始燃燒，在深夜時分，被明亮的熊熊烈火燒個精光。舍奇索夫寫道，他沒辦法肯定那個「被火燒得無法辨認的人，就是那位滿腦子妄想的可憐男孩」；他手上唯一的證據是年輕男孩的身分證，因為它幸運地沒有被燒毀。大難不死的倖存者都作證說，死去的年輕男人坐在三十七號座位。如果納希特坐在三十八號，便可毫髮無傷地逃過一劫。舍奇索夫從一位生還者口中得知，坐在三十八號的年輕男人與納希特年歲相仿，在伊斯坦堡的科技大學念建築，名字叫作穆罕默德。舍奇索夫曾至這位年輕男子位於開瑟里的老家追查，想探知納希特死前最後的消息，但一直聯絡不上穆罕默德。舍奇索夫本來以為，歷經如此可怕的意外並幸運生還後，穆罕默德應該會探望父母，但是他沒有這麼做。舍奇索夫又猜想，這個不幸的遭遇一定讓年輕人大受打擊；不過，穆罕默德並非舍奇索夫最迫切需要釐清的問題。他追蹤了幾個月的對象死了，他在等待妙醫師下達後續指令，並支付酬勞。畢竟，他的調查結果顯示，在整個安那托利亞（還不包括中東和巴爾幹半島），太多憤世嫉俗的年輕人因為閱讀這類書籍，變得慷慨激昂。

得知兒子的死訊，又看到燒得焦黑的屍體送抵家門，妙醫師氣急敗壞地開除了倖存的手表密探們。雷夫奇叔叔被殺的事實，並不能稍減他的怒氣，反而模糊了焦點，轉而擴大到與整個社會對抗。舉行了兒子的葬禮後，負責打理妙醫師在伊斯坦堡各項事宜的退休警察，憑藉良好的人脈，協助妙醫師聘僱了七位新密探。他同樣以各種廠牌的手表名稱作為新成員的代號，同時與那些視大陰謀為共同敵人的悲痛商人，建立了更進一步的關係。他也開始獲取那些人不定時提供的小道消息。這些人——他們之所以生意失敗，是因為遭逢特定跨國企業，如暖氣機、冰淇淋、冰箱、蘇打汽水、高利貸、漢堡等業者的競爭——整體來說，他們對於閱讀雷夫奇叔叔的著作及他們眼中怪誕、深奧天書的年輕人，不但加以猜忌，而且謾罵不休。如果受到妙醫師鼓勵，他們會非常熱心地尾隨這些年輕人，嚴密監視，並樂於把撰寫充滿憤怒的偏執報告，當作自己的責任。

為了弄清楚是否真的有人在鄉下小鎮、在不透風的宿舍，或像我一樣在面積不大但環境優美的社區看了這本書之後，遭到妙醫師手下密探的告發，我邊吃晚餐邊瀏覽報告。玫瑰蕾端著盛在托盤上的晚餐給我時說道：「父親認為，你不會想中斷工作。」我快速翻閱一頁頁報告，渴望遇見知音。偶然發現幾樁激起好奇的事件，令我汗毛直豎；但我無法判別，這些人究竟和我心靈契合到何等程度。

例如：有個父親在松古達克當礦工的獸醫系學生讀過這本書之後，除了吃和睡這些人類基本需求，什麼也不做，所有時間都花在讀這本書上。有時候，這位年輕人甚至把同一頁翻來覆去讀上一千遍，因此啥事都做不成。一位酗酒的中學數學教師，並未對外隱瞞自我毀滅的傾向，他在每堂課的最後十分鐘——直到學生舉手提醒下課時間到了方休——會要學生閱讀書中篇章，自己則興奮地大笑。另一位來自艾祖隆、攻讀經濟學的年輕人，把這本書一頁頁貼在牆上當壁紙，只要室友聲稱書的內容中傷先知穆罕默德，就和室友大打出手。還有個眼睛半盲的住宿生，為了以放大鏡閱讀貼在火爐煙囪與天花板之間的書頁，甚至爬到椅子上；妙醫師手下的悲痛人士風聞此事，向他回報。但我不確定，這本毀了艾祖隆學生、令他遭人議論「該不該送交法辦」的書，就是雷夫奇叔叔那本著作。

到頭來，這一百本或一百五十本書，簡直就像散裝地雷，周遊列國。這些書有的藉由偶然的集會轉手，有的是因為一些好奇的讀者向他人提起，有的在書報攤吸引讀者注意；還有人看了類似的書，產生同樣的神奇反應，所以對讀者帶來一股刺激或啟發的浪潮。有些人帶著書離群索居，但是在嚴重崩潰的邊緣，他們卻能開啟進入新世界的大門，並甩掉所有苦惱。也有人因為讀了這本書，招致危機或變得暴躁易怒，指責朋友或情人對書中提及的世界不屑一顧，控訴他們不懂或不嚮往這本書，從此無情地批判他們不能與書中浩瀚宇宙的人們相提並論。還有另一種人，他們閱讀這本書是為了探究人性，而不是研討內文。這群狂熱分子一心尋找和他們一樣讀過這本書的人，如果任務失敗——這種情況屢見不鮮——便會勸服他人去讀這本書，希望受到他們誘導的人能夠付諸行動。不過，這些行動派和暗中告發他們的密探們，都不知道這些人共同擁有的行動準則是什麼。

接下來幾個鐘頭，我從極細心歸檔於密探信件中的新聞剪報，拼湊出一些事實：五個受到這本書啟發的讀者，被妙醫師手下的手表密探們殺害。目前仍不清楚，究竟是哪個手表密探，在何時、因何故犯下謀殺案。我只看到依據報案時間一一排列的短篇剪報。不過，剪報中還是交代了兩樁命案的部分細節。由於其中一位就讀新聞系的被害人曾經擔任《太陽報》的外電新聞編譯，因此愛國行動記者協會假意對本案表達高度關切，並宣示土耳其新聞界絕不會向愚蠢的恐怖主義低頭。另一位死者是服務生，當他雙手滿抱某超人氣品牌的優格空瓶時，遭人開槍射殺。伊斯蘭青年突擊隊揭露，這位被害人曾是他們的一員；他們在記者會中宣稱，這起凶殺案是美國中情局探員及可口可樂犯下的罪行。

11

機敏的老先生總愛抱怨，咱們的文化中缺乏寓閱讀於樂的體認。對我而言，閱讀的樂趣，一定就是從妙醫師那些狂熱與井然有序檔案中的文件和命案報告，所聆聽到的和諧樂章。我的雙臂感受到夜晚的涼意，我的雙耳聆賞著虛擬樂器演奏的夜之謳歌；同時，我還盤算著該如何因應，以便讓自己像個儘管稚嫩，但面臨種種奇遇之際，仍果斷堅決的年輕人。

既然下定決心成為一個為自己將來打算、富有責任感的年輕人，於是我從妙醫師的庫存中抽出一張紙，記下細微的線索，以便隨時可用。

我離開了檔案室，耳中仍縈繞著悠揚樂聲。在這一個小時中，我內心深處的感觸是，這整個世界，以及這位滿腦子哲學的屋主，不但冷酷，而且工於心計。我彷彿聽見心底某個無憂無慮的聲音，鼓動我挑釁生事。我能感受到內心叮咚作響，就像看完一部歡快的有趣影片後，抱著嬉戲的心情離開戲院。那感覺猶如音樂般輕盈美妙，在腦海中游移穿梭。我的意思是：我們認同這位英雄，彷彿自己就是這個妙語如珠、天生流露輕浮神氣、反應異常機敏的人。

「有榮幸與妳共舞嗎？」向嘉娜邀舞時，她面露憂色地望著我。

她和玫瑰三姊妹坐在餐桌旁，看著從編織籃中掉落到桌上的各色毛線球。那些毛線球像藝術作品裡，落在豐饒角[17]外，象徵幸福與富足的成熟蘋果及柳橙。毛線球旁是自《家庭與婦女》上依樣畫葫蘆的編織品和刺繡圖樣，有段時間母親也經常拿來仿照，花樣從花朵到針織花邊、可愛小鴨、貓咪、狗兒，不一而足。出版社抄襲德國婦女雜誌那一套，硬塞給土耳其婦女同胞，不過上面加了清真寺的圖案，應該是出版社的主意。我端詳著它在煤油燈照耀

---

17 豐饒角（cornucopia），藝術作品中，裝滿花果和穀物的公羊角被視為表現豐饒及富裕的象徵手法。

下映出的種種色彩，想起自己才剛閱讀的現實生活戲碼，兩者同樣是由生動的材料建構而成。然後我轉向走近玫瑰蒙德身旁的兩個女兒，被她們一家和樂融融的景象感動，柔情油然而生。兩個女孩眨著眼，打著哈欠，我問她們：「媽媽怎麼還沒讓妳們上床睡覺？」

姊妹倆緊貼著母親，有點嚇到，隨後便被帶回房。我的情緒穩定多了，甚至還有心情奉承一臉狐疑、不住審視我的玫瑰蕾和玫瑰貝拉，差點說出「兩位都是盛開怒放、尚未凋謝的美麗花朵」這類好聽話。

不過，進入接待男客的房間時，我終於開口。「先生，」我對妙醫師說道：「我悲痛萬分地讀了您兒子的故事。」

「這件事已由文件證實了。」他答道。

在伸手不見五指的漆黑房間裡，他為我引見兩名看不清楚面孔的男子。不對，這兩個人並不是他手下的手表密探，因為他們沒有在工作。其中一位是公證人；因為我們身處晦暗的環境，我的腦袋記不住事情，並不清楚另一個人在哪兒高就。我比較在意妙醫師如何介紹我：我是個命中注定做大事的年輕人，個性穩重、認真、熱情。他們可能認為，我和妙醫師非常親近。我不是那種刻意模仿美國電影角色的假仙痞子。看得出他非常信任我，非常、非常信任我。

我們也看到一個位於加拉塔的商家製造的廂型鐘；鑲嵌在木頭裡的鐘，聲音獨樹一格，每星期只要上一次發條即可。據妙醫師說，同款鐘世上只剩一座，擺在托普卡匹宮的後宮。在鐘的刻度盤上看見斯麥納古城[19]的字樣時，我們試圖弄清楚，以切割的胡桃木打造這款擺鐘並簽下大名的賽門．賽門尼恩，究竟住在黎凡特的哪個港口。我們還注意到那只環球牌時鐘，上面裝飾著月亮圖案，還有顯示滿月時間的日曆。妙醫師拿出一把大鑰匙，並轉動鐘擺，為這座古董鐘上緊發條。它的鐘面設計像蘇丹塞利姆三世時代，人們進行梅芙萊維[20]時所戴的頭巾樣式。這個鐘的聲音聽得我們汗毛直豎，後來才知道那是轉動鐘體內風琴發出的聲響。我們都記得，自孩提時代便在許多地方聽過或看過有鐘擺的榮漢牌壁鐘，至今它仍敲出憂傷的鐘聲，像囚禁在籠中的金絲雀。在未經加工的舍奇索夫時鐘鐘面上，我們看見火車頭及其下方的「蘇聯製」字樣，直打哆嗦。

「對我們的同胞來說，時鐘的滴答轉動，不只是告知俗世的某種途徑，而是帶領我們與內心世界契合的回聲，就像清真寺天井的噴水池濺落出的水花聲一般。」妙醫師說道：「我們每天面向麥加祈禱五次，然後迎接齋戒月，接著是日落後的開齋飯，日落時結束禁食，再來是破曉前用封齋飯。作息時間表和鐘表，都是吾人上達天聽的工具，而不是像西方人一樣，視其為在匆促間得以跟上世界腳步的手段。世界上沒有任何一個國家，像我國這般深愛鐘表；我們是歐洲鐘表業者最大的客源。在所有西方人的產物中，只有鐘表為吾人接受。它也是除了槍枝之外，唯一不能以國產或外國製分類的產品。對我們而言，有兩條路直通造物主：軍事力量是發動聖戰的憑藉；鐘表是祈禱的工具。西方人已經成功地壓制我們的槍砲，現在，他們又策畫出火車這種玩意兒，要連我們的時間概念一併消滅。每個人都知道，祈禱作息表最大的敵人，就是火車時刻表。我死去的兒子相當清楚這一點，因此他耗在巴士上好幾個月，想取回逝去的光陰。意圖離間我們父子的人，利用巴士奪走了我的愛子兼繼承人的生命，但是我妙醫師可沒天真到輕易被他們的陰謀詭計耍騙。切記這一點：當我們的同胞攢到一點錢，他們買的第一件東西，永遠是手表。」

雖然妙醫師頗有繼續低聲發表長篇大論之意，不過一座鍍金、鐘面上釉、點綴著深紅玫瑰圖案、鐘聲如夜鶯般優美的英國製普萊爾時鐘，這時奏出一首鄂圖曼帝國時期的老歌〈我的抄寫員〉。

當三位牌友豎起耳朵，專心聆賞這首描述一位抄寫員前往烏斯庫達旅行的悅耳歌曲時，

---

19 斯麥納古城即今伊士麥市（Izmir）。

20 梅芙萊維（Mevlevi），土耳其神祕主義詩人魯米始創的「旋轉舞」，舞者身著白袍，隨音樂旋轉。

妙醫師湊近我耳邊輕聲說：「我的孩子，你決定了嗎？」

就在那一刻，我從開啟的房門望進去，看見隔壁房間案頭上的鏡子反射出嘉娜的身影，令我意亂情迷。

「先生，我還需要再多看點檔案。」我說。

我這麼說，是為了避免下決定，而不是希望藉此讓自己回神。通過鄰室時，我可以感受到三位玫瑰姊妹花，包括難伺候的玫瑰蕾、神經緊張的玫瑰貝拉，還有剛把女兒弄上床睡覺的玫瑰蒙德，都對我行注目禮。嘉娜蜜色的雙眸，寫著萬般的好奇與決心呀！我覺得自己彷彿實現某種重要的成就。我猜想一個男人與一名漂亮又活潑的女子為伴時，內心都有如此的感受。

但直到此刻，我還不夠格當那個男人！現在我坐在妙醫師的檔案堆中，面前是一疊疊密探提供的情報；而在另一個房間，嘉娜放大的容顏自桌案上的鏡子反射而出，懷著妒意的我，融化在她的美貌中。我快速翻閱一頁頁檔案，盼望高漲的妒火或許能驅策我作出決定。

我的研究不必再進行太久，就告一段落了。把所謂的愛兒（其實是個來自開瑟里的倒楣青年）下葬後不久，妙醫師便解散剩餘的手表手下們，如摩凡陀、歐米茄和舍奇索夫，而先力早已命喪黃泉。在妙醫師僱請追查那本書讀者的新銳密探中，精工是他最信賴、也最精準的一位。為了找到熟悉那本書的人，他突襲學生宿舍、咖啡館、俱樂部及學校休息室，精工甚至掌握了偶遇的建築系學生穆罕默德，以及他女友嘉娜的行跡。他是在十六個月前發現穆罕默德的。那時是春天，穆罕默德與嘉娜陷入熱戀，他倆隨身帶著一本書，親密地互相讀給對方聽。精工持續觀察兩人，雖然沒有貼身監視，但也跟蹤了八個月左右，他們始終未發現精工的行跡。

八個月期間，精工不定期呈遞妙醫師共二十二份報告，時間從他發現這對情侶到我讀了那本書，以及穆罕默德在小型巴士站遭人槍擊為止。我耐性十足地帶著逐步上升的妒意，把這些報告看了一遍又一遍。雖然早已過了午夜時分，我希望藉著檔案提供的邏輯，試圖讓自己接受這些惡毒的結論。

結論一：我和嘉娜在古鐸鎮十九號房獨處的那一夜，她望著窗外，說沒有男人碰過她，其實並非事實。精工不只在春天追蹤兩人，他發現整個夏天這對情侶多次進入穆罕默德打工的飯店，認為他們在房裡待了很長時間。我不是沒有懷疑過，只是當我們僅止於猜測的事情，被某人親眼目睹並記載下來，讓人更覺得自己蠢到極點。

結論二：包括精工在內，沒有人懷疑穆罕默德可能是納希特了結前一個人生之後的新身分，他父親、工作的飯店管理階層及學校建築系的註冊單位也一樣。

結論三：這對情侶沒有特別異常之處，唯一引人注意的是他們正墜入愛河。如果忽略精工最後十天的報告內容，你會發現，他倆甚至沒打算把那本書轉手給別人。同時，他們並非無時無刻閱讀那本書，因此他們的舉止讓精工有點摸不著頭緒，不知道他們拿那本書做什麼。他們就像一對平凡的大學生，朝著結婚的目標邁進。他們與同學的往來很和諧，兩人的課業表現都很好，對事物的熱情也拿捏得有分寸。他們與政治團體沒有瓜葛，對涉足政治完全不熱心積極。精工甚至寫道：「在那本書的所有讀者當中，穆罕默德是最鎮定冷靜、最不沉溺其中，也最不熱中的一個。」正因如此，精工對後來的發展相當驚訝，可能還很高興走到這一步呢。

結論四：精工嫉妒他們。對照他其他的報告時，我首先注意到他形容嘉娜的字眼參雜了過度的關心和文謅謅的詩意。「這位年輕的女士正在閱讀，優雅地蹙著眉心，她的面容透著一抹澄澈的雅緻與莊嚴。」「然後，她擺出那獨一無二的專屬儀態，突然輕拉耳後的一束秀髮。」「有時候，在自助餐廳排隊讀那本書時，她會輕輕嘟起上唇，雙眸開始閃著光，別人可能會臆測，兩滴清淚隨時將在那雙美目的角落湧現。」再來看看，這幾行讓人驚訝的文句寫得如何？「我說先生，閱讀了一個半鐘頭之後，這位年輕女士在書本上方展露的臉龐，變得親切柔和。她臉上的神情是如此不可思議，無人能及，有那麼一瞬間，我以為那神奇的光芒不是由窗外滲入，而是從書頁中投射在這張天使臉孔上的光輝。」在他筆下，她身邊的年輕男子完全與嘉娜的天仙氣質相左，反而更像凡夫俗子。「他們的故事，不過就是大家閨秀與來路不明的窮小子墜入愛河。」「他們兩人中，咱們的年輕人比較謹慎、焦慮，而且小氣。」「年輕女士更願意結交朋友，與他們交好，甚至願意分享那本書，但那個飯店櫃檯工讀生老是把她看得死死的。」「很顯然，因為出身寒微，他避免與她的朋友打交道。」「想想看，這小伙子冷淡又要死不活，年輕女士究竟看上他哪一點。」「不過是個飯店小職員，他也未免太跩了。」「他就是那種狡猾能幹、裝出一臉聰明相的人，這些人口風很緊，又沉默寡言。」「沒用的自大狂！」「我得老實說，此人一無是處，不必多介紹了。」我開始欣賞這位精工先生，但願我能信賴他的精準。然而，他倒是讓我相信了另一件事。

結論五：那件事就是，他倆那時是多麼快樂啊！下課後，他們一塊兒到貝約魯的戲院，看一部叫作《無盡之夜》的電影，從頭到尾兩人十指緊扣。兩人坐在學生福利社角落的桌旁，看著人來人往，親密地說著體己話。他們形影不離，到貝約魯非鬧區的地方逛街、搭公車、上學、在伊斯坦堡四處逛，或是坐在三明治店的小凳子上膝蓋相碰，望著鏡子裡自己的吃相。瞧，他們又來了，年輕女士從隨身背包中拿出一本書，兩人一塊兒讀了起來。接著，就是那個夏日！從穆罕默德離開飯店，精工就尾隨其後，發現他和拎著塑膠袋的嘉娜碰面。

他確定必然有戲可看，所以隨行在後。他們搭渡輪到公主島，租了一艘划艇，然後去游泳；接著兩人僱了一架雙輪雙座的馬車，在馬車上啃玉米，吃冰淇淋；回到城裡後，兩人進了年輕人的房間。要讀完這些報告，實在很煎熬。他們大吵一架，相互爭辯。當時精工認為這是他倆交惡的徵兆，但直到秋天，兩人一直沒有發生真正的爭端。

結論六：精工想必就是在十二月的下雪天，於小型巴士站附近，從粉紅色塑膠袋裡拔槍射中穆罕默德的人。我並不完全確定這點，不過，他的怒火和妒火證明了一切。我想起當天的情景：自己從窗戶裡看見那個人模糊的身影加速狂奔，遠離被雪覆蓋的公園。我猜精工大約三十歲，出身警官學校；這位滿腦子雄心壯志的警官，兼差當私家偵探貼補生活所需。他曾經以「沒用」這樣的字眼，形容那位建築系學生，那麼，他對我的評價又是如何？

結論七：原來，我是自投羅網的不幸受害者。精工老到地下了結論，甚至有點可憐我。但是，精工還是沒能推敲出這對年輕男女之所以關係緊張，是因為嘉娜想處理掉那本書。當時一定是基於嘉娜的堅持，所以他們決定徵求人選，再把書交到那個人手上。兩人就像私人企業聘僱的獵人頭公司，在人才庫中為職缺篩選候選人，於科技大學各大樓、宿舍與講堂仔細檢閱。至於他們為何挑上我，一開始精工並不清楚。不過精工很快就精確地判定，他倆的確已經觀察、跟蹤，而且談論我很久了。讓我自己落入陷阱，遠比他們現身挑選我容易多了。我有多容易上鉤？在走廊上，嘉娜數次經過我身旁，手上拿著那本書。有一次，她對我嫣然一笑。知道她確實在設計我，令我五味雜陳：她知道我在福利社偷看她排隊，為了迅速將手伸進袋子裡拿錢包，裝出非得放下手上東西的樣子，然後把那本書放在我面前的桌上；大概過了十秒，她的纖纖玉手再很快把書拿走。他們確信，我這條可憐的笨魚，已經願者上鉤。連我的日常動線，他們都查得一清二楚，把書擺在我必經的人行道小攤位。如此一來，我就會在回家的路上看見它，而且很困惑地認出它——「啊，這就是那本書！」——然後買下那本書。這與當時的情況完全相符。精工對我的處境深表同情，準確地寫下對我的評價：「只是個愛作白日夢的小鬼，毫無特點可以介紹。」

我沒有耿耿於懷，因為他對穆罕默德的評語也差不多。而且，我甚至在這段形容語中發現安慰之意，激勵我鼓起勇氣捫心自問：為什麼我從來不曾對自己承認，買下那本書，並且閱讀它，其實，只是想要得到那漂亮的女孩？

當那本書像一隻有魔力的膽怯小鳥躺在我的桌上，而我毫不掩飾地以眼神表達對嘉娜的愛慕，目不轉睛盯著她，卻渾然不覺的同時——也就是說，當我經歷生命中最狂喜陶醉的時刻之際——望著我們的，除了穆罕默德，還有遠處的精工也正監視著我們三人，這點才真正令我無法忍受。

「我以為自己戀愛了，也樂於接受這個事實，我以為這樣的巧合就是人生的本質，到頭來卻發現，這一切，不過是他人策畫的虛構事件罷了。」我這個被騙的男主角說道，決定離開房間去看妙醫師的軍械庫。但英雄還得弄清楚更多事情，進行更多研究，所以離開之前，他得再工作一小時。

我拚了老命列出一張清單，上面全是叫作穆罕默德的年輕讀者資料。這份名冊是妙醫師手下一絲不苟的手表密探們，以及安那托利亞所有悲痛商人的傑作。因為舍奇索夫沒有查出穆罕默德的姓氏，我列了整整一大串名單，不知道如何判斷。

時間很晚了，但我確定妙醫師還在等我。我朝著之前在時鐘滴答聲中玩比齊克牌戲的房間走去。嘉娜和妙醫師的女兒們已經回房，牌友們也都回家了。妙醫師退到房間最裡面的角落，整個人深陷在又軟又厚的椅子上讀書，彷彿想避開煤油燈射出的光線。

他察覺我進屋，取了一把鑲著珍珠母的拆信刀夾進書裡，並闔上書本，站起身說他已將一切就緒，一直在等我來。我想稍事休息片刻，以免閱讀太久眼睛過於疲累。他很確定我對所聞所見，以及蒐集到的資料相當滿意。人生不就是充滿狡詐的王八蛋渾球，以及令人驚訝的命運和體驗嗎？但是，他已下定決心，把撥亂反正當作己任。

「檔案與索引都由在刺繡工廠工作的玫瑰貝拉小心地打點。」他說：「至於玫瑰蕾，身為盡責的女兒，她很愉快地管理信件往返，負責寫信給我順從的手表密探們，在信中加註我的指令和回應。每天下午，我們邊喝茶，邊聽玫瑰蒙德以悅耳的聲音朗誦收到的信件。有時候我們在這間房裡工作，有時則改在你剛才閱讀資料的檔案室。在暖和的春夏時節，我們圍坐在桑椹樹下的桌畔，一坐就是幾個小時。對於我這樣熱愛獨處的人來說，那幾個鐘頭，我覺得很快樂。」

我的腦袋不斷思索，想找個合宜的字眼，讚美他所有的愛與奉獻、全部的關懷與高雅、一切平靜與規律。我瞥見了進屋時他放下的那本書封面，原來他正在看《札哥》。他是否知道，自己下令狙殺的雷夫奇叔叔，曾經在某段時間試圖將這本插畫小說改編成充滿國家主義色彩的漫畫版本？不過，我沒那個心思，為其間的細微巧合大驚小怪。

「先生，我現在可以參觀槍枝了嗎？」

他以讓我放心的親切語調溫柔地回應：我可以叫他醫師，或者父親也行。

妙醫師對我展示一把白朗寧半自動手槍，那是一九五六年經由招標，由內政安全部自比利時進口的。他解釋說，時至近日這把槍仍然只配給高階警官。接著，他告訴我關於德國製帕拉貝倫手槍的掌故，說只要加上比槍把厚重兩倍的木製手槍套，便可轉換成來福槍。這把槍曾偶然走火，直徑九厘米的子彈竟然射穿了兩匹魁梧的匈牙利駄馬，然後射進這棟房子的某扇窗戶，再從另一扇窗穿出屋外，最後命中桑椹樹的樹幹。他繼續說道，即便如此，這把槍卻不易攜帶；如果想要實用又可靠的武器，他推薦我選擇附帶安全把手的美製史密斯威爾森手槍。接下來介紹的，是閃閃發亮、令所有槍迷激動莫名的柯爾特左輪手槍，這把槍沒有保險，因此即使容易怯場，只要記得扣扳機就行了；但或許有人會覺得，這樣未免太像美國牛仔。我們的注意力繼而轉移到一組德國製的華瑟牌手槍。在所有外國槍枝中，這是唯一成功融入吾人國家意識的廠牌，特色在於外型像國產的刻里卡雷手槍。由於過去四十年來被廣泛使用，因此在我眼中，這組槍與眾不同。從槍枝狂熱分子、軍官、巡夜者到麵包店老闆、警察，這把槍經由他們之手擊發了無數次，最後命中諸多叛徒、小偷、花心男人、政客和餓死鬼的屍體。

妙醫師對我打包票說，華瑟與刻里卡雷幾乎沒有差別。在他多次堅持兩者都是肉體和精神的一部分之後，我選定了配備擊鐵[21]的九厘米口徑華瑟槍；這把槍容易隱藏，近距離射擊時也不必耍花樣。妙醫師把槍和幾大本剪報當成禮物送給我，並且親吻我的額頭。這個動作很得體，令人想起咱們老祖宗對槍枝多麼著迷。當然，進行這些儀式之前，我什麼話都無須多說。妙醫師說，他還有工作要做，而我現在該就寢休息了。

我完全沒想到睡覺這回事。從槍枝儲藏室到房間的十七步路程，我的腦袋裡也上演了十七種不同的情節。當我默念時，把它們全移到腦海的某個角落，然後在最後一刻，選出與最後一種景況符合的綜合體。我記得自己在嘉娜鎖著的房門上敲了三下，用那因為閱讀過久而無法自制的腦袋，重新檢視一次經歷的奇聞，至於到底挑了哪種說法，我完全沒有概念。我一敲門，心底便有個聲音說：「報上密碼！」或許是因為猜想嘉娜可能會問密碼，所以我回了這句：「蘇丹萬萬歲！」

當嘉娜轉開鎖並打開房門，她臉上展現的半喜，噢不，是半悲，不對，應該是全然難解的神情，令我頓失勇氣，像個背了幾星期台詞、一踏進聚光燈下卻一句話也說不出口的業餘演員。面臨類似情況時，一個聰明人會相信自己的直覺，而非試圖說一大堆根本記不起來的蠢話。這道理不難推測，但我卻這麼做了。充其量我只是試著忘記自己是個落入陷阱的獵物。

我像個遠行歸來的丈夫，親吻嘉娜的唇。經歷這麼多預料之外的艱險後，我們終於回到家了，回到自己的房間。我太愛她了，在我眼中，沒有任何事比這更重要。如果人生會出現一、兩個難關，那麼我就是經驗老到的旅者，邁開大步，勇往直前。她的唇蕩著桑椹的芳香。我們倆是命中注定在一起的佳偶，要攜手一生，面對這獨斷與困頓交加的人生，防備那

---

21 引爆槍枝的裝置。

些試圖以自我犧牲為手段打擊我們的人；對抗那些身分尊貴、熱情，並企圖把自身的妄想投射到全世界的蠢蛋；還要抵禦那群生活脫軌、受到天馬行空世界引誘的人。當兩個人分享彼此的夢想，幾個月來從早到晚形影不離，當他們跨越千山萬水終於相聚，噢，我的天使，還有什麼阻力，能夠妨礙他們擁抱彼此，把世界拋諸腦後？最重要的是，還有誰能攔阻他們成為真正的伴侶，發現那獨一無二的真理時刻？

那就是陰魂不散的第三者。

求求妳，請讓我再一次吻上妳的唇，讓那個在所有密探情報中只剩下名字的陰魂就此退散，以真人現身。妳瞧，我現在就在這裡，我知道時光逐漸耗盡。妳瞧，我們一塊兒走過的高速公路確實存在，當我們穿梭其上，它卻絲毫察覺不出我們的存在；它們由碎石與柏油打造，被夏夜星光所溫暖的軀幹伸長延展。讓咱們像它們一樣，甩開一切紛紛擾擾，一塊兒躺下來……我的甜心，求求妳，當我的雙手碰觸妳細緻美好的雙肩和纖細的手臂；當我與妳如此貼近，想像著我們在巴士旅者中緩緩搜索探尋，在那個獨一無二的時刻歡喜相遇；當我的唇觸碰妳耳畔與髮梢間半透明的肌膚；當妳秀髮發散出的電波嚇著了剎時俯衝過我前額與臉龐的鳥兒，在空氣中揚起一抹秋天的氣息；當妳的雙峰堅挺如我掌中振翅的倔強鳥兒，瞧，從妳的眼神中，我可以讀出妳在告訴我，那喚醒我倆過往回憶的難得一刻，已然到來：

現在，我們既非身處此地與他方，也不在妳夢想中的樂土，不在巴士上，不在某個幽暗的旅館房間，甚至不在書中描述的那個未來世界；現在，我們在這個房間裡，猶如置身無垠的時空，其中，有妳和妳的嘆息，有我和我急促的吻，我們互相擁抱，等待那可能發生的奇蹟。等待那圓滿的一刻到來！抱緊我，不要讓這一刻溜走，我的心肝，來抱著我，讓奇蹟永不休止。求求妳，不要抗拒，只要牢記：在巴士座位上的那些夜晚，我們的身體緩緩地沉溺在對方的溫柔中，我們的夢想與頭髮纏結在一起。在妳轉過臉、別開朱唇之前，請妳記得，對我們走過的、小鎮上的後街房舍深深地看一眼；請妳記得，當時我們都把頭靠在冰冷的車窗玻璃上；請妳記得，我們手牽手一起看過的所有電影：片中那如雨點般的子彈、下樓的金髮美女，還有妳愛慕的帥哥們；請妳記得我們看過的所有吻戲，當時我們無聲地看著，彷彿自己正在犯罪，卻忘了罪惡感，渴望踏上截然不同的世界；請記得當他們雙唇相接，眼睛都避開了攝影機；請記得即使車胎每分鐘轉動七次半，我們仍能如老僧入定般穩坐——但是，她一點也不記得。我帶著絕望之情，最後一次吻了她。床鋪已經皺成一團。她可能感覺到我腰間那把硬邦邦的華瑟槍嗎？嘉娜伸開手腳躺在床上，雙眼仔細瞪著天花板瞧，彷彿凝視著星星。即使她這麼對我，我仍然忍不住要問：「搭巴士旅行時，我們不是很快樂嗎？咱們回去坐巴士吧。」

當然，這樣說一點意義也沒有。

「你剛剛在讀什麼？」她問道：「今天有何發現？」

「許多關於人生的道理，」我借用配音電影常用的對白，以肥皂劇演員慣有的腔調答道：「真的，都是一些非常有用的資料。很多人都讀過那本書，他們全都前仆後繼奔向某處……一切都令人困惑，那本書放射出的光芒，與死亡一般耀眼。人生真是充滿驚奇。」

我覺得自己可以繼續營造這種情境；如果我無法藉由愛情創造奇蹟，至少還能以眩惑小孩的言詞達到目的。天使啊，請原諒我的天真舉動吧，請原諒我為了一己之需訴諸欺騙，因為這是七十天來，我第一次感到自己與嘉娜如此接近。我和她躺在同一張床上，就在她的身畔。讀過一點書的人就了解，像我這樣一個被真愛賞了一耳光、遭拒於門外的人，裝出天真的驚奇神情是馬上派得上用場的花招。一個夜裡，當時我們在從阿夫永前往庫塔雅的巴士上，車外雨水如洪流般傾瀉，自車頂及窗戶滲進車內，車上播放著《虛妄天堂》這部影片；但是精工不是才剛「告訴」我嗎？一年前，比現在更快樂、更平靜的嘉娜，已經和她的情人牽手看過這部影片。

「所以，誰是天使？」此刻的她問我。

「顯然和那本書有關。」我說：「知情的不只我們，還有別人也在追尋天使。」

「所以，天使會對誰現身？」

「對那本書有信心，而且仔細閱讀的人。」

「然後呢？」

「就一直讀下去，直到改頭換面。某個早晨醒來，別人看到妳會說，我的天啊，在那本書散發的光芒中，這個女孩已經變成天使了。這意味著天使必定一直是個女孩的化身。妳一定覺得奇怪，這樣的天使，如何能請君入甕。難道天使也會使壞點子嗎？」

「不知道。」

「我也不知道。我還在動腦筋想，還在追查當中。」天使，我只說了這些，因為不願意招惹危險，不想陷入不確定之中；因為我覺得，自己唯一確認的天堂，就是這張與嘉娜共枕的床。就讓那獨一無二的一刻順其自然吧。屋子裡有股淡淡的木製品味道，還有一抹清涼的氣息，令人聯想起小時候常買的肥皂和口香糖，但現在我們都不買了，因為包裝太難看。

我不僅無法更深一層探究那本書，也無力讓嘉娜對我動真感情。我覺得，在夜裡僅有的幾小時中，自己應該能想出一些詞句，傳達某些看法。因此，我告訴嘉娜，最可怖的東西，莫過於時間本身；但我們在不知情的狀況下，開始這趟逃避時間之旅。所以我們才會持續地移動，尋找時光靜止的瞬間，也就是圓滿的獨特時刻。當我們靠近它時，能感受到時光的離去，我們與死者及瀕死之人共同目睹了這不可思議的一刻。在我們翻閱了一整個早上的兒童連環畫裡，也能找到存在於那本書中的智慧種子。當時機成熟，我們動動腦子就能理解。在那遙遠的地方，什麼也沒有。我們旅程的起點與終點，皆隨機運決定。他是對的：這條漫漫長路與黑暗的房間，都充斥著帶槍的歹徒。死亡的戾氣，藉由那本書，以及各種書，滲入我們的人生。

我擁著她說道，甜心，咱們就留在這個漂亮的房間吧，咱們就珍惜這一切吧。瞧瞧，這裡有書桌、有時鐘、有燈火、有窗子。清晨起身，我們會一眼望見桑椹樹，歌頌它的美好。什麼叫作萬一他在那裡，而我們在這裡？這是窗櫺，這是桌腳，這是煤油燈芯：不但發光，還會飄香。這世界就這麼簡單！忘了那本書。他也希望我們把它忘得一乾二淨。存在是為了擁妳入懷。但是，嘉娜完全不明白。

「穆罕默德在哪裡？」

她全神貫注地望著天花板，彷彿問題的答案就鐫刻在上面。她蹙著眉，額頭看起來好像變高了。她的唇抽動了半晌，似乎打算吐露祕密。在屋內羊皮紙般色澤的燈火照耀下，她的肌膚透出一抹粉紅，這我倒是第一次見到。在巴士上度過那許多夜晚之後，拜幾頓上好餐點和舒適安寧的睡眠環境之賜，嘉娜的臉蛋總算有了點血色。我對她提起這件事，希望她像那些突然渴望結婚、享受幸福安定婚姻生活的女孩一樣，會答應嫁給我。

「我病了，所以臉發紅。」她說：「下雨把我凍壞了，我在發燒。」

她是多麼動人美麗啊！玉體橫陳，雙目瞪視著天花板，而我就躺在她的身旁，讚嘆地欣賞她臉蛋的血色。我像個醫生，不住把手按在她高貴的前額上，沒有移開，彷彿想確認她不會從我身邊逃開。我回憶著童年舊事，在這個空間裡，有幸蒙她碰觸的東西，像是床、房間和氣息，都完全被轉變了。我的腦袋仍思前想後，盤算東盤算西。當她微微轉過臉，眼中帶著千百個問號看著我，我把手從她的額上移開，告訴她實情。

「妳的確發燒了。」

剎那間，許許多多不在計畫之內的事，全部湧向我。我在凌晨一點奔向廚房，在微弱的燈火中，越過笨重的鍋碗瓢盆，穿梭於虛無的幻象，忽然發現了一個燉鍋。我把在罐子裡找到的乾菩提花扔進鍋中煮熱茶，腦海裡不斷轉著一個念頭，就是如何告訴嘉娜，其實驅走感冒最好的方法，就是與其他人一起裹在毯子裡。接著，我在餐具架上的藥瓶堆中亂翻一通（嘉娜已經指點過我），一邊找阿斯匹靈，一邊想著如果我也生病，那麼我們好幾天都不必出房門一步了。一扇窗簾動了動，傳來拖鞋的聲響。妙醫師夫人的影子，比緊張兮兮的本人早一步現身。「夫人，沒事，不要緊的，她只是感冒了。」

她帶我上樓，要我從儲藏室搬下一條厚重的毯子，然後鋪上鴨絨被。她說：「可憐的小人兒啊，她可是天使下凡呢。別讓她有任何差池，聽懂了嗎？你自個兒小心點。」然後，她又說了一段永遠縈繞我腦海的話：我妻子的頸項，是多麼美麗啊！

回到房裡，我盯著她的頸子看了大半天。難道我從沒注意過嗎？不，我當然注意到了，而且愛極了它。但現在，她頸子的長度，似乎變得更驚人了，好長一段時間，我沒辦法一心二用。我看著她慢慢喝下菩提茶，吞下阿斯匹靈，再把自己裹在毛毯裡，像個一心想「快快康復」的乖孩子。

接著是漫長的緘默。我雙手護住眼睛，向窗外看去。桑椹樹輕輕地搖曳著。「我親愛的，即使是最輕微的風吹拂，我們的桑椹樹也會沙沙作響。」沒有人回答。嘉娜仍在發顫，時光飛快地流逝。

沒多久，我們的房間就充滿「病房」的特色和味道。我來回踱步，知道自己將漸漸與桌子、杯子及床頭桌變得極為熟稔、極度親密。時鐘敲了三響。「你可以坐在床邊靠著我嗎？」她問道。我隔著毛毯緊抓住她的腿，她微笑著，說我好貼心。她閉上眼，假裝睡去。不對，她真的睡著了，睡了。她睡著了嗎？睡著了。

我發現自己還在踱來踱去。我望著時鐘的指針，拿水壺倒水，凝視嘉娜的臉，心裡著慌，吞了一顆阿斯匹靈。每當她睜開眼睛，我便一次又一次，把手擺在她的額上探查溫度。

光陰彷彿在時鐘的驅策下流轉，霎然而止。蓋在我身上的半透明羊毛毯破了一個大洞，此時嘉娜在床上坐起身。我們突然熱烈討論起車上的服務員，其實他們都是巴士的副駕駛。其中一個人曾說，他打算有一天霸占駕駛座，把巴士開到某個未經開發的地區。另一個人說，敝公司奉上這些口香糖給各位貴客聊表敬意，請大家自行取用；但接下來他又滔滔不絕地說個沒完，還說可別嚼太多啊，小老弟，這些口香糖添加了鴉片成分，所以乘客一上車就會像小嬰兒般呼呼大睡，還以為是車子配備上好的避震器，以為從來不從右邊超車的駕駛技術高超，以為汽車性能好、巴士公司服務佳，才讓他們睡得安安穩穩。嘉娜，妳還記得，那個我們在兩條不同巴士路線都碰到的司機，說了些什麼？——他說，小老弟，能夠笑真是好事，第一次注意到你們倆時，我只知道你們是一起私奔；現在看到你們的戒指，才明白兩位已經結婚了，妹妹，恭喜你們了。

妳願意嫁給我嗎？我們曾看過多少次這樣的場景，在優美文字的幫襯下，於螢幕上活靈活現起來：當愛侶們漫步樹下，手臂交纏；或是情人們佇立街燈柱下；或者在車裡——自然是後座；或者在橫跨博斯普魯斯海峽的大橋上；或者像外國電影一樣杵在滂沱大雨中；還有，當男孩與女孩突然遭迷人的叔叔棒打鴛鴦，或被朋友們以「為了你們好」的理由拆散；

或者有錢的公子哥兒跳進游泳池之際，會開口問那名誘人的女子：「妳願意嫁給我嗎？」我從來沒看過以病房為場景的愛情故事橋段，片中也沒有生著美麗頸項的女主角，自認這番話，無法讓嘉娜的芳心如片中的女主角一樣，產生神奇的震撼。而且，房裡還有一隻膽大包天的蚊子，也讓我走了神。

望著時光飛逝，我愈發焦躁起來。我測量她的體溫，開始發愁。我說，讓我瞧瞧妳的舌頭；她伸出粉紅色的舌，時候到了。我傾身靠近她，把她的舌含入口中。天使啊，我們維持這樣的姿勢，過了好半晌。

「親愛的，別這樣。」她說：「你真的很溫柔，但我們還是別這樣吧。」

她睡著了。我在她身旁躺下，靠著床沿，開始細數她的呼吸頻率。後來將破曉時，我腦中不停地想著：我要告訴她，嘉娜，我願意為妳做任何事，難道妳不明白，我多麼愛妳……大概就是想一些類似的話。後來我轉念又想，或許可以編些謊言，再把她勸回巴士上；我已經約略知道自己接下來該往何處。愈來愈熟悉妙醫師手下那群殺人不眨眼的手表密探，以及與嘉娜同處一室這一夜之後，我很清楚知道，自己開始怕死。

天使，其實祢也心知肚明吧，這個可憐的小伙子，倒臥在摯愛女孩的身旁，一夜聆聽她的呼吸聲直到天明，一夜凝望著她可愛又獨特的下巴；看她穿著向玫瑰蕾借來的睡袍，雙臂露了出來，秀髮披散在枕上，而窗外的桑椹樹於日光照耀下染上一樹燦爛。

接著，周遭的節奏靈動地加快了起來。屋裡傳出喧譁聲，房門外小心翼翼的腳步聲走過，汽車的轟鳴，一聲咳嗽傳來，有人在敲門。一個鬍子刮得乾乾淨淨的中年男人拎著一個大醫藥包，模樣看來像醫生，進了屋內，屋外的烤麵包香氣隨之傳來。他的嘴唇漾著血污，彷彿剛剛才吸過血，嘴角還有一處潰瘍。我突發奇想，以為他會把發著高燒的嘉娜衣服剝光，以那滿是血污的唇吻上她的頸項與美背。他從那個討厭的大包包中拿出聽診器，我則以迅雷不及掩耳的速度，把華瑟槍從隱匿處掏出來，然後離開房間，完全沒注意到女主人面露憂色地站在門邊。

在大家發現之前，我已經衝向妙醫師為我介紹過的那片地區，來到一個四周全是白楊木的偏僻地帶。確定不會有人監視，風向也不會為我招惹蜚短流長之後，我拔出槍，快速連發了好幾槍。我就這樣試用了好幾回合妙醫師致贈的禮物。短距離練習不僅因為我太節省子彈而縮短時間，我的表現也糟糕得可憐。我瞄準白楊木的樹幹，但沒辦法打中，即使四步距離裡連開三槍也沒有命中。我記得自己當時有些猶豫，無助地試圖整理所有思緒，望著天際自北方南下的雲朵快速飄動，想及年輕的華瑟射手是多麼哀傷……

前方有一塊礦脈外露的岩石，高度足以讓我鳥瞰妙醫師的部分田產。我攀上岩石，坐了下來。我沒有沖昏頭，並未思量這個家大業大的望族有著多廣闊的田地和多豐沛的財富。我左思右想的，反而是我的人生將在哪個可悲之處畫下句點。這麼長的時間過去了，在危急存亡關頭，我沒看見天使、書本、繆思，還有博學的農民，也沒有任何先知、電影明星、聖者、政治領導人為了我現身，或者伸出援手。

光想不是辦法，只能返回妙醫師的豪宅。那個嘴唇滿是血污的醫生，已經津津有味地暢飲我心愛嘉娜的血，現在正和女主人坐在一塊兒，喝著玫瑰姊妹泡的茶。當他看見我，眼睛閃了閃，一副打算說教的模樣。

「年輕人！」這是他的開場白。我的妻子染上風寒，正受感冒的折磨；更糟的是，她因為疲勞、疏於照護，加上缺乏睡眠，現在十分虛弱。我到底在搞什麼鬼，竟然害她累個半死？我怎麼可以這麼不憐香惜玉？一旁的母女檔以非難的目光，直盯著這個年輕的新婚丈夫瞧。

「我讓她服下一些強力藥物，」醫生說：「她一整個禮拜都不能下床。」

一整個禮拜！直到那個密醫喝完茶，抓起面前幾片杏仁蛋白餅塞進嘴裡，總算準備滾蛋時，我滿腦子都在想，對我來說，七天未免太漫長了。床上的嘉娜已經入睡，我拿走所需的隨身物品、看檔案時抄下的筆記，還有錢。我親吻了嘉娜的頸子，像個一心救國的志願軍，急匆匆離開房間。我告訴玫瑰蕾和她的母親，我有急事待辦，有無法規避的責任未了。我把妻子託付給她們；她們說，會把她當成自己的媳婦照顧。我特意強調，自己五天內就會回來，然後頭也不回地離開，直朝小鎮和巴士站而去。沒有回首，不再瞧一眼身後這片滿是巫醫、幽靈、土匪的土地，甚至對妙醫師之子的替死鬼——那個開瑟里年輕人的墓，我也視而不見。

12

我又上路了！嗨，熟悉的車站，搖搖晃晃的巴士，悲傷的旅人，哈囉！一切就這麼發生，你已經習於某些固定的生活模式，當日常瑣事離你而去，你變得沉溺其中，甚至渾然不覺自己已經陷入這些習慣中不可自拔；你察覺日子再也與過去不同了，悲傷緊箍著你不放。我原本以為，搭上這輛瑪吉魯斯公司老舊的巴士，遠離妙醫師祕密王國管轄的卡提克小鎮，朝文明社會而去時，自己不會有半分感傷。畢竟，我已端坐在巴士上，儘管這輛車引擎噗噗作響，爬山路時上氣不接下氣，活像抽搐呻吟個沒完的怪老頭。但是，在那個如故事書中美景的土地最深處，在嘉娜倒臥的那個房間，那隻我沒能攞平的蚊子還在，而嘉娜正發著高燒躺在床上，等待夜色降臨。我重溫一遍資料，再盤算了一會兒，以便可以早點把事情處理完畢，凱旋而歸，迎來我的新人生。

約莫夜半時分，另一輛巴士上，我在半夢半醒間睜開眼睛，腦袋從震動的窗戶上移開，心中愉悅地忖度，噢，天使，或許，我將在這裡首次與祢面對面相會。要走多遠、要等多久，才能把純淨的靈魂與絕無僅有的神奇時刻圓滿結合，這是激勵我一直走下去的動力。我知道，恐怕沒辦法那麼快從巴士窗口望見祢。漆黑的平原、陰森的峽谷、漾著水銀般色澤的河流、廢棄的加油站，還有字樣褪色不全的香菸、古龍水廣告看板，一個個呼嘯而過，而在我的腦海中，只充滿邪惡的陰謀、自私自利的意圖、死亡，還有，那本書。我對螢幕上放射的紅光視而不見，雖然它或許能刺激我的想像力。至於片中日日大開殺戒、回家便呼呼大睡的屠夫，對他發出的可怕鼾聲，我同樣充耳不聞。

天快亮時，我在一座名喚阿拉卡利的山城下車。時序已過秋季，更遑論夏末，現在已經是冬天了。我在一家小咖啡館坐下，等待公家機關開門辦公。負責清洗玻璃杯、泡茶的那個男孩，髮線幾乎生在眉毛位置，似乎沒有額頭可言。他問我是不是來聽教主授道。為了打發時間，我告訴他「是」。他特地泡了一杯濃茶給我，與我分享他的喜悅。他告訴我教主的神蹟，說除了治療病患、幫助不孕婦女懷胎，其實教主真正的特異才能，是只要注視著叉子它便會彎曲，還有只要輕輕碰一下瓶蓋，百事可樂就自動開瓶。

當我離開咖啡館，冬天已經遠離，秋季再度被略過，現在已經是炎熱、蚊蠅滿天飛的夏日時節。我就像個頓時擺平一切問題的成熟穩重高人，逕直朝郵局走去，心中有一抹隱約的興奮。我小心翼翼地環視室內，滿臉睡意的男女職員，有的在座位上看報紙，有的抽著菸，有的正傾身在櫃檯上喝茶。本來以為可以從那位一臉慈愛大姊相的女職員口中問出一點東西，沒想到她居然是個不折不扣的惡婆娘，一迭連聲問了我一大堆問題：你說你跟他是什麼關係？為什麼你不在這裡等？不過先生，現在是上班時間，你可以晚點再來嗎？我滿頭大汗，逼不得已只好告訴她，我來自伊斯坦堡，是穆罕默德軍中的同袍，和郵政總局的董事會關係還不錯；她這才告訴我，穆罕默德．布爾登剛離開送信去了。剛剛離開一會兒的穆罕默德，現在已經隱身鄰近的巷弄街道之中，得費一番工夫才能找到，我絕望地轉了大半天，被那些街名搞糊塗了。

即便如此，我還是見人就問，嗨，你好，郵差穆罕默德來過了嗎？——我在附近的窄巷中不斷迷路。一隻花斑貓在陽光下懶洋洋地舔著自個兒的毛。陽台上有個頗具姿色的年輕婦女正在晾床單、被褥和枕頭，幾個市府工人將梯子靠著電線桿爬了上來，和她眉來眼去。我看見一個有著漆黑眼珠的男孩，他一眼就看出我是外地人。「有何貴幹？」他趾高氣揚地問。假如嘉娜跟在身邊，或許她馬上就會與這個自作聰明的小鬼交上朋友，機靈地嘲弄他一番，而我將明白自己之所以對她徹頭徹尾傾心至此，不是由於她的美貌，不在於她魅力無法擋，不單是她如此神祕，而是因為，她很快就能與那小鬼攀談起來。

郵局正對著凱末爾雕像，對街則有一家叫作「翡翠」的咖啡屋。我在人行道西洋栗樹樹下的桌旁坐下，過了半晌，發現自己居然看起了《阿拉卡利郵報》：當地藥房從伊斯坦堡購入一種治療便祕的新藥，以「屎脫拉肚」為名發售；被伯魯競技足球俱樂部炒魷魚的教練剛來到鎮上，將執教下一季大有可為的阿拉卡利磚廠少年隊——所以，看樣子鎮上有座磚廠，正這麼想著時，我瞧見穆罕默德·布爾登肩上垂著兩大袋郵包，氣喘吁吁地走進鎮公所，真是讓我失望透頂。這個外表粗拙、疲憊得像狗一樣狼狽的穆罕默德，一點也不像那位令嘉娜為之神迷瘋狂的穆罕默德。

我在這裡的任務已了，想到名單上還有許多年輕的穆罕默德等我造訪，我還是不要打擾這個清幽平靜的小鎮，走為上策。但是，心魔卻驅使我，在原地等著那位穆罕默德跨出鎮公所大門。

就像其他郵差一樣，他踩著小碎步，快速穿過馬路，朝陰暗的人行道走去。我喊他的名字，叫住了他，他迷惑地看著我。我對他又抱又親，責怪他連軍中最要好的夥伴都認不出來。他內疚地和我一塊兒坐下，我殘忍地繼續耍弄他，要他至少「想出人家的姓」，他開始亂猜一通。過了一會兒，我猛然打斷他，告訴他一個隨便捏造的假名。我告訴他，自己認識一些郵政總局的要人。他看來像個老實的小伙子，甚至對升遷沒有興趣。大熱天扛著沉重的郵包，已經把他累壞了，汗水正如雨下。侍者端來清涼的汽水，他感激地望著，很快打開瓶蓋。他心裡很想儘速逃離這個可疑的軍中弟兄，不是由於把對方的名字忘得一乾二淨覺得羞赧想開溜，而或許是因為睡眠不足，但是，我卻感受到一股報復的快感直沖腦門。

「我聽說你讀了一本書！」我說著，嚴肅地啜了一口茶：「我聽說，你根本不在意別人看見你在讀那本書。」

他的臉唰地一下變得慘白。他對我的話題了然於胸。

「你從哪裡拿到那本書？」

但他很快便恢復鎮定。當時他在伊斯坦堡的醫院陪伴住院的親戚，那本書是在路邊一處書報攤發現的。他被書名混淆，以為那是一本關於養生的書，因此買下它，後來捨不得扔掉，送給了那位親戚。

我們停頓了一會兒。一隻麻雀停在桌旁的空椅子上，然後再跳到另一張空椅。

我端詳著這位郵差先生，他的名字以小寫字體工整地寫在口袋上。他的年紀和我差不多，也許比我稍大一些。他也碰上那本令我人生方寸大亂、導致我的世界天旋地轉的書，他同樣感受到那本書帶來的衝擊，他和我一樣慌亂震驚——我並不知道他到底有多慌亂，或者說，我根本不在乎自己是否了解他的心情。我們的共同點，讓我們同為受害者，或同為贏家，想到這點就讓我很不爽。

我發現，他並沒有低估這個話題的嚴重性。因為喝完汽水之後，他便俐落地把瓶蓋一扔。我覺得，在他心中，那本書有不尋常的地位。他究竟是什麼樣的人？

他有一雙極漂亮的手，手指修長優雅；他的皮膚甚至稱得上細皮嫩肉；他有一張敏銳的臉孔，杏眼透出易怒、容易陷入憂鬱的個性。我們可以說，這個人和我一樣，亦受了那本書的蠱惑嗎？他的世界也全變了樣嗎？午夜夢迴，當那本書讓他覺得自己在世上竟可悲、孤單至此時，他是否也一樣陷入哀傷？

「不管怎樣，」我說：「老朋友，今天很高興。不過，我得趕巴士去了。」

為了讓這個人與我袒裎相見，我彷彿對他揭露自身的創傷般，把自己痛苦的心掏出來給他看。天使啊，原諒我的不得體與粗鄙，因為我突然發現，自己竟然做了本不在計畫中的事。倒不是我討厭那些表現真心誠意的老套交際手法，這類相聚最後不是喝得爛醉，就是哭成一團，傷心欲絕，這種情感不能僅以哥兒們間的感情解釋帶過——事實上，我還挺喜歡和住在附近的好朋友到破舊的小酒館喝兩杯呢。我現在不想這麼做，因為除了嘉娜，我不願想及其他。我希望趕快獨處，讓自己滿腦子夢想著，有一天能與嘉娜同享歡樂的婚姻生活。我才剛站起身，我的軍中夥伴便說：「這個時間，沒有巴士到附近的任何城鎮。」

接招吧！他不是笨蛋！他抓到我的小辮子，得意洋洋地以那雙漂亮的手反覆輕搓著汽水瓶。

我舉棋不定，不知道該掏出槍在他的細皮嫩肉上打幾個窟窿，還是變成他的好哥兒們、知心密友和命運共同體。或許我該折衷一下，比如說一槍擊中他的肩膀，又感到懊悔，急忙將他送到醫院；之後當夜幕低垂，他的肩頭纏著繃帶，我們逐一拆開、閱讀他郵包裡的所有信件，瘋狂作樂一番。

「無所謂。」我把錢放在桌上付了帳，洋洋得意地說，然後轉身離開。我不知道這個動作是從哪部影片學來的，不過學得不賴。

我像個認真、有幹勁的人一樣健步如飛，他或許正望著我離去。我繞過凱末爾雕像，步上窄小的陰暗人行道，朝巴士站而去。這個地方稱之為巴士站未免溢美，因為充其量它只是個讓巴士擋雨擋雪的草棚罷了，根本難以想像會有任何巴士停靠。我倒楣地在窮鄉僻壤的阿拉卡利小鎮過夜——我的郵差朋友，可是稱這個地方為「城市」。一個認真盡職、以自己工作為榮的男人好心地告訴我，中午以前沒有巴士。這個人真是倒楣透頂，終其一生都得待在一間小斗室賣票。當然，我沒有多此一舉告訴他，他那顆禿頭和他背後固特異輪胎廣告中的美女大腿，一樣是橙色。

我為什麼這麼火大呢？我不斷問自己：為什麼我脾氣這麼壞？天使啊，無論祢是誰，無論祢來自何方，告訴我吧，求求祢，指點迷津吧！請祢照護我，至少，警告我不要在盛怒下胡亂開槍；讓我竭力把事情處理妥當，讓我像個愛家顧家、一心一意保護家眷的男人一樣，擺平世上所有病痛與不幸；讓我和發高燒的嘉娜重新聚首吧。

但我心底的怒火卻茫無頭緒地四處亂竄。難道，每個帶槍的二十三歲男孩，都會出現這種狀況嗎？

我瀏覽著筆記，很容易就找到那條街，以及打算前往的商家：救世雜貨鋪。手織的桌布、手套、嬰兒鞋、蕾絲、念珠全部穩妥地放在小窗台上，極有耐性地暗藏詩意，吹皺妙醫師手下手表密探們心中的一池春水。我走進店鋪，望見老闆正在看《阿拉卡利郵報》。我不確定是否該跟他打照面，所以又轉過身。阿拉卡利鎮上的人，難道都這麼自信嗎？還是只有我這麼想？

我坐在咖啡館裡，心中有些微挫敗感。灌下一瓶本地生產的汽水之後，我腦中盤算著該怎麼做。我去買了一副墨鏡，其實之前經過藥房的人行道時，便已經在窗口看上它了。勤奮的老闆剪下報上的瀉藥報導，貼在窗子上。

當我戴上墨鏡，走進救世雜貨舖變得輕而易舉，頓時變身為自信十足的當地居民。我沉著聲，要求看手套，母親總是這麼做的。她從來不會說「我想為自己找一雙手套」，或是「我需要替當兵的兒子找一雙中等尺碼的羊毛手套」，而會直截了當地請求：「我想看手套！」為了讓她滿意，店裡總是引起一陣騷動。

但對這位老闆兼伙計來說，我的指令一定猶如天籟。他小心翼翼地瞥了我一眼，讓人聯想到愛挑剔的家庭主婦，又像個一心想升官，把軍階徽章配掛得整整齊齊的小兵。他把所有貨品從抽屜、手織包包及展示窗中，全部拿出來給我看。他看來約六十歲左右，臉上蓄著短鬚，嗓音透著堅定，表現出對手套的迷戀。他讓我看手織的女用羊毛小手套，每根手指都花花綠綠地織上三種不同顏色的毛線；接著，他把牧羊人最愛的粗毛手套由內向外翻開，展示縫在內裡的馬拉什山羊毛皮，說可以強化手掌；這些毛線都沒有使用人工染料，全都是他親自挑選，並由鄉村農婦依他設計的式樣編織而成。他的指尖磨出一層皺皮，因為指尖部位是毛手套最容易磨損的地方。如果我想在手腕處加上一朵花，應該買這一雙，它以最純粹的茶色染成，邊緣鑲以蕾絲；或者，我有什麼特別偏愛的款式。他問我要不要拿下墨鏡，好好瞧一瞧這雙由色瓦斯出產的康嘎爾狗皮所製成的高級奇品。

我看了看，又戴上墨鏡。

「驚慌孤兒，」我說，那是他在通報消息給妙醫師的信件中使用的假名：「妙醫師派我來，他對你不太滿意。」

「怎麼會呢？」他鎮定地問，彷彿我只是把話題轉到手套顏色那般簡單。

「郵差穆罕默德是無害的公民，你為什麼想加害這樣一個人，舉發他？」

「不，他可不是那麼無害。」他說，帶著介紹手套的口吻解釋：那傢伙一直在讀「那本書」，而且挺引人注意。很顯然，他腦袋裡裝的陰險、邪惡思想，均跟那本書脫不了關係，滿腦子也都充滿那本書意圖散播的毒素。有一次，他在某位寡婦家被逮，因為他以送信為藉口，沒敲門就擅自闖入。另外一次，他和一個學生臉頰緊貼，膝頭緊靠在一塊兒，在咖啡館看兒童漫畫；其中一本畫冊，內容以評鑑聖徒與先知的標準來評價土匪無賴和竊賊。「光這樣還不夠舉發他嗎？」他問。

我不太確定，沒有作聲。

「如果，今天在本鎮……」沒錯，他用了「本鎮」這個字眼說：「禁慾的美德被視為恥辱，手指塗抹指甲花的女性被人看不起，那麼，這都是拜郵差、巴士，還有咖啡館裡的電視所引進的美國貨之賜。你搭哪班車過來？」

我照實答了。

「妙醫師，」他說道：「無庸置疑是個偉大的人物。依他的指示行事，令我心境平和，我感謝上蒼。不過年輕人，你回去告訴他，別再派人盯我了。」他收拾好手套說：「順便再告訴他，我在穆斯塔法帕夏清真寺的公廁親眼見到那個郵差在自慰。」

「而且，是用他那雙纖纖玉手呢。」說完我便離開。

原以為自己到了屋外會舒服些，但是當踏在被豔陽曬得如烤盤的石子路上，我驚怖地想起，自己還得在這個小鎮消磨兩個半小時。

我靜靜等著，覺得快暈倒了，全身虛脫。最慘的是我沒有睡好，胃裡滿是一杯杯灌下的茶水、菩提茶和可樂，腦中爬滿從《阿拉卡利郵報》讀來的一則則當地短聞，視線所及盡是鎮公所的紅瓦屋頂，而農夫銀行那閃閃發亮的紅紫色招牌像海市蜃樓在我眼前忽隱忽現。我耳中充塞著鳥兒的鳴唱、發電機的嗡嗡聲和旁人的咳嗽聲。當巴士總算精神抖擻地轉進站，我急切地霸住門口，但被一把推開。後面的人把我拉回來，以免我擋住神聖教主的去路——謝天謝地，他們沒有摸到我身上的華瑟槍。教主飄著仙氣晃過我身旁，淡粉色的臉龐閃耀著智慧的神采，讓他渾身散發高尚的光輝，彷彿對我們這些墮落的生靈滿懷痛惜之心；不過，他對自己引發的騷動，似乎相當得意。何必要取槍呢？我自言自語，感覺腰間的槍正抵著腹部。我上了車，沒有罵半句話。

坐在三十八號座位上，我發現巴士並沒有離站，而且覺得嘉娜和她身邊的世界都已把我忘得一乾二淨。我禁不住去瞧外面歡迎教主的人潮，看見目前正輪到咖啡館那個伙計親吻教主的手。當巴士開動時，我注意到他得體地吻罷教主的手，並小心翼翼抬起那雙手，觸碰自己的前額。此時，我注意到那位悲痛商人也在其中。他像個下定決心行將暗殺政壇領袖的刺客，穿過叢叢人群。但是，當巴士駛離，我才知道他根本沒打算靠近教主，他的目標是我。

小鎮被巴士拋在後方，忘了吧，我告訴自己。陽光像個靈巧的探員，一直緊抓著我的座位不放。無論上路幾回，即使身在樹下的陰影中，它也不放過我。陽光無情地烤著我的頸背與臂膀，活像在烤麵包。但我一直告訴自己，算了，算了，沒關係。這輛有氣無力的巴士吐著氣，在這片沒有房舍、沒有人煙、片林不生、不見半塊岩石的荒涼黃土上一路吁吁前行，我惺忪的雙眼卻被光線照得一片昏花。我知道，不要理會它，隨它去吧，這時候，是其他的事讓我的頭腦深處得以保持異常清醒。悲痛商人提報了我郵差朋友穆罕默德的大名，我在那個小鎮盤桓五個小時，這段時間某些事已經有譜了——我該如何彙整資訊？像我這樣業餘的偵探，往後行經各城鎮時，應該觀察哪些多彩、和諧的景象與人們？

打個比方，離開阿拉卡利三十六個小時後，我在午夜時分抵達一個由索然無味小村莊發展成的小鎮。它滿布灰塵，烏煙瘴氣。我在車站等待下一班巴士，嘴裡咬著裹上起司的麵餅，一方面免得腸胃再受折磨，另一方面也打發似乎停止流動的光陰。我發現身後有個懷著恨意的身影逼近，是那個迷戀手套的老闆嗎？不，是他的魂魄！不，是個悲情又憤怒的商人？不對，我想或許是精工吧。就在此時，公廁的門砰的一聲猛地關上，不明身影從穿著雨衣的精工，變成一個穿雨衣的無辜老伯。他身旁是個頭上包著圍巾的傳統婦道人家，還有他們的女兒。我搞不懂自己到底哪裡有毛病，居然在一件暗褐色的雨衣裡看見精工的影像。或許，因為我在人群中看見的悲痛店主朋友，也有一件同樣顏色雨衣的關係吧？

之後，類似的驚嚇，我又經歷了一次。不是精工的影子，而是一座麵粉廠。我在一輛靜悄悄的巴士上睡得很沉，換搭下一班之後，繼續睡得像個陀螺；車子不但開得四平八穩，緩衝器性能也好多了。然後，早晨時分我踏進一座麵粉工廠，拜訪被果仁蜜餅師傅告發的一位年輕讀者。為了儘快理出頭緒，我早就編好謊言，自稱是對方的軍中同袍。由於我追蹤的所有穆罕默德年紀都在二十五歲上下，軍中好哥兒們這個託辭，可說是手到擒來。這番話對我第一個攀談的工人一定很有說服力。他全身沾滿麵粉，眼神中閃著友愛的兄弟之情，還有幾分訝異，彷彿也曾在同一個單位服役；他直接朝辦公室而去。我退到一隅，不知為何，感受到空氣中浮現著一股凶煞之氣。一支由電動馬達帶動的巨大傳動軸，在我頭頂不祥地轉呀轉。全身一片白、令人發毛的工人們叼著菸，在朦朧的白色燈光下，一個個菸頭隨著人影亮黯但緩慢地移動。我這才發現，所有人影都帶著敵意，對我品頭論足、指指點點，但我試著表現得怡然自得。過了一會兒，正當以為方才從滿牆麵粉袋的縫隙中偷瞄到的調速輪，就要朝我飛來時，在那些忙進忙出的人影中，有個微跛的人走向我，問我是哪根蔥，竟敢在這裡放屁。由於機器聲太大，他聽不到我說話，所以我扯開嗓子吼，告訴他我沒有要放屁。他說，不是，他是要問我，我來這裡有何貴幹。我再次高聲解釋，說我很喜歡軍中的夥伴，穆罕默德很有幽默感，而且是個誠懇的朋友；我又說自己正在安那托利亞地區走動，賣人壽保險和意外險，想到穆罕默德在這裡工作。這個全身麵粉的人影提了一些保險業相關問題：幹這行的，是不是都是一群小偷、玩三牌遊戲的低三下四賭鬼、泥水匠、帶槍的男同志——因為聲音太吵，我大概聽錯了——或者全都是一些祖國與伊斯蘭教的惡毒敵人？我無能為力，只能費力解釋；他聽著，表情很友善。我們談到所有行業都有好人，也有害群之馬：世界上有誠實的人，同樣有那些你搞不懂他們在想啥的渾球。我再次向他打探，我的好兄弟穆罕默德，到底在忙什麼。「朋友，你給我看好！」那個人影對我說道：「穆罕默德．歐庫的腿這副德性，不可能作弊混進軍隊。你到底弄懂了沒有？我是誰？」

那一瞬間，我沒辦法作答，倒不是無計可施，而是因為驚訝。我回說，一定是我頭昏，才記成了別人的地址，但很清楚這個理由沒啥說服力。

我很走運，沒被海扁一頓，安全脫了身。不久，我在另一位悲痛點心師傅密報者的鋪子，吃著一片入口即化、美味無比的安那托利亞千層捲餅。我思忖，那個跛腳的穆罕默德看起來一點也不像是會去讀那本書的人，但經驗告訴我，人不可貌相，光看表象是絕大的錯誤。

舉個例子來說好了，在一個每條街道都瀰漫著濃濃菸草味的印什帕沙小鎮上，不單是那個被中傷的消防隊員讀了那本書，其實地方消防隊的所有成員都讀過，這真是太讓人驚訝了。為了迎接解放日慶典，這個小鎮忙得不可開交。這一天，是希臘占領軍被驅逐的大日子，我和一群兒童及一隻友善的獒犬一起觀賞慶祝活動。消防隊員頭戴鋼盔，帽子頂端裝飾著小型的瓦斯噴嘴。他們踏著密集的整齊步伐，奔過訓練場，頭頂那一叢叢小火跳躍著。他們以完美的合聲唱道：「燃燒，燃燒，我們的國土在燃燒。」之後，我們一塊兒坐下大啖燉羊肉。身穿鮮豔黃紅相間短袖制服的消防隊員們，偶爾低聲咕噥著引述書中的文句，或許他們只是開玩笑，也可能沒注意到我。至於那本書，他們後來領我去看，就藏在唯一一輛消防車的坐墊底下，當作《古蘭經》一般恭奉著。難不成我誤解了那本書的寓意？或者是，那群消防隊員相信，天使們——而不是只有一位天使——會在星宿照耀天際的夏夜自空中下凡，嗅聞空氣中的菸草香，為哀痛逾恆和操勞憂心的人們，指引一條通往快樂的道路？

我在某個小鎮的照相館拍了照；在另一個小鎮，找醫生檢查我的肺；到了第三個小鎮，我在金飾店買下先前試戴的戒指。每當離開這些充滿憂傷氣息、塵灰又破爛不堪的地方，我總幻想著，自己和嘉娜有一天真的造訪此地，拍照留念，或者請醫生檢查她那兩片美麗的肺葉，而我買下那只戒指，從此我們情牽一生，永不分離：我們不只是要查出攝影師穆罕默德、醫生穆罕默德或者金飾師傅穆罕默德的身分，還要知道他們熱切研讀那本書的原因。

我在這個小鎮盤桓了一會兒，咒罵在凱末爾雕像上排遺的鴿子，順便檢查一下手表、查看我的華瑟槍，接著朝巴士站而去。每到這個時刻，我經常心生恐懼，擔心那些穿著雨衣的惡人，如一絲不苟的精工和其他手表密探的身影，尾隨在背後。那個高高瘦瘦的影子，是否可能就是在國家情報局當差的摩凡陀？因為看見我的瞬間，他從那輛開往亞達納的巴士上縱身跳下。沒錯，應該就是他；就是他，我最好趕快改變行程，而我真的這麼做了。躲在臭氣沖天的廁所裡，我絕望透頂，希望天使能在這輛我偷偷摸摸搭上的迅捷舒適公司巴士窗邊現身。我察覺到有雙眼睛正在注視我，令我頸背汗毛直豎。我斷定，這次盯上我的，一定是不懷好意的舍奇索夫。所以，當夜半時分巴士在休息站停下，大夥兒都在麗光板拼裝的餐廳用餐時，我扔下喝了一半的茶，躲進玉米田裡，等待巴士離開。望著藍色天鵝絨般深湛夜空中的星辰，我想，或許等到白天，我可以穿上白色外套、面帶微笑地走進當地商店，然後垮著一張臉，換穿一身紅襯衫、紫外套，還有燈心絨長褲走出店外。我發現，自己好幾次汗流浹背，穿過叢叢人群，衝向巴士站。

追趕跑跳碰幾個回合之後，我相信，自己已經甩掉那些尾隨追蹤的武裝鬼影；或許可以說，我自己下結論，認為妙醫師手下的手表密探根本毫無充分理由可以把我打得滿身窟窿。那些監控我的邪惡目光，將會被鎮民們視我為其族類友善的眼神取代。

有一次，為了確定那位到伊斯坦堡探望叔父的穆罕默德，並不是我要找的穆罕默德，我陪著一位住在他家對面公寓的長舌大嬸從市集走回家。我們一起提裝著菜的網狀購物袋和塑膠袋，多汁的番茄、頭尖尖的各式椒類，還有胖呼呼的茄子，在陽光照耀下閃閃發亮。她開始喋喋不休，說還會有人來探望軍中袍澤，實在太好了，說人生多麼美妙；她還說，我妻子臥床在家，並沒有那麼糟糕。

或許，人生就是這麼回事吧。在卡拉克里鎮上的「美味料理」餐館，我坐在一棵高大的法國梧桐下大啖美食，煮得爛熟的奶油茄子上鋪著滿溢百里香芬芳的烤肉串。輕柔的微風，吹得樹葉搖曳生姿，廚房裡的點心麵糰香氣四溢，宛如宜人的珍貴回憶。在阿夫永附近某個不記得名字的糟糕小鎮，我的雙腿一如往常疲憊不堪，只剩下意志力拖著前進。渾身無力的我，在一家糖果店前停步，看見一位母親身材圓滾滾、皮膚光滑，像只閃閃發光、裝滿糖果的瓶子，而瓶中糖果的顏色如開了許久的玫瑰花和橘子皮。我轉向收銀員，全身發抖。那位媽媽的女兒活脫是母親的縮小版，但更蒼白一些。她看上去約十六歲，是個絕世美人，有著高高的顴骨，眼睛有點斜視。她從溫馨的寫真雜誌中抬起頭，率真一笑；令人不敢置信的是，她的眼神，讓我聯想到美國電影中那些不受束縛的浪蕩女。

一天晚上，我在巴士站等車，車站燈光朦朧，氣氛安寧祥和，像極了伊斯坦堡家中的時髦客廳。我和三位稍早遇到的後備軍人坐在一起，一塊兒玩他們自個兒發明、規則巧妙的紙牌遊戲。他們稱這個遊戲為「國王的王牌」。他們截開葉尼傑牌香菸的菸盒，在上面繪上國王、飛龍、蘇丹、妖魔、情人、天使；這裡的天使等於是撲克牌的鬼牌，而天使全是女性，代表鄰家女孩，或某人的唯一真愛，或者某個本國電影明星，或是讓這群人在睡夢中打手槍的酒館駐唱歌手，說這句話的是他們當中最愛惡搞的一位。他們讓我指定第四位天使，而且非常貼心，沒有問我這個她是何許人也，這番心意，即使夠聰明、細心的朋友也不一定做得到。

這段期間，我聽信那些悲痛線人告訴我的一切，極盡所能蒐集每一位穆罕默德鉅細靡遺的資料。最讓我難受的場景，就是目睹他們（密探們）藏匿在難以接近的角落地帶，關上大門，門外則是多刺的籬笆，牆上爬滿長春藤，道路蜿蜒曲折——或者說，其實最令人難受的，是看見自己在巴士站、在小鎮廣場、在車站餐廳，飛也似地避開那些身披雨衣、邪惡化身、一路尾隨的手表密探。

那天，是我上路的第五天。楚侖自由出版社發行人朗誦自己創作的詩給我聽，請我喝茴香酒，以便讓我更能體會他詩詞的箇中意涵。我得知他不再出版「居住與家庭」類別書籍的書摘，因為他體認到這麼做既無法改善鐵路問題，也不能推動楚侖到阿馬斯雅鐵路線路的興建工程。接下來，我在下一個小鎮花了六個小時四處狂奔，只為了尋找地址，以及若干蛛絲馬跡，最後卻火冒三丈地發現，為了從妙醫師那裡A錢，當地部分「悲痛的線民」捏造一位根本不存在的讀者，還為那個人安排一個虛構的地址。接著，我出發前往群山峻嶺環繞、夜幕早已低垂的阿馬斯雅。名單上的穆罕默德，我已經篩檢了一半，目前一無所獲。我的兩腿痙攣，心裡記掛嘉娜仍發高燒臥床，所以早有打算，前往那個必訪地點，詢問過軍中好友，只為了確定他不是穆罕默德之後，就要跳上第一班前往黑海海岸的巴士。

我走過一座橫跨一條泥濘溪流的橋梁——原來，這條小溪就是鼎鼎大名的綠河，不過它一點也不綠——繼而來到一處位於墓地下方、坐落在切割岩壁所形成的斷崖面上的住宅區。這座老舊但堂皇的宅邸，意味當年某個風光一時的人——誰曉得是哪個高官或坐擁土地的大將軍——曾在這片荒蕪之地定居。我敲了其中一間大宅的門，探問軍中同袍的消息。他們告訴我，他開車出去了，不過他們讓我進屋，並把我引見給這幸福快樂的一家子。

一，一家之主是個為慈善機構及窮人提供義務專業服務的律師，盡心照料那些有困難、令他悲憐的客戶；他從自己的浩瀚藏書中取出一本法律學專書，坐下來研讀。二，對類似情況習以為常的女主人，介紹我給正傷著腦筋的父親認識，而妹妹則閃著頑皮的眼神，祖母戴著閱讀用眼鏡，小弟弟正在研究他的集郵收藏（郵局發行的「國土系列」）；他們都顯得很興奮又愉悅，展現西方探險家筆下、旅遊書籍中土耳其人真摯好客的一面。三，等待蘇菲特阿姨做的美味千層捲餅在烤箱烘焙時，那位母親和淘氣的小女孩親切地問我問題，大夥兒還討論了莫洛亞[22]的小說《愛的氛圍》。四，那位花了一整天辛苦照顧蘋果園的兒子穆罕默德坦白告訴我，他完全不記得當兵時認識我這號人物；但他貼心地拚命尋找可能的共同話題，最後總算找出可供聊天的題材，因此我們才有機會討論政府興建鐵路、鼓勵村中農民合作立意雖佳，背後隱藏的政治動機卻也許已經被世人忽略，這對我國相當不利。

離開這座幸福滿溢的大宅，身陷漆黑的街頭時，我心想，這些人這輩子或許未曾被誆騙過。打從敲門、看到那家人的第一刻，我就知道，我要找的穆罕默德不住在這裡。那麼，我幹嘛要留下來，讓自己被那活脫是廣告翻版的幸福家庭景象吸引？我告訴自己，是因為我的華瑟槍，是那把貼在腰際的槍。我不知道該不該回身，對那座平和安詳的豪宅窗口來幾記回馬槍；但我明白，這只是一番空想罷了，只為了哄弄那頭居住在我內心漆黑叢林深處的黑狼，要牠快快上床睡覺。睡吧，黑狼睡吧。是的，咱們去睡吧。一間店鋪，然後是商家櫥窗和廣告呈現在眼前：我的雙腿如一頭畏懼狼的羔羊般軟弱無力，它們引領我前進到達某處。去哪兒呢？歡樂戲院，春天藥房，死神乾果與堅果店。那個男店員為何一邊抽菸，一邊那般盯著我看？接著，我去了雜貨店、糕餅鋪，最後發現自己站在汗伯鋼鐵公司一面大窗戶前，瞪視著櫥窗內的冰箱、土耳其瓦斯公司製造的火爐、麵包盒、扶手椅、沙發和新式的摩登火爐。瞧見那隻披著厚外套的狗（就是臥在汗伯鋼鐵牌收音機上方的小狗雕像）時，我知道，自己再也控制不住了。

天使啊，我身處位於兩山之間的城市阿馬斯雅，在店鋪窗前佇立，流著眼淚，最終嚎啕大哭。祢問一個小孩為什麼哭，他落淚，是因為心中有個深刻的傷痕，但他卻告訴祢，哭泣是因為搞丟了藍色的削鉛筆機；望著窗內展示產品的我，完全被那股哀傷淹沒。到底是什麼道理，讓人為了虛空的理由，變成殺人凶手？難道是為了終其一生，都要與靈魂的痛楚共存？我也許在乾果與堅果店中買了些烤乾果，或者是凝望著雜貨店的鏡子以看見自己的面容，也可能在滿是冰箱與火爐的世界過著幸福快樂的日子；但是，我心底那個可惡的陰險聲

22 莫洛亞（André Maurois, 1885-1967），法國作家。

音，那頭寄居的黑狼，依舊咆哮著，指控我的罪惡。天使啊，我曾一度如此相信人生，相信努力必有收穫；而如今，嘉娜不足以令人信任，如果我能真心信賴她，便能馬上幹掉穆罕默德。現在我夾在他倆之間，坐困愁城，除了腰間的華瑟槍，以及高懸雲端、建構在超脫信念與極度陰險的難解基礎上的幸福人生幻夢之外，無可掌握。冰箱、柳橙榨汁機和單座沙發的影像，伴隨著無聲的慟哭，排山倒海直灌入我腦門。

在國產電影裡，撫平涕泗縱橫小男孩或哭泣美婦哀傷的老人，竟然瞬間現身，助我這頭鬥敗公雞一臂之力。「孩子，」他說：「你為什麼哭呢？孩子，你碰上什麼麻煩了嗎？快別哭啊。」

這位蓄著大鬍子、一臉聰明相的大叔，如果不是要去清真寺祈禱，八成就是個打算勒死人的惡棍。

「先生，我父親昨天過世了。」我回答道。

「孩子，你的家人是誰？你肯定不是本地人。」他一定起了疑心。

「我繼父不讓我們回來。」我說著，不知道自己是否該補上一句：先生，我要去麥加朝聖，可是錯過了巴士，你可以借點錢給我嗎？

我裝出一副即將因哀傷而死的模樣，走入黑暗中。這個理由一出口，謊言竟然意外地源源不絕。稍後，等心情平靜，我口袋滿滿地搭上永遠最令人放心的信賴安適公司巴士，看著螢幕上秀麗端莊的女子冷靜地駕著車，毫不猶豫衝撞一群惡人。天亮前，我抵達黑海海岸，在黑海超商打電話回家給母親，告訴她事情就快辦妥，還會帶個天使般的媳婦兒回家。如果非哭不可，那就讓她喜極而泣吧。我在舊商店區一間糕餅舖坐下，打開筆記本，盤算著要儘早了結此事。

住在薩姆遜的讀者，是一個在社會安全醫院擔任住院醫師的年輕大夫。一判定他不是那個穆罕默德，就有個念頭突然沒來由地打醒了我：或許這是他把鬍子刮乾淨之後的臉孔，又或許這是他身強體健、自信滿滿的形貌。這個人不像我因為看過那本書而方寸大亂，他以明智的方式，把那本書融會貫通、完全吸收，所以能夠平靜又熱情地與那本書共存。我馬上開始討厭這個人。為什麼同樣一本書顛覆了我的世界，搞砸我的命運，卻又能像維他命丸一樣，滋補眼前這個人？我知道，如果不問個明白，我一定會因好奇而死。因此，我和這位肩寬體健的大夫，把話題轉移到那本書上。他的護士有對大眼睛，五官分明，看起來像姿色略遜一籌的金露華[23]。那本書故作無辜，與其他醫學目錄一起立在書桌上，看上去像一本藥學書籍。

---

23 金露華（Kim Novak），美國電影演員，最知名作品為《迷魂記》。

「噢，醫生就是愛看書。」好心又能幹的冒牌金露華格格嬌笑道。

護士離開後，醫生把門鎖上，以成熟男人的從容儀態坐下。當我們倆抽菸對坐時，他和盤托出一切源由。

小時候受到家人的影響，他成為虔誠的教徒，每週五到清真寺祈禱，齋戒期間奉行禁食戒律。後來，他愛上一個女孩，捨棄宗教信仰，之後成為馬克思主義信徒。當這些衝擊在心中留下的刻痕漸漸淡化之後，他發現自己心靈極度空虛。不過，當他在朋友的藏書中發現那本書並研讀後，「逐漸釐清了每一件事」。他體會出死亡在吾人生命中占據的分量，接受這個事實就像庭院裡有棵樹，或像在街上遇見朋友一樣自然不過；他褪下一身反骨。他從此體認出童年時代的重要性，學會了去回顧，學會去愛過去生活中的點點滴滴，認知泡泡糖、漫畫、初戀和所有讀過的書在心目中的地位。他熱愛自己不成材的祖國，也熱愛那些瘋狂的巴士。至於天使嘛，透過理性分析，他早已參悟出這位能現神蹟的天使是何方神聖，並且憑藉自己的情感，相信天使的確存在。融會貫通之後，他知道總有一天，天使會找上他，他們將一起升上樂土——對他而言，所謂天堂，就是在德國落腳找到工作。

他對我解釋來龍去脈，彷彿在向我這個病人說明，他開給我的這方幸福良藥將產生何等藥效。醫生起身，推測他的病人應該已經了解藥方的作用，我這個無藥可救的病人只好走向門口。當我起身離開，他以彷彿在交代病人「飯後吃藥」的模樣告訴我：「閱讀時，我會在書上畫重點，建議你也這麼做。」

天使，我逃之夭夭，搭上了南下的第一班巴士。我告訴自己，以後絕對不可以這樣！我不會再去黑海海岸冒險，而且，我和嘉娜的黑海海岸之行也絕不會快樂。我的全盤考量中，彷彿包含了一個輪廓清晰、目標明確、大膽冒進，且能預見未來幸福的幻夢。我望向窗外，眼前盡是陰暗的村落、漆黑的羊圈、長生不死的林木、破舊糟糕的加油站、空蕩蕩的餐館、寂靜的山巒，還有焦躁的兔子。我告訴自己，之前在別處見過類似景象；或許是在螢幕播放的影片裡看過，片中那位努力的善良年輕人發現自己遭人欺騙後不久，先利用那群人替他做事，然後再對他們拔槍相向。殺掉他們之前，他一個個質問對方，他們則向他搖尾求饒。他考慮要原諒他們，但太猶豫不決，給了歹人可趁之機，反而被他們群起反叛。當我們這群觀眾都認定那個壞蛋是惡棍，不值得憐憫時，司機頭頂的螢幕上突然傳出槍響。我望向窗外，像極一個討厭見到打殺、討厭血光的人。我彷彿聽見由槍聲、引擎和輪胎聲響串成的古怪歌詞，心想，天使啊，當英俊的醫生以那本書為藥方，對我循循善誘的時候，為什麼我沒有多問他，天使祢究竟是誰。

那段歌詞大致是這樣：「大夫，大夫啊，多給我一些訊息吧……」一位年輕病人問道：

「天使到底是誰？」「天使？」這位全神貫注的醫生取來一幅地圖，像拿X光片一樣攤在桌上，對可憐的病人說，他的器官早已沒有治癒的希望。他指著意義之巔，還有非凡時刻城，又說這裡是純真之谷，這裡是意外岬，而這裡應該就是死亡。大夫啊，人們希望與死神相遇的意念，是不是和想與天使碰面一樣？

根據我的筆記，下一位要拜訪的讀者是住在依其茲勒的地區報紙配銷商。下車十分鐘之後，我發現他坐在位於商店區中心的店鋪內，隔著襯衫陶醉地在自己矮胖又短小的身軀上抓癢——這個人，一點也不像嘉娜的愛人。現在的我，早已變成老到、幹練的偵探，十分鐘內，便搭上巴士離開小鎮。接著，我在四個小時內換了兩班車。住在省會的下一位可疑人物更好對付：他在巴士站對面的理髮廳工作，帶著哀怨的眼神凝視剛下車的幸運乘客們。他一手拎著畚箕，另一隻手抓著一件一塵不染的乾淨圍兜，在一旁等著正為客人認真刮鬍子的老闆召喚。我腦袋裡詩意頓生，開始吟唱道：「來吧，兄弟，和我們一起走吧／讓咱們登上巴士／前往傳說中的仙境吧。」我希望趁自己的想像力還沒跑光，能夠一鼓作氣支撐到底，所以又搭了一小時的車，抵達下一個城鎮。我總覺得那個閒閒無事的可疑分子的確有問題，只好檢查他店裡的舊鳥籠、手電筒、剪刀、紫檀木、香菸盒；說也奇怪，我還檢查了那位悲痛密探藏在後院空井中的手套、洋傘與一把白朗寧手槍。這位悲情、牙齒又參差不齊的商人，向我展示一只舍奇索夫手表，表現出對妙醫師無與倫比的敬意與崇拜之情。當他對我描述星期五祈禱儀式過後，自己和另外三位朋友約在糕餅舖後面的房間，討論獨立紀念日的種種景象時，我暗自沉思，覺得不僅這一夜已成歷史，連秋天也倏忽而過。我心頭烏雲密布，山雨欲來。隔壁屋子的燈光點亮了，秋葉紛飛中，一位身材姣好、有著蜜色肩膀的半裸女子現身窗前，只虛晃一下又消失無蹤。接著，我看見黑馬在天際疾奔而過，看見天使、焦躁的怪物、加油唧筒、幸福的美夢、關閉的電影院、其他路線的巴士、其他人，還有別的城鎮。

當天稍晚，我的元氣恢復了，不再那麼消沉。即使發現與我談話的錄音帶經銷商根本不是自己要找的穆罕默德，話匣子還是關不了，主題從他順利的經商歷程，跳到將告一段落的雨季，以及在上一個小鎮體會到的哀傷氣息。一陣哀痛愁苦的火車汽笛聲響起時，我開始焦躁不安。我得馬上離開這個連名字也不記得的小鎮，重新搭上巴士，投入天鵝絨般的柔和夜色中。

我朝巴士站走去，汽笛聲就是自這個車站傳來。從一輛停在路旁的自行車後照鏡中，我看見自己的身影。這就是我的面容，身藏一把槍，穿著新的紫色外套，那個商人要送給妙醫師的舍奇索夫手表躺在口袋裡，雙腿套著藍色牛仔褲，笨拙的雙手及奔忙的步伐在鏡中一覽無遺。街道旁的商店與窗戶一一倒退消失，夜色中我只看見一座馬戲團的帳棚，入口上方有一張天使的圖片。這張天使圖是波斯細密畫與某個國內電影明星的綜合體，但仍令我心臟怦

身帳棚中，與身邊大約二十五個人一起看天使和蛇表演；我想，自己就要熱淚盈眶了。

當那位女郎開始對蛇說話，我突然想到了什麼。有時候，人會冷不防地想起似乎被遺忘許久的記憶，而你不免心生疑惑，怎麼會是這個時刻突然記起舊事，於是思緒百轉千迴，苦惱不已。我就曾有類似的感觸。但如今對我而言，平靜的感受勝過困惑。有一次，父親與我去拜訪雷夫奇叔叔。「只要有火車經過，我可以到處為家，即使身處世界盡頭，或在特快車不停的小村落也無所謂。」他曾這麼告訴我們：「如果入睡前沒有聽汽笛的聲音，這種日子我不敢想像要怎麼過。」我能夠很自在地想像自己和這群人在這個小鎮度過餘生，因為從麻木不仁的狀態中重拾祥和心靈，是無上的珍寶。當我看見天使親切地對蛇說話，平靜安寧的感覺，充盈我的腦海。

燈光熄滅了片刻，天使退下舞台。當燈光再度點亮，團方宣布將有十分鐘中場休息時間。我打算和這些願意與之終生相伴的村人，一塊兒去外頭轉轉。

才剛穿過木椅，我便看見一個人坐在舞台前方第三排或第四排的位子上。所謂的舞台，充其量不過是地上一片隆起的區塊。那個人正在讀《華倫巴格郵報》，我的心開始狂跳。他，就是那個穆罕默德，嘉娜的愛人，被認定已過世的妙醫師愛子；他交叉著雙腿，渾身散發我渴望而不可及的安詳氣質。他只顧著看報紙，對周遭的世界置若罔聞。

13

當我跨出帳棚，一陣輕風灌入我的衣領，直通背脊，而後擴散全身，讓我渾身起雞皮疙瘩。原先以為的「自己人」，成為可疑的敵軍。我的心狂跳著，感覺得到腰間那把槍的分量。空氣中冒著煙霧，不單是因為我在抽菸的關係，而是整個世界都升騰起來。

鈴聲響了。我探頭入帳棚張望：他還在看報紙。我和其他人一塊兒回到帳棚裡，在他後面三排找位子坐下。特別「節目」登場了。我的頭開始發昏，不記得到底看見、聽見什麼，或者漏看、留神傾聽到了什麼。我的思緒全放在某人的頸背上，這個光滑頸背的主人，是個高尚的男人。

過了好一會兒，我看見他們從一個紫色的小袋子裡，抽出樂透彩球，然後宣布中獎號碼。一個缺牙的老頭欣喜若狂地跳上舞台。天使向得獎者道賀，她仍然穿著兩件式泳衣，戴著新娘頭紗。賣票的男人毫不費力地拎著一個巨大的枝狀裝飾吊燈現身。

「我的天啊！」缺牙的老頭叫道：「這是七姊妹星團啊！」

我聽見後方觀眾大聲抗議鼓譟，這才知道，這位老伯每次都必定贏得頭彩；而那個塑膠紙包裹的大吊燈，八成也是只此一個，每天夜裡重複在台上亮相。

天使手裡拿著無線麥克風（要不然就是她根本抓著沒有擴音效果的假麥克風），問得獎者：「你這麼幸運，有沒有什麼感想？你興不興奮？」

「我太興奮了，我很高興，願上蒼保佑妳！」老頭對著麥克風說道：「人生真美好，雖然有諸多險阻和哀傷橫亙，我不害怕，也不會羞於表達喜樂之情。」

幾個人很捧場地拍手。

「你打算把吊燈掛在哪裡？」天使問道。

「真是個意想不到的奇緣啊。」老頭邊說邊傾身朝麥克風靠過去，彷彿以為那個麥克風真有擴音效果：「我戀愛了，我的未婚妻也很愛我。我們很快就要成親，搬到新房。我們會把七枝狀吊燈掛在新家。」

台下再度傳來些許掌聲，接著我聽見有人起鬨叫道：「親一個，親一個。」

當天使親吻老頭的兩頰，全場頓時鴉雀無聲。老頭趁四下靜默，拿著吊燈溜之大吉。

「我們其他人啥也沒拿到！」一個憤怒的聲音從後方傳來。

「安靜！」天使道：「現在聽我說。」方才天使親吻老頭時的一片死寂，現在再次籠罩人群，大家不再出聲。「難道你們都忘了嗎，你們的幸運號碼，幾天之內就要降臨了！你們的快樂時光，也將報到。」天使說：「不要這麼不耐煩，不要違抗自己的人生，停止嫉妒別人吧！如果學會珍惜自己的人生，你就會知曉，應該怎麼做才能得到快樂；無論是否失去人生方向，你們屆時都會見到我們。」她魅惑地揚了揚眉說：「欲望天使每晚都將降臨迷人的華倫巴格小鎮！」

照耀著她的神奇燈光熄滅了。一具無罩燈泡亮了起來。我隨著人潮一起離開，與我的獵物保持一段距離。起風了，我左顧右盼，前方人群有些打結。我發現，自己就站在他背後，只有兩步之遙。

「奧斯曼，覺得怎樣？好玩嗎？」一個頭戴瓜帽的男子問道。

「噢，馬馬虎虎。」他說著，一邊加快了腳步，把報紙夾在腋下。

我怎麼沒想過，他可能會像過去丟掉原有的「納希特」一樣，也拋棄「穆罕默德」身分？他幹嘛偏要用這個名字當化名？如果想到這一層，我會考慮到這點嗎？我壓根兒都沒想過這點。我依舊跟在後面，等前方的他拉大我們之間的距離。我費勁端詳他精瘦的微駝身軀，沒錯，就是他，就是和我的嘉娜熱戀的男人。我開始跟蹤他。

相較於我去過的其他小鄉鎮，華倫巴格小鎮有更多與路樹並排的街道。我的獵物沿街步行，當他靠近一座街燈，彷彿踏上光線昏暗的舞台；接著他走向一株西洋栗樹，隱身其中，沒入樹葉與狂風打造的黑暗裡。我們走過鎮民廣場，行經新世界戲院，穿過一大排糕餅店、郵局、藥房、茶館的霓虹燈陣。燈光接連閃個不停，先是淡黃色，然後是某種橙色、藍色，接著換紅光，投射在我目標物的白色襯衫上；而現在，我們走進一條小巷。此時我才注意到，眼前的景象是多麼無懈可擊啊！看著這些三層樓高的連棟房屋、街燈及沙沙作響的樹木，我因為緊張和興奮而渾身發抖，想像自己正體會所有舍奇索夫、先力、精工這樣的手表密探們經歷的刺激感受。我快速欺身靠近那個穿白襯衫的目標物，以便快點辦妥任務。

但接著卻是一陣大亂，傳出一聲巨響；我被迫閃進角落，鬱悶了一會兒，擔心有其他手表密探盯上我。其實不過是一扇被風狂吹的窗子，猛地撞上窗台的聲響而已。我的獵物在漆黑中環顧四周，停步片刻；我認為，在拔開華瑟槍的保險、對他開火之前，他會繼續前進，不會看到我。不過此時他突然掏出鑰匙開門，消失在其中一幢連棟房屋裡。我一直等著，直到二樓的燈亮起。

於是我下了決定，心中有譜。我覺得自己像個獨來獨往的殺手；我的意思是，像個有企圖心的殺手。這條街下方，街道由近而遠層層疊疊，宜人旅社的廣告招牌上，大小適中的字體隨風擺動，保證提供我一些耐心、一點點建議、少許祥和，還有一張床，讓我可以在這漫長夜好好思索自己的人生，以及我成為殺手的決心；想念我的嘉娜。我別無選擇，只能踏入旅館。櫃檯服務員問我要不要看電視，我要了一間配備電視的房間。

我進房打開電視，當黑白影像在眼前出現，我告訴自己，這個決定下得挺不壞。我不必與一個無可救藥的不幸殺手，一起度過漫漫長夜，電視裡黑白兩色的朋友們會陪我作伴；他們歡樂笑鬧，戲弄別人，因為他們早就把嘲笑作弄他人視為家常便飯。我開大了音量，當電視裡帶槍的男人互相叫陣，美國製汽車開始加速疾駛，呼嘯滑過彎道時，我頓覺如釋重負。我望向窗外的世界，平靜地觀察風中纏結的西洋栗。

我無處不在，無處可尋，所以才會覺得自己置身世上根本不存在的一塊中心區；而這個故作可愛又令人厭煩的旅館房間，就位於這個世界的中心。從窗戶看出去，可以瞧見我想幹掉的那個人房裡的燈光。我沒有真的看到他，但我很高興，因為他就在那裡，而我要在此處過夜；況且，我電視裡的朋友們，已經開始互飆子彈。我的獵物熄燈後不久，我也睡著了。我沒有思索人生、愛情的高深大道理，也沒去想那本書，而是在電視的槍聲中入眠。

隔天早晨醒來，沐浴梳洗後，聽到電視正播著氣象預報，說今天全國都有雨，我沒關電視就離開房間。興奮漾滿全身，我活脫是個為了愛、為了對某本書的沉迷，而動手殺人的年輕小伙子。我不僅沒在鏡子前整理儀容，也沒有檢查腰間的華瑟槍。套上紫色外套後，我看起來八成像個樂觀活潑的大學生，正趁著暑假期間行遍各城鎮，挨家挨戶兜售《新世界百科全書》。符合這種形象的大學生，應該會與路途中巧遇的愛書人暢談人生和文學，不是嗎？我早就明白，自己不可能一下子就宰了他。我步上一段階梯，按下電鈴，以為會傳出一陣「鈴鈴……！」的聲響，但沒有，我只聽到某種電子裝置發出小鳥鳴囀般的叫聲，像是金絲雀的聲音。最新流行的玩意兒，總是能暢行各地，連華倫巴格這樣的小地方亦不例外；同樣的道理，無論走到天涯海角、世界盡頭，殺手也總能夠找到他們下手的目標。類似的情節在電影裡都是這樣演的，被害人會表現出一種已經了然的態度說道：「我知道你會來。」但是，我的情況並非如此。

他面露驚訝之色。但驚奇本身並不使他震驚，而被理解成日常生活中的一部分。他的五官長得不錯。沒錯啦，雖然此時此刻，這個事實沒有多大意義，但他的確是——呃，好啦、好啦——長得很帥。

「奧斯曼，我來了。」我說。

只有一陣沉默。

我們都力持鎮定。他望了我半晌，又不好意思地看看門口，看樣子沒打算請我進屋。

「咱們一塊兒出去吧。」他說。

他披上一件不防彈的暗褐色外套，然後我們一道踏上一條勉強可稱作街道的街巷。人行道旁一隻狗狐疑地打量我們，西洋栗樹梢的斑鳩靜默無聲。嘉娜，妳瞧，我們倆變成朋友了！他比我稍微矮一些，我想，我們走路的樣子一定會讓人把兩人聯想在一塊兒，因為我們走路時肩膀都忽高忽低，向前跨步的姿態也如出一轍；對我們這種男生來說，這是再明顯不過的特色了。我的腦子還在轉，他便問我吃過早飯沒？想不想吃點東西？車站有個小餐館，要不要來點茶？

他在麵包店買了兩個剛出爐的鹹圓麵包，再到雜貨店購買四分之一磅卡薩起司，切成一片片裹在蠟紙中。這時，馬戲團入口處海報上的天使正對著我們熱情招呼。我們踏進小餐館，他點了兩份茶；兩人從後面走進可以望見車站全貌的花園，坐了下來。盤踞在西洋栗上或屋簷下的斑鳩，不住地引吭高歌，完全無視我們的存在。晨間的涼爽空氣很宜人，四周一片寂靜，遠方的收音機傳來幾不可聞的樂音。

「每天早晨開工之前，我都過來這裡喝茶。」他邊拆開起司的包裝紙邊說：「這裡的春天很舒服，下雪的日子也很不錯。清晨時，我喜歡看著在月台的積雪上走動的烏鴉，還有成排沾著雪跡的樹木。廣場那邊的「故鄉小館」也還不壞，占地大些，屋裡有座大火爐冒著滾滾熱氣。我會在那裡看看報紙，如果他們打開收音機，我就坐著聽，什麼事都不做。」

「我的新生活極規律，有條不紊，時間算得精準無比……每天早上，不到九點我就離開小餐館，回到我的書桌前；在鐘敲九下之前，我早備好咖啡，開始一天艱苦的工作，也就是寫字。我的工作看似簡單，但必須很用心。我不斷重新抄寫那本書，連一個逗號、一個字母或是句點都不會遺漏。我希望從頭到尾、到最後一個逗號與句點，都抄得一模一樣。要做到如此地步，你一定得具備原作者擁有的靈感與熱望。或許別人會說，我只是在複製，但我的工作早就超越了抄寫複本的簡單境界。每當寫字時，我感受到自己對書中的每個字母、每個字、每段文句皆瞭如指掌，彷彿這些文字及其蘊含的意義，均出自我的手，都是我的新發現與體認。每天從上午九點到下午一點，我心無旁騖，兢兢業業工作，沒有任何一件事能令我分心。通常，早上我的工作效果比較好。

然後，我便外出吃飯。鎮上有兩家餐廳，雅辛開的那家生意興隆，來客不絕；鐵路餐廳則食物分量多，而且賣酒。我有時去這一家，有時則光顧另一家。有時我拎著麵包和起司到小館子打發午餐，有時候大門不出。我中午從不碰酒，有時小睡片刻，但休息時間最多就如此了。重要的是，我得在兩點半以前回去工作，一直做到六點半或七點；如果工作順利，我可能拉長時間。倘若一個人喜歡自己筆下的文字，並對自己肩負的使命心悅誠服，不會錯過任何可以寫下去的機會。人生苦短，不過如此，結局如何你自會明白。別讓你的茶冷掉了。

結束一天的工作後，我會心滿意足地瀏覽當天的成果，然後再次外出。當我看報紙或瞄到電視節目時，會和一些人聊聊天。對我來說，這件事有其必要，因為我一個人住，而且有意繼續獨居。我喜歡與人們碰面，閒扯打屁，喝點小酒，聽別人說說軼聞掌故，甚至自己也來上一段。接下來，我有時會去看看電影，或者看電視；有時則在咖啡館打牌，或是帶一份當天的日報早早回家。」

「你昨晚去了帳棚劇場看秀。」我說。

「這群人大概一個月前來到這裡，之後就留下來沒走，一些鎮民還是會去看表演。」

「那個女人，」我說：「她長得有點像天使。」

「她不是天使。」他說道：「她陪鎮上的有錢貴人上床；只要給她錢，她就跟大兵做愛。你了解了嗎？」

我們沉默了片刻。他說「你了解了嗎」那句話的神情，讓我方寸大亂。原本耽於享樂、沉溺酒精的我，頓時從安穩舒適的安樂椅，跌坐到硬邦邦、坐起來渾身不對勁的木椅上，胸中那股嘲弄的怒火也就此一掃而空。現在，我只能坐在花園裡，望著眼前的火車站。

「書中所說的一切，我已經全拋到九霄雲外。」他說。

「可是，你還是整天抄書啊。」我說。

「那是為了錢。」

他的話中並未流露絲毫得意或羞赧之情，反而比較像是為自己把話說得這麼白，感到有些抱歉。他一遍又一遍抄寫那本書，猶如抄著學校的教材筆記。由於每天平均工作八小時至十小時，每小時可完成三頁篇幅，十天之內，他便能夠輕鬆抄完這本三百頁的書。許多人支付合理的工資給他，如鎮上的達官貴人、傳統主義者、喜歡他的鄉親，還有欽佩他用心、決心、毅力及奉獻精神的人；還有一些人，只是看見一個笨蛋堅持自己的愚行還怡然自得，因之大樂而付錢……然而，其實真相是，不知不覺中，他將自己的畢生心力奉獻給這個小本生意。他支支吾吾地說，自己起碼也算是個「抄寫界傳奇人物」。他們尊敬他，把他的工作當回事——他自己也說「我該怎麼形容呢？」——鑾慎重莊嚴。

在我的堅持下，他這才願意針對我的提問一一作答，他不喜歡討論自己。提起購買其手抄本的客戶，以及善心的狂熱分子，他充滿感激；他也談到他們對他的敬重之情。「再怎麼說，我提供他們某種服務，給了他們真實，這是一本以決心、肉體和靈魂逐字抄寫的書；他們則支付我薪水，作為辛苦一天的補償。總結下來，每個人的生活，其實是殊途同歸的。」他說。

我們又陷入沉默。兩人吃著新鮮的圓麵包，配著切片卡薩起司。我想，他的人生，如今已經水到渠成；如果引用書中的文句解釋，他的人生現在已「重回正軌」。和我一樣，他也是看了書後展開旅程，但是經歷追尋與探索之旅，面對充滿死亡、愛與災難的路途和冒險之後，他卻達到我無法觸及的境界；在一處永遠靜止的國度中，他找到了平衡點，他發掘了內心的祥和。我小口小口地咬著起司片，品味玻璃杯中最後一口茶香，這時才察覺，他一定又要重複每天的例行公事，連雙手、手指、嘴巴、下顎和頭部的小動作都將如出一轍。內心的平衡，塑造了他沉著鎮定的氣質，亦讓他得以超脫於光陰之外；反觀自己，我不但活像個包打聽，而且活得不快樂。現在，我的兩條腿還在桌子底下晃來晃去。

我的妒意和極欲犯下罪行的念頭，正在胸中不斷高漲。但我卻發現另一件更糟糕的事。那就是，如果拔槍射向他的瞳孔，我依舊無法撼動這個藉由抄寫尋得永恆境界的人內心的平靜與祥和。儘管仍會繼續前行，對他而言，時光依舊是靜止的狀態。而我那顆不知休止、慌亂不安的心，則依然汲汲皇皇，像個忘記目的地的巴士司機，不知該駛向何方。

我問了他許多問題，他的答案都很簡短，不外乎「是」、「不是」、「當然」；我很快便了解到，其實自己早就知道答案。他對生活很滿足，不想有過多的期許。他仍然深愛那本書，並相信書中敘述的一切。他對任何人均不存怨懟。他已經悟出生命的真諦，但沒有多作解釋。他說見到我很驚訝。他不認為自己能夠教化別人。依他的說法，人人都有自己的人生，天生我才必有所用。他享受孤獨，但孤獨並非生命要素，因為他偶爾也樂於與他人作伴。他曾經深愛嘉娜，沒錯，過去他愛著她，但也成功地由她身邊逃離。我找得到他，他並不太訝異。他託我向嘉娜致上最深切的問候之情。寫作，是他生命中的唯一行為，卻非唯一的喜樂。他了解，自己得像其他人一樣工作。如果從事其他行業，他也會樂在其中。是的，如果所得可供糊口，他可以從事任何工作。望著世界的脈動（或者說，真正看透這個世界的真貌），帶給他無上的喜悅。

車站裡有個火車頭正在駛動。我們雙雙望著它，腦袋隨著它的身影移動，看它吁吁噴著煙，冒出陣陣翻騰的煙霧，通過我們面前。火車頭雖然老舊，仍然老當益壯，就像城裡過氣的樂團，發出金屬般吵雜和嗚咽的噪音。

火車頭消失在杏林裡，他眼中流露憂傷的神色。對這個藉由一遍遍抄寫那本書覓得心靈平靜的人，我原本打算賞以一顆子彈，希望從此在嘉娜身上尋得寄託。但突然間，我有些被這種兄弟之情感動。當我仔細審視他眼中那抹無邪的哀愁，才知道嘉娜為何對此人用情至深。因為對嘉娜的愛人有幾分尊重，我的看法應該是很真實、貼切的。然而，沒多久，這種惱人的敬意就被滿腔妒火取代；我身陷其中，無法自拔。

殺手問他的祭品，決定遺忘一切、落腳這個無名小鎮時，為何選擇奧斯曼作化名；因為，這也是殺手的名字。

「我不知道。」冒牌奧斯曼答道，渾然不覺一片嫉妒的烏雲已浮上正牌奧斯曼的眼簾。

「第一次見到你的時候，我就立刻喜歡你了，或許是這個原因吧。」他親切地微笑補充說。

他細細地端詳著從杏林那頭另一條軌道上駛回的火車頭，凝望的神情中，甚至帶著幾分敬意。火車頭在陽光照耀下閃閃生輝，殺手可以對天起誓，全副精神貫注在火車頭上的被害人，已經完全遺忘了這個世界。不過倒也不盡然。清晨涼爽的空氣，已經被惱人的暖和晴天取代。

「過九點了，」我的情敵說：「我該上工了……接下來你打算去哪裡？」

我很清楚自己在做什麼。我滿腹焦慮，倒楣不幸，但不代表無法思考。這輩子，我第一次誠心誠意懇求別人：「拜託你，再待一會兒吧；讓我們再談談；讓咱們更認識彼此吧。」

他很訝異，或許也有點擔心，但以前他就摸透我了。不是因為我腰間那把槍，而是我渴求的模樣。我原本以為，身上的華瑟配槍足以讓我倆平起平坐，但他笑得好放肆，徹底打碎了我的虛榮感。我這位不幸的旅者，只能觸及自身苦難的邊緣，無法昇華至生命核心，也無力在交界地帶焦慮地向睿智的大師探詢人生、那本書、光陰、抄寫，乃至天使等問題。

我一直詢問他關於這一切的真諦，而他則不停地反問，我所謂的「一切」所指為何。也就是說，每當我對他說，什麼才是可以「起頭」的問題，亦即我能開口問他的題目，他總是告訴我，我必須找到那個沒有起點、也沒有終點的臨界位置發問。所以，你的意思是根本沒有問題可以問？沒錯。那麼，到底還有什麼？判定一個人，得視他看待事物的方式而定。有時候，你看某人有意挽回什麼，但他心如止水。有時候，某人早晨坐在小餐館喝著茶，和別人愉快談話，看著火車頭及車廂駛過，聽著斑鳩咕咕的叫聲，像我們現在一樣。或許這些沒什麼了不起，卻絕非無足輕重的小事。那麼，難道說，經歷那段旅程之後，其實世界上並不存在一片新天地？若真如此，那個超凡之地就只在此書中；但他認為，在現實生活中追尋那本書裡提到的桃花源，沒有多大意義。畢竟，對他而言，就像真實的世界，那本書同樣無邊無際，亦同樣不夠完美，漏洞百出。

那麼，為什麼咱們倆都受了那本書影響呢？他告訴我，只有完全不被那本書感動的人，才可能有此一問。這樣的人世上隨處可見，那我也是其中之一囉？我再也搞不清楚，自己屬於哪一種人了。我是個曾經恣意揮霍生命的人，失了魂似地把大好青春虛擲在旅途中，一心巴望嘉娜會愛上我；我努力追求那片新天地，並將敵人趕盡殺絕。我沒有問他這個問題，天使啊，我只問他，祢，究竟是誰？

「我從來沒見過書中提到的天使，」他告訴我：「可能要到死亡那一刻，你才會在巴士的窗戶旁看見天使。」

他的笑容是那麼迷人可愛，卻又冷酷無情，我要宰了他，不過，還不是時候。首先，我得逼他交代清楚，如何能讓我失落迷途的心重新尋回人生目標。但已陷入悲慘深淵的我，根本問不到重點。據廣播的氣象報告，今晨安那托利亞東部小鎮的天氣，將是多雲偶有陣雨。此時此刻，寧靜祥和的火車站燈火通明，兩隻母雞茫茫地在月台末端扒著，兩個快樂的年輕人邊聊天邊拿著手推車上買來的汽水走進車站小吃部，站長則正在吞雲吐霧——這一切都鮮活靈動地在眼前上演，深刻印在心田。已經亂了方寸的我，早就失去思考的餘力，再也無法就那本書，或是人生大道理，問出任何頭緒。

我們沉默了許久。我不斷想著該問什麼問題，或許他也在盤算如何甩掉我及我提出的問題。我們又待了一會兒。現在，攤牌的時刻終於到來。他付了茶資，搭著我的肩，親吻我的臉頰。瞧他見到我高興成這副德性，我真恨死他了。噢，不，我喜歡他。可是，我幹嘛要喜歡他？我打算殺掉他的呀。

但是時候未到。他會經過帳棚劇場回家，回到街邊那個老鼠窩，依據收到的訂單和均衡法則，進行那不切實際的怪工作。我打算抄小路，順著鐵道走，以便追上他，然後在他鄙視的欲望天使注視下，取走他的小命。

我讓那個自大的混蛋先離開。嘉娜對他那份堅毅而勇敢的愛，令我火冒三丈；然而，只要遠遠望見他那哀愁與脆弱的背影，便足以令我明白，嘉娜是對的。這位優柔寡斷的奧斯曼，是多麼擁戴你正在讀的那本書啊！他真是可悲，他深切地知道，自己想去之而後快的那個人，其實是「對的」。他也了解，自己還沒辦法下定決心殺死對方。我在破爛的小餐館椅子上，悶悶不樂地又待了幾個小時，兩條腿晃來晃去，思索著雷夫奇叔叔究竟還為我剩下的人生設下多少陷阱。

近午時分，我垂頭喪氣地回到宜人旅社，像個有遠見的殺手般尋找塵世的一切。櫃檯服務員看見伊斯坦堡來的房客要續住一晚，殷勤地遞上茶水。我聽他講了大半天服役時的點滴，因為害怕孤單地待在房裡；當話題轉回到我身上，我滿意地告訴他「有要事待辦」，但尚未「搞定」此事。

我一進房便轉開電視。黑白螢幕上，有個人影沿著一堵白牆走著，他舉槍瞄準，到達牆角之際朝目標物一陣掃射，子彈用得一顆也不剩。我不記得自己是否在巴士上與嘉娜看過這場戲的彩色版本。我坐在床沿，耐著性子等待接下來上演的暴力犯罪場面。而現在，我發現自己正從窗戶望出去，凝視他的窗口。他正埋首抄寫，儘管無法確切指認那個人影就是他，但光看他坐著平靜地振筆疾書，便足以勾起我的哀傷。我坐下失神地看了一會兒電視，起身後卻完全不記得剛剛看了什麼。我發現自己又開始凝望他的窗口。到頭來，他觸及平和寧靜的境界，而我卻困在這裡，望著黑白螢幕上砍砍殺殺的人影。他已經到達終點，並跨入另一片樂土；他擁有新人生的智慧，我卻仍遍尋不著，只能懷抱著「擁有嘉娜」這個茫然的希望活下去。

為什麼這些電影沒有呈現出殺手們在飯店房間坐困愁城的可悲一面呢？如果我是導演，會讓大家看看凌亂的床單、窗框上斑駁剝落的油漆、污穢的窗簾，還有這個穿著又髒又臭襯衫、努力鑽研殺手之道的男人；鏡頭還會展現他伸手進紫色外套口袋摸索的模樣，還有彎腰駝背坐在床邊，心想到底要不要自慰殺時間的德性。

我開始與腦袋裡來自四面八方的聲音，開誠布公地討論起來：為何情感細膩的漂亮女人，總會愛上生活失序的落魄男子？如果真能成為殺手，如果終其一生眼中都透出肅殺之氣，那麼，我是否還會顯現哀傷的悲慘神色？嘉娜到底有沒有愛過我？即使與快被我幹掉的那個人相比，那份愛只有一半而已？我可以遵循納希特——穆罕默德——奧斯曼的腳步，讓自己一遍一遍把雷夫奇叔叔的書抄寫成教科書嗎？

當陽光消失在街尾，冰涼的夜晚降臨，街頭躊躇的長長人影陰險狡詐如貓，我開始死盯著他的窗頭不放。我看不見他，但自以為看得見。我的目光聚焦在窗上及窗戶後方的房間，試著讓自己相信，我真的可以看見他；對街上偶爾走過的路人，我完全視若無睹。

不知道過了多久，天色還不算太暗，他屋內也尚未亮燈時，我發現，自己已經站在他窗下的那條街，呼喊他的名字。朦朧中有人在窗口現身，一看是我又馬上消失了。我踏進那棟建築物，氣沖沖地上樓，連門鈴都不必按，門就打開了；但有那麼一瞬間，我看不到他。

我進入他的小房間，桌上放著一件綠色的毛衣。我在桌上看見一本沒闔上的筆記簿，還有那本書。放眼望去，桌面還擺著鉛筆、橡皮擦、菸盒、菸絲，菸灰缸旁有一只表、火柴和一杯早已冷掉的咖啡。而這一切，就是這位終其一生注定要抄寫的可憐人賴以為生的家當。

他從屋內某處現身。我不想看他的表情，於是開始讀他抄寫的文句。「有時候，我漏了一個逗點，或是寫錯一個字母或一個字。我明白，出錯是因為不夠堅持，或者沒有投入感情，所以我會停下來。有時候，我需要好幾個小時、甚至好幾天，才能夠重拾同樣專注的注意力，重新工作。我耐心地等待靈感重現，因為我不願意在內心虛空無力之際抄寫。」

「你聽我說，」我平靜地說，彷彿談論著不相干的人：「我不再是自己了，我什麼都不是了。請你幫幫我，幫助我把這個房間、那本書，還有你抄寫的東西，全部趕出我的腦海吧，這樣我才能夠重拾過往，平靜度日。」

他就像個對人生與世間略知一二的成熟大人，告訴我他明白我的意思。我猜，他自以為無所不知。我幹嘛不馬上一槍斃了他？因為他說：「咱們去鐵路餐廳談談吧。」

當我們在餐廳坐定，他告訴我八點四十五分有班火車，我搭車離開之後，他會去看電影。所以，他已經盤算好要打發我走。

「遇見嘉娜時，我已經不再四處勸人看那本書了。」他說：「我和大家一樣，也想過正常的人生。但我必須比別人擁有更多那本書，況且那本書為我開展的境界，終其一生我都希望能達到，也將從中獲益。但是，嘉娜在一旁搧風點火。她承諾將為我開啟人生的新頁，相信我對她隱瞞的那個幸福花園的確存在；但我沒有告訴她，我知道它就在我身後某處，或是在我無法觸及的地方。她堅持要那把通往花園的鑰匙，迫不得已我只好對她提起那本書，最後還把書給了她。她讀了一遍又一遍，她對那本書的那份執著、對追求書中世界的那份熱情，煽惑了我。很長一段時間，我把書中賦予的平靜遺忘得一乾二淨——我該怎麼形容呢？——應該稱之為『在內文字裡行間飛舞的悠揚樂音』。我又像剛開始接觸那本書的階段一樣，愚不可及地滿腦子巴望著能在街上，或者遙遠的他方，或是世界某處，聆聽到樂聲。把書轉給別人，原本只是嘉娜的點子。看到你這麼快便讀完那本書，並且身陷其中，讓我驚懼不已。當我就要忘記那本書的本質時，感謝老天，他們射傷了我。」

我當然不會忘了問他，他認為那本書的本質是什麼。

「一本好書，要能讓我們思及全世界。」他說：「也許，每本書都是如此，或者每本書都應該如此。」他頓了頓又說：「這本書談的是書中並未存在的時間與空間。」不過我看得出來，他對自己表達的方式並不滿意。「或許，某種東西已從靜止或世人的雜音中萃取而出，但其本體卻並非靜止與雜音。」他大概覺得我認為他在胡說八道，因此試著以不同的字句表達：「一本好書，必然能包含不存在之物，如缺乏，或者死亡……但若要在書以外的世界尋找超脫文字的樂土，那就毫無意義。」他說，反覆抄寫的時候，自己悟出了一個道理，而且了然於胸，亦即要超脫出書中的範疇，追尋新人生的樂土，根本是徒勞無功。他知道自己活該受報應，「但殺我的人太笨手笨腳，」他說：「只傷到我的肩膀。」

我告訴他，他在小型巴士站附近中彈那一幕，我從塔斯奇斯拉館的窗戶全程目睹。

「依我這一路走來的觀察，還有巴士之旅的經驗，一切陰謀明擺著都是衝那本書而來。」他說：「有個瘋子想把對那本書懷抱高度興趣的人，全部置於死地。到底他是何方神聖、有何動機，我實在不明白。他的所作所為，似乎更加深我不與他人討論那本書的決心。我不想害別人受到詛咒，或導致他人生活脫離正軌。所以我逃離嘉娜身邊。因為我不僅很清楚我們永遠找不到她企盼的國度，也心知肚明和我在一起，她同樣會被書中放射出的死亡刺眼的強光迷惑。」

為了套出他可能刻意保留的資訊，我冷不防地提起雷夫奇叔叔；他大吃一驚，呆了半晌。我告訴他，叔叔非常可能就是書的作者。我提起自己童年時期便與叔叔相識，瘋狂地看他畫的連環畫故事；讀過那本書之後，再次仔細檢視那些漫畫如《彼得與伯提夫》，我發現那本書中的許多話題，叔叔其實早已藉由連環畫傳達。

「你失望嗎？」

「不，」我說：「告訴我與他碰面的經過吧。」

他的說法與密探舍奇索夫的報告完全吻合。讀過那本書好幾千遍之後，他才似乎發現，書的部分內容讓他憶及孩提時代看過的連環圖畫。他在圖書館找到這些漫畫，對照書與漫畫間驚人的相似之處，早就查出了作者的身分。一開始他被雷夫奇·雷伊的太太攔阻，沒能和對方說上話。後來，他們在玄關談話，雷夫奇·雷伊才發現，這個年輕人是衝著那本書上門的。面對穆罕默德的熱切懇求，他試著儘快結束話題，告訴對方自己並不關心這個題材。這場年輕學子與老邁作家的感人訪談，原本可能在門口繼續進行，但是被雷夫奇·雷伊的太太打斷——我插嘴說那是萊蒂比嬸嬸——她把丈夫拉進屋裡，當著這個不請自來書迷的面，用力關上門。

「我失望透頂，真令人不敢置信。」我這位不知該稱呼「納希特」或「穆罕默德」或者「奧斯曼」的死對頭說：「有一陣子我經常回到那一帶，遠遠地暗中監視他。有一天，我再度鼓起勇氣去按他家的門鈴。」

這一次，雷夫奇．雷伊給他的回應稍微正面了些。他說，自己依舊對那本書沒有興趣，不過願意讓這位堅忍不拔的年輕人留下來喝喝咖啡。他問小伙子到底是從哪裡拿到並閱讀那本多年前出版的書，也想知道年輕人幹嘛放著世上多少好書不讀，而選擇那本書；他問小伙子在哪裡就學，如何盤算自己的人生等問題。「雖然我再三央求他透露書中的祕密，但他沒當回事。」當年的穆罕默德說：「不過，他沒有錯，如今我已經知道，書中沒有什麼祕密。」

但當時他沒參透這一層，所以堅持要雷夫奇說個明白。老人解釋道，拜這本書之賜，已經為他招來大麻煩，警方與檢察官都對他施壓。「這一切之所以發生，全都只因為我提供某些成人的消遣讀物，就像以前逗小朋友開心一樣。」他說。如果仍嫌理由不夠充分的話，鐵路人雷夫奇叔叔繼續說道：「我當然不會讓這本純粹寫來自娛的書，毀了自己的人生。」當老人對納希特解釋當年自己如何否認寫過這本書，並承諾檢察官絕對不會印製新版，也不會再出版類似風格的作品時，其實傷心欲絕，但盛怒之下的納希特無法體會。現在，不是納希特、穆罕默德，而是奧斯曼這個人，深切理解了老人內心的悲苦；每次憶及自己的魯莽輕率，納希特就深感羞愧。

他和其他對那本書深信不疑的年輕人一樣，指責老作家不負責任、善變、背信、怯懦。「我全身因為憤怒而發抖，對他大吼大叫，辱罵他，但他卻能諒解，任我發洩。」後來，叔叔起身說：「總有一天你會明白，但是當你發現箇中奧妙，已經年紀老大了。」「我已經弄明白了，」這個令嘉娜瘋狂愛戀的男人說道：「但是無法釐清自己是否從中獲益。而且我認為，謀殺老人的凶手，應該就是下令跟蹤我的那個神經病的手下。」

我這個未來的殺手，詢問即將成為他祭品的男人，伯仁因你而死，是否會成為餘生不可承受的重。這位準受害人沒有說話，但即將動手的殺人犯，從對方眼中讀出一抹憂傷的神色，凶手對自己的未來心生恐懼；他們像兩個紳士，慢條斯理地喝著茴香酒。在一列列火車駛過的故土風情與電影明星照片交錯中，凱末爾將軍的肖像微笑俯視我們，彷彿再三保證他會照看在酒館買醉的人們，守護著我們的國家。

我看了看表，他希望我搭乘，以便打發我走的那班火車，還有一小時十五分鐘才到。我們倆有某種默契，就是我們已經談得太多了；正如書中所言「該說的都說了」。我們猶如兩個多年老友，視流動於兩人之間的沉默於無物，對沉默不覺尷尬；我們反而將這段靜默當作最動人心弦的對話，至少，我是這麼想。

即使已經心生動搖，我的心在「傾慕他、仿效他、趕上他」與「除掉他，就能擁有嘉娜」兩種念頭之間舉棋不定，但考慮了大半天，我還是想告訴他，那個派人殺掉作者及那本書讀者的神經病，其實就是他的老爸妙醫師。我想藉由這個真相，陷他於痛苦之中，只因為我太煩惱了。然而，我終究沒有告訴他。好，好，我自忖著：你永遠也不會知道：別破壞計畫。

他一定和我有心電感應，或者說，他至少抓住了我腦中思潮的微弱回聲，所以對我陳述自己碰到的巴士車禍，拜這場意外之賜，他才成功甩掉老爸派來跟蹤的人。我第一次見到他臉上散發光采。當時他馬上就知道，鄰座那個被黑色油墨覆罩的年輕人已經在車禍中喪生，於是從那個人的口袋取走那位「穆罕默德」的證件，據為己有。巴士陷入一團火球之際，他逃離火場，等到火勢被撲滅，靈光一閃把自己的身分證塞進那具燒得焦黑的遺體口袋，並把屍體搬到自己的座位，再帶著新的身分遠走高飛。講述這段經歷時，他的眼睛如孩童的眸子般閃亮。我當然還是不動聲色，沒告訴他，在他父親為他打造的博物館裡，我曾於他的童年照片中，看到和此時此刻一樣愉快的神情。

又是一段緘默，沒有人作聲，異常安靜。服務生，麻煩來點釀茄子吧。

你也知道，我們只是想殺時間，為了這無聊透頂的理由，只好開始把目前的處境，也就是我們的人生，好好地歸納貫通一下。他看著表，我的眼睛注視他的雙眸，兩人來回討論如下這個觀點：嗯，人生就是如此。事實上，事事皆單純。一個為《鐵路》雜誌撰文的熱血老頭，對搭巴士遊歷及巴士車禍頻傳嗤之以鼻，於是以自己繪製的連環圖畫為靈感，寫了某本書。而多年後，像我們這種年輕樂觀、兒時也看過那些漫畫的小伙子，因緣際會讀了那本書，從此深信自己的人生將有一番徹頭徹尾的改變，於是我們脫離生活正軌。這本書有魔法！人生處處是奇蹟！這是怎麼回事？

我再次向他提起，自己小時候就認識雷夫奇叔叔了。

「不知怎的，聽起來真奇怪。」他說。

但我們倆很清楚，其中沒啥怪異。世事皆如此。

「尤其在華倫巴格小鎮，更是透著怪異。」我的好朋友說。

他的話喚起我的記憶。「你知道，」我刻意一個字一個字清楚地說著，凝視他的臉：「我經常有個印象，覺得那本書是在談我，講的是我的故事。」

他沒說話。放棄了幽魂、酒館、小鎮和世界的靈魂臨終前的哀鳴。刀叉發出嘎嘎聲。電視播著十一點新聞，還有二十五分鐘火車就要來了。

「你知道，」我再次強調：「行經安那托利亞途中，我看過好幾次新人生牌牛奶糖。很多年前，伊斯坦堡也買得到這個牌子的糖果，如今在偏遠地區商店的糖果罐和錫盒底部仍能找到。」

「你當真是衝著『初始成因』而來，對吧？」我那位已進入另一段人生、早已看透一切的對手說：「你總是探詢一些純粹、未受污染、澄淨的事，但世界上並沒有所謂的起源。追尋線索、關鍵字的源頭及起始點沒有意義，因為我們只是它們的複製品罷了。」

所以，現在我想幹掉他的原因，不再只是希望獨占嘉娜而已，而是，天使啊，他根本不相信您。走向車站的路上，我思忖著要賞他子彈。

不知何故，他開了口，打破我們之間不和諧的沉默，但我的全副精神早就不在這個英俊卻神情哀痛的男人身上了。

「還是孩子時，對我而言，閱讀形同我的『事業』，是未來可能發展的專才之一。」

「盧梭曾經當過抄寫員，他能夠體會反覆抄寫他人作品的意義。」

而現在，不單是我們之間的沉默出現裂縫而已，一切似乎都破碎了。有人關掉電視，扭開收音機，一首描述相思心切與生離痛苦、非常憂鬱的歌曲流洩出來。有多少次，你發現兩個人之間的沉默竟讓人如此喜樂？當他請侍者買單時，一個中年不速之客出其不意地撲上我們的餐桌，打量了我一番。「我們都很愛奧斯曼。」他自顧自地說起來：「這麼說你們是當兵時的好哥兒們！」然後，他小心翼翼、一副要對我洩漏天大祕密似地，提到之前有客戶來買手抄本。我這才知道，我聰明絕頂的朋友還支付佣金給中間人（比如眼前這位）。我心裡再一次、也是最後一次告訴自己，你真的應該愛這個人。

我思索著，除了我的華瑟槍會砰砰開火之外，等會兒上演的告別場景中，還用得上《彼得與伯提夫》漫畫結局裡的對白，但我終究錯了。在冒險故事的最終章，當這兩個共同出生入死的知心好友發現，他們竟然愛上同一個女孩，兩人都想得到她時，他倆坐下來，和平地解決問題。兩人之中比較易感、沉默寡言的伯提夫，深知那個女孩與天性外向樂天的彼得在一起會比較快樂，因此平靜地退出，把女孩讓給彼得；在我和其他讀者的哽咽聲及淚眼相伴中，兩位小英雄於他們曾經奮力守護的火車站，依依不捨地道別。但是，我和他中間，卻夾了一個「文學經紀人」，而我們之間沒有情感真摯流露的笑語，也沒有恨意。

我們三人一起走向火車站。我買了車票，挑了幾個早上吃的那種鹹麵包。伯提夫為我秤了一公斤華倫巴格的名產白葡萄。在我選購幾本搞笑雜誌時，他到廁所把葡萄洗乾淨。我和那位「經紀人」注視著對方，火車這一路要兩天才會到達伊斯坦堡。伯提夫洗完葡萄回來時，站長以堅定但優雅的手勢要他自便，讓我想起過世的父親。我們互相親吻臉頰，然後分道揚鑣。

接下來的故事，不像雷夫奇叔叔筆下的漫畫結局，而與嘉娜喜歡看的、巴士上播放的懸疑影片一樣。這個決定幹掉情敵的抓狂年輕人，把一袋溼淋淋的葡萄與雜誌用力扔向車廂隔間的一角，在火車全力加速之前，縱身跳下車廂，跳上最遠端的月台。為了確保不被人看到，他保持一段距離，以銳利的眼神遠遠注視著他的獵物，以及那個抽佣百分之十的傢伙。

那兩個人交談了一會兒，悠閒地緩步走過一條條廢棄的荒涼街道，到了郵局前才分開各走各的。殺手注意到他的祭品進了新世界戲院，自己則點了一根菸。我們永遠不知道，這部影片中的殺手腦子裡到底在打什麼主意，不過看見他和我們一樣，扔掉抽完的菸，一腳踩熄菸屁股，接著買了票，信心十足地大踏步進場，看這部叫作《無盡之夜》的影片。但在他走入放映廳之前，我們看見他先到廁所探路，確認作案完有法子脫身。

之後的情節，就像與黑夜相隨的靜謐一樣。我掏出華瑟手槍，鬆脫保險，踏進正放映影片的戲院主廳。室內又熱又潮溼，天花板很低。我攜槍的身影投射在大銀幕上，紫色外套上則反射出這部特藝彩色[24]影片的光影。放映機的刺眼強光射入我的雙眼，但戲院空位很多，我馬上便鎖定獵物的位置。

他還坐在位子上，也許，他太訝異；也許，他不明所以；也許，他沒能認出我；或者，他早就料中會有這一刻。

「你找到我的同類，給了他一本書，確信對方會讀完它；你害他的人生就此脫序，滑出正軌。」我對他說，事實上卻更像自言自語。

24　特藝彩色（Technicolor），一種彩色電影攝製系統，一九一五年發明，自一九四九年彩色底片出現後逐漸式微。

為了確定能命中，我近距離朝著他的胸膛，還有他的臉（黑暗中看不真切），連開了三槍。隨著華瑟槍槍聲大作，我對身處漆黑之中的群眾宣稱：「我殺了一個人。」

我步行離開，一邊還看著銀幕上《無盡之夜》影片中反射的自身倒影，有人一直狂呼：「放映師！放映師！」

我搭上離開小鎮的第一班巴士，在車上思索許多攸關生死的疑問。我依然百思不解，為什麼在土耳其文及法文外來語中，makinist這個字，既代表「放映師」，也是操作鐵路引擎的技師之意。

14

我換了兩班巴士，殺人之夜無法成眠。在公路休息站的盥洗室，我對著碎裂的鏡子，凝視自己的面容。如果我說，我在鏡子裡看到的，比較像被做掉那個人的身影，而不是刺客本尊，或許不會有人相信我。而那位透過抄寫終於臻至內心平靜境界的死者，的確與盥洗室裡這個傢伙非常不一樣，因為這個人只能汲汲皇皇、無休無止地搭車，隨著巴士車輪滾動前進。

第二天一早，返回妙醫師的宅邸前，我前往鎮上的理髮廳剪了頭髮，刮掉鬍子，這樣才能對我的嘉娜偽裝成一個稟性善良又不屈不撓的年輕小伙子；為了打造一座幸福的愛巢，這位青年成功經歷重重嚴峻考驗，並且曾與死神打照面。當我踏進妙醫師的宅院，望見宅子的窗戶，想及嘉娜正躺在溫暖的被窩中等我歸來，我的心咚咚地跳個不停，怦怦，怦怦，跳了兩拍。梧桐樹上的一隻麻雀，也和著節拍鳴囀高歌。

玫瑰蕾開了門，我沒有注意到她臉上的訝異神情，或許因為才不過半天以前，我在電影放映到一半時，動手幹掉她的弟弟。也可能因為如此，我沒注意到她困惑地揚了揚眉，像在問我為什麼都沒聽她說話。我沒有搭理她，彷彿身處自己家裡般，逕直朝我們的臥室，也就是我的嘉娜生病時，我離她而去的那個房間走去。為了給我親愛的小甜心驚喜，我沒敲門就開門進房。但是，當我看見角落的床鋪一片空蕩蕩，才開始理解，方才進門時玫瑰蕾對我說了什麼話。

嘉娜足足發了三天高燒，後來慢慢康復。病癒可以下床活動後，她曾經進城，打電話回伊斯坦堡給母親；幾天來我音訊全無，她便突然決定要回家。

在空無一人的房間，我凝望著窗外後院裡於晨光中閃閃發亮的桑椹樹，但仍忍不住回眸看那張嘉娜曾經巧手布置的床。一路上嘉娜用來當扇子的《古鐸郵報》，現在擺在被她遺棄的床上。我的內心有個聲音細訴，嘉娜早就知道我是個瘸腳殺手，我永遠別想再見到她；所以我或許乾脆關上門，投入仍留存嘉娜氣息的床鋪大哭一場，直到沉沉睡去。另一個聲音則持反對意見，說當殺手要有殺手的樣子，要夠冷血，不能有不當的情緒波動。嘉娜定然還在尼尚坦石的父母家等著我。離開房間之前，看見窗台邊有一隻狡詐的蚊子駐足，我刷地單手把牠打得稀巴爛。血，髒污了我掌上的戀愛線，我確定被蚊子吸到腹中的，一定是嘉娜香甜的血。

我得在伊斯坦堡和嘉娜重聚，但拋下這一切、離開這座對抗大陰謀的大本營之前，為了自己與嘉娜重新團圓的前景著想，我想去見見妙醫師應該會有好處。妙醫師坐在遠離桑椹樹的桌旁，津津有味地吃著一串葡萄。他從埋頭研讀的書上抬起頭，望著我們曾經一同攀行的山丘。

我們平靜得像兩個悠閒的人，討論著人生的殘酷，談及大自然冥冥中決定人的命運，討論一種我們稱之為「光陰」的精簡概念，是如何把沉著與平靜這些特質灌輸入人類心中。我們提到，除非人能夠鍛鍊出雄心和決斷力，否則無論品嘗多麼多汁的葡萄，也會索然無味。我們同時聊起，若要達到不受曲解的、真正的人生境界，需要培養高度的覺察力與渴望，不必理會它是宇宙中某個偉大的指令，或者豪豬撲撲簌簌匆匆奔過我們身旁的機遇巧合，這才是真正的人生。殺一個人一定要具備成熟的特質。我過去對妙醫師的欽佩之情依舊，但出乎自己意料的是，對他的惻隱和寬容之心如同潛伏的疾病，從內心深處油然而生。因此，當他建議我陪他去探視死去兒子的墓地時，基於這個理由，我很堅定地拒絕，而且沒有冒犯他。我說：這麼多天昏天暗地集中精力處理要務，真的把我累壞了；我應該回家去找妻子，好好休息一番，這段時間一定會整理思緒，再決定是否接受他託付的重責大任。

妙醫師問我，有沒有機會試試他送的禮物；我告訴他，自己當然測試過，而且對它的性能滿意得不得了。我這才想起，那只舍奇索夫手表還在口袋裡。我把表拿出來，擺在盛裝葡萄的黃金碗旁，告訴妙醫師，這是一位有一口爛牙的悲痛可憐經銷商，為了表達對他的崇拜與尊敬所奉上的一點心意。

「這群悲情的苦命人、可憐鬼、沒用的傢伙！」他說道，斜望了那隻手表一眼：「他們想過已經習以為常的日子，死抓著珍愛的寶貝不放，到頭來就會苦苦黏著像我這樣的人，只因為我給了他們希望，許諾他們一個公平的世界！外來勢力已經被證明一心要摧毀我們的生命和記憶，這是多麼殘酷的事實！你在伊斯坦堡下定決心之前，請仔細考慮，要如何幫助這些破碎的靈魂。」

而在那一刻，我腦中考量的是，儘快在伊斯坦堡找到嘉娜的機率有多大。我要以甜言蜜語哄她回到這幢宅子，從此我倆將在這座反大陰謀的重鎮，過著幸福快樂的日子……

「回到迷人的妻子身邊之前，」妙醫師以法國翻譯小說的調調說道：「把那件紫色外套脫掉，好嗎？你穿著看起來像個殺手，不像英雄好漢。」

我立刻坐上回伊斯坦堡的巴士。母親開門時，晨禱已經開始，我沒對她解釋關於自己一直追尋的黃金國度，也沒提到她如天使般可愛的兒媳婦。

「你不可以再這樣離開母親了！」她說，然後去打開瓦斯熱水器，在浴室裡放熱水。

我們就像過去一樣，靜靜地吃早餐，只母子兩個。我了解我媽，她就像那些兒子被捲入政治與基本教義派洪流的母親一樣，總是一聲不吭；她認為我被內陸地區的磁力給吸走了，如果開口問我原委，我的答案會嚇壞她。當母親敏捷又靈巧的手在紅醋栗果醬旁停了半晌時，我在她的手背上看見點點淚痕，讓我覺得自己又回到原來的舊世界了。我能當作什麼事都沒發生，繼續過日子嗎？

用過早餐，我坐在書桌前望著那本書大半天，書本還放在原處攤開著。但我這種「看」法，不能稱作「讀書」，應該更像回想，或是受苦……

母親過來和我說話時，我正打算出門找嘉娜。

「對我發誓，天黑以前你會回來。」

我做到了。接下來整整兩個月，每天早上我離家時就發誓，但嘉娜音訊杳然。我去了尼尚坦石，拖著沉重的腳步走在街上，在她父母門前等候，按了門鈴；我過了好多座橋，搭了好多趟渡輪，看了好多場電影，打了好多通電話，卻得不到答案。我說服自己，十月底開學時說不定她會在塔斯奇斯拉館現身，但她沒來上學。我在那棟教室大樓的走廊走一整天，有時上課看見酷似她的身影經過靠走廊的窗邊，便衝出教室拔腿狂奔；有時走進空無一人的教室；有時失神地望著人行道與街上來來往往、川流不息的人潮。

在人們打開空調暖氣、點燃壁爐的第一天，我帶著精心構思的劇本壯膽，按下我「失蹤同學」父母家的門鈴，低聲下氣地對他們說自己努力準備、鉅細靡遺的爛台詞。他們不僅沒有提供我嘉娜的下落，也沒告訴我可能在哪裡找到她。一個星期天下午，我二度造訪他們，公寓內的彩色電視機裡正流洩著精采足球賽的影像。我推敲，他們企圖探我的底。他們詢問我到底有何動機，告訴我其實他們知道不少，但不會說出去。我走投無路，憑著電話簿裡的名字找到她的親戚，希望探得一些訊息。與她那些脾氣火爆的叔叔、追根究柢的姑媽、口風很緊的佣人、拖著鼻涕的姪子和姪女對話後，我從他們口中得到的唯一結論是，嘉娜在大學念建築。

至於嘉娜的建築系同學，長久以來就對自己天馬行空編造出來的嘉娜傳奇，以及穆罕默德在小型巴士站被槍殺的八卦，深信不疑。聽他們說，穆罕默德之所以挨槍，是因為賣興奮劑的毒販正在他打工的飯店分贓；另外還聽到耳語，說他無法自拔地成為狂熱的基本教義派。有人說，嘉娜被送到歐洲某處就學，有些心機重的上流社會家庭經常把愛錯郎的女兒送出國避風頭，但是據我向註冊組調查的結果，證明根本不是如此。

最重要的是，我甚至沒有對別人談起這段經年累月、窺視刺探消息的精采過程，也沒跟外人提起我足以和殺手匹敵的冷血心機，以及某個倒楣鬼心中殘存的美麗幻想。基本上，嘉娜芳蹤成謎，我無從得知她的音訊，也追蹤不到她的下落。我修了缺課一學期的課程，然後又完成另一門學科。我沒有再和妙醫師或他的手下聯繫，不曉得他們是不是還忙著殺人。和嘉娜一樣，他們都在我的美夢與夢魘中消失。接下來，夏天到了；然後秋天來臨，下學年展開，我順利完成課業，再下一個學年也是如此。接著，我去服兵役。

退伍前兩個月，我接獲母親過世的消息。我獲准休假回伊斯坦堡，以便趕上喪禮。母親火化了。借宿朋友家幾晚之後，我回到家，感覺一片空虛。當我望著廚房裡吊掛的鍋碗瓢盆，聽見冰箱哀傷的嘆息，它以慣常的哼嗯低喃流露哀悼之意。我被孤單地留在這個世間。我躺在母親的床上，落下幾滴眼淚，接著打開電視，像母親一樣，抱著尋樂和認命的心情坐在電視對面，一看就是大半天。入睡前，我從藏書處取出那本書，放在桌上開始讀著，希望它帶來第一次閱讀時我感受到的同樣震撼。儘管這一次，沒能領會到書中散發的光芒照耀在臉上，或是感覺自己的身子從椅子上抽離，但我體會到內心的平靜。

這就是我重讀那本書的原由。但是，我不會再抱著「每重讀一回，我的人生就將再度被狂風吹往未知國度」的念頭。我試圖從書中早已存在的佳言美句中，捕捉隱藏的寓意，或是掌握故事的精髓，以及自己經歷但未曾理解的內在邏輯。你懂的，對吧？服完兵役之前，在心境上，我已經是個老頭子了。

我以同樣的心態面對其他書籍。我讀書，並不是為了平息靈魂的渴求，不是要弭平黃昏時刻體內盤旋的慾念，也不是要巧妙地在抽象的世界中激起這份與祕密慶典搭上線的喜悅，甚或是——噢，我不知道——加速前往一個或許能遇上嘉娜的新人生。我閱讀，是為了像一個紳士般，以智慧和冷靜面對自己的命運，忍受嘉娜的失蹤所帶來的切膚之痛。我不再懷抱希望，去期盼欲望天使頒予七枝狀燭台充作安慰獎，讓我和嘉娜的家蓬蓽生輝。有時候，我抱持心靈上的寧靜與平衡，伏案苦讀一本書到深夜。每當從書上抬起頭，察覺鄰里已陷入全然靜默的時候，當年那一段段曾經以為永遠不會終止的巴士旅途中，嘉娜靠在身畔熟睡的畫面，就會突然躍入我的眼簾。

在這些旅程中，有一段旅程，我每次憶及，它總如天堂夢境般鮮活跳躍。巴士裡的空氣異常悶熱，我發現嘉娜的前額與太陽穴香汗淋漓，秀髮打溼而糾結一團；我拿著一方在庫塔雅鎮上買的同名絲質手帕，輕輕拭去她的汗珠，湊近至愛的臉龐時——拜加油站的淡紫色微光反射在我倆身上之賜——看見她極度快樂與驚喜的神情。後來，在休息站的餐館，嘉娜開心地穿著在國營商店買的印花棉裙（裙子早已被汗水溼透），灌下好幾杯茶，笑容滿面地告訴我，她夢見父親親吻她的額頭，但之後才了解那不是她的父親，而是光之國度捎來的信使。微笑之後，她經常溫柔地把髮絲攏向耳後，這個動作總會令我百煉鋼化為繞指柔，心神與理智在漆黑的夜裡消失無蹤。

我幾乎可以看見各位讀者哀傷皺眉的表情，因為你們知道我又把心靈深處對那些夜晚的殘存記憶搬出來回味。各位有耐心、具同情心又感性的讀者啊，如果可以，請為我掬一把同情之淚吧；但你可別忘記，這個讓你們落淚的人，其實只是個殺手罷了。假使在法律上，對哀求給他憐憫、感同身受與慈悲心的殺人凶手可以從輕發落，那麼我希望在這本投注甚深的書中，也能把這些法條列入。

雖然後來結了婚，但我現在仍很清楚，即使到生命終站（這一刻應該不遠矣），我的所作所為都或多或少與嘉娜有關。從結婚前、繼承這棟老爸留下的公寓到老媽辭世，並把新娘子妥當安置在新房的許多年之後，我依然繼續懷抱著能夠巧遇嘉娜的一絲心願，搭巴士上路。幾年的巴士旅程中，我發現巴士愈來愈寬敞，車內瀰漫消毒劑的氣味，空氣清淨系統安裝在觸碰按鈕就會自動開闔的門上；察覺到司機們早已脫下褪色又汗溼的袖子，配備一身飛行員行頭，肩上還有肩章；注意到過去一臉凶相的服務員，如今面貌煥然一新，每天刮鬍子；另外，休息站雖然依舊很無聊，但光線更明亮，設備更新穎，高速公路路面更寬闊，全部鋪上柏油。可是，我從未探得嘉娜的蛛絲馬跡；更不用說遇上她本人了。根本找不到她，也得不到她的訊息。我不曾遺忘的是那些有她陪伴的美好夜晚，或是曾和我們一塊兒喝茶聊天的老太太，甚至是那道雖然微弱但我確信從她容顏發出回應我愛意的閃光。但是，如果想從充斥著交通號誌、閃爍燈光、無情廣告看板，以及覆蓋住年少記憶的新鋪柏油高速公路上，尋找一些線索，你會發現，目光所及的一切，都急著把我們及我們的記憶忘得一乾二淨，而且愈快愈好。

一次令人沮喪的旅程之後，我得知嘉娜結了婚，並且出國去了。咱們的男主角已婚，育有一個孩子，是個顧家的好男人，是殺人凶手。他在都市計畫部門工作，傍晚回家——手上提著公事包，裡面裝一盒孩子愛吃的瑞士巧克力棒，內心蒙上憂鬱的陰霾，神情冷淡疲倦——站在人來人往的卡迪廓伊渡船上，突然與一個長舌的機械系同學不期而遇。「至於嘉娜，」那個大嘴巴女人說道：「她嫁給一個薩姆遜的醫生，現在住在德國。」我別開視線，眺向舷窗外，希望阻止她繼續告訴我更多噩耗。我發現大霧覆上伊斯坦堡與博斯普魯斯海峽，這種景象相當罕見。「是霧嗎？」殺人凶手自言自語：「或者，是我這不幸的靈魂散發出的滯悶之氣？」

不必進行長期調查，我便發現嘉娜的丈夫，就是那位服務於薩姆遜社會安全醫院、肩膀寬闊的英俊醫生。和其他讀者完全相反，這個人找出一種可以把那本書融會貫通、全盤吸收的有效方法，並過著平靜快樂的日子。我甚至開始喝酒，希望不要再回想起這份殘酷的記憶：許多年前和那位醫生在他的諮詢室，面對面討論那本書、討論人生等煩人的細節。但是，喝酒並非明智之策。

當鬧哄哄的一天告一段落，女兒的玩具消防車少了兩個輪子，她的藍色泰迪熊倒栽蔥地看電視，全家靜下來之後，我捧著在廚房小心調製的茴香酒、威士忌加汽水，踏進客廳。我故作親切地坐在泰迪熊旁邊，打開電視，調低音量，選定幾個看起來不會太低俗的節目，在霧中看著電視，試圖分辨腦中雲霧的顏色。

別再自憐了！別以為現實生活中，你有多麼超凡、了不起。不要再自怨自艾說，你炙熱的愛，為何不被珍惜？你知道嗎？我曾經讀過一本書；我愛上了一個女孩；我曾經歷深刻的遭遇。他們不了解我……他們蒸發消失了……你想，他們現在在幹嘛？嘉娜在德國……班霍夫大街……我想知道她過得如何……還有她的醫生丈夫……別再碎碎念了。他傍晚下班回家……嘉娜在門口迎他……很漂亮的房子……新車……兩個孩子……別老是想著這件事了……那個丈夫是笨蛋。想像我被派去德國負責研究計畫，想像某個夜晚，我們在領事館巧遇……嗨，妳好……妳快樂嗎？……我當時好愛妳，現在呢？還是深愛不渝……我好愛妳……我為了妳殺人……不，別說話……妳好美……別再想下去了。沒有人像我一樣愛妳。妳記不記得，有一次我們的巴士輪胎漏氣，半夜在路上看見醉酒的喜宴？還有一次……別再叨念個不停了。

有時候，我會醉得不省人事，幾個鐘頭後酒醒坐在沙發上，才注意到原本倒立的藍色小熊，現在坐直了在看電視，讓我大吃一驚：我到底是在什麼時候，把它穩當地擺進椅子裡？有時候，我會心不在焉地望著螢幕上播放的外國音樂錄影帶，想起與嘉娜一起搭乘巴士時，曾聽過其中一首歌；那時我們的身體輕輕碰觸對方，感覺到她纖瘦的肩頭輕靠在我肩上：看著我，看著我，坐下來痛哭吧，咱倆在巴士上一塊兒聽過的音樂，突然變成了彩色畫面，一起傾聽吧。另一次，我聽見孩子咳嗽，不知為何，在孩子的媽把驚醒的小女兒從我懷中抱回去之前，我將她帶到客廳。當她看著彩色螢幕時，我開始驚懼地察看她的小手，即使手指和指甲彎曲形狀的最微細部分，都令人驚訝地發現，它如假包換是大人手掌的縮小版。我正努力深思那本叫作「人生」的書時，小女兒說道：「那個人砰地倒下了！」

我們關切地望著那個歹命人的臉，他被海扁一頓，倒在血泊中。他的生命已經「砰地倒下了」。

這一路注意我冒險經歷的敏感讀者們，看到我半夜不眠，喝得酩酊大醉，應該不會認為我將就這樣算了，也不會認為我的人生已經「砰地倒下了」。我和世界各地的男人一樣，三十五歲之前就已經心力交瘁，但拜閱讀之賜，還是能打起精神，讓自己的腦袋保持清醒。

我貪婪地狂讀書，不只念那本改變我一生的書，其他書籍也不放過。但當我讀書時，未曾嘗試把書中讀到的深意加諸在破碎的人生中，或者藉此尋找些許慰藉，甚至不想追求淒美絕倫的哀傷。對於契訶夫這位才華洋溢卻得了肺結核的謙遜蘇聯作家，除了愛與崇拜，你還會有其他感受嗎？但是，對於某些把自身傷痛和不幸的遭遇唯美化，抹上感傷色彩，自封為「契訶夫信徒」，並誇大他們的不幸，以成就故事悲壯美感的讀者，我為他們感到遺憾。我也看不起某些作家，他們為了迎合讀者透過書籍尋求慰藉的需求，為求功成名就，而利用、剝削他人。所以，我讀當代小說經常半途停止。啊，這個男人對他的馬兒喁喁私語，以舒緩孤寂的心！哎呀，這個可憐的男人不停地清洗他的盆栽，只因它們是唯一至愛。這位仁兄多麼可憐啊，他枯坐在殘破的家具堆中，盼望一封信，等待多年不曾燃起的激情，或巴望棄他不顧的女兒回頭。這些作家竊取契訶夫信徒的草稿，將故事呈現在其他土地上，揭破他們的瘡疤與痛楚，都是要傳達同樣的訊息：看看我們，看看我們承受的悲痛與苦惱！看看我們多麼高尚、多麼與眾不同！我們遭逢的痛楚，讓我們晉升比你們更易感、優雅的境界。你也想把自身的悲慘轉化為歡愉，甚至享受高人一等的感覺吧，對不對？既然如此，那就相信我們。當我們訴說，我們的痛苦比生命中平凡無奇的喜樂更令人滿足時，你們要相信我們。

所以讀者大人們，不要押寶在我這種小角色身上，我一點也不敏感，也不要對我的苦惱及我故事中的暴力情節抱太大信心；你們要相信的是，世界是殘酷的。除此之外，小說這種新奇的玩意兒是西方文化最偉大的產物，和咱們國家沒半點狗屁關係。讀者大爺們若在字裡行間聽到我笨拙的聲音四處遊走，那並不是因為我從一架被書污染、遭下流思想同流合污的飛機上，向各位沙啞地發聲，不如說是我對操弄「小說」這外來玩意兒，手法還太粗糙，不夠嫻熟。

我打算告訴大家的就是：我讀了很多書，變成不折不扣的書呆子，以便忘掉嘉娜，以便通盤領會過去的遭遇，也為了想像自己無法觸及的新人生當中的多重面貌；還有，可以愉快又睿智地殺時間——雖然並不是永遠都那麼有見地——但我從來沒被知性的藉口沖昏頭。更重要的是，我不曾貶低那些為了求知而看書的人。我熱愛閱讀，就如同喜歡看電影或翻閱報章雜誌一樣，並不是抱持可以得到好處的心態，亦非藉此手段了結自己，或是自認高人一等、更博學多聞、自以為更有見解才去做這些事。我甚至可以告訴大家，成為書呆子，還讓我學到了謙遜的美德。我享受讀書樂趣，但不喜歡與他人討論；後來我才知道，雷夫奇叔叔也是如此。如果讀過的書會激發我的談興，所有對談將只在我的腦中發生。有時候，我可以感受到某幾本一一快速讀過的書，居然會自個兒沙沙低語，將我的腦袋化為劇場樂隊，不同的樂器百家爭鳴。我知道，自己能夠忍受這樣的人生，因為，這場音樂會，只在我的腦中演奏。

這麼說吧，打個比方，妻子和女兒入睡後，只剩下我一個人帶著怯意和驚訝之情，望著電視閃現萬花筒般的光芒，認真地思念著嘉娜，想著那本讓我倆結緣的書，思索著新人生、天使、過往，以及光陰。催人入眠卻又痛苦的靜默籠罩著我，以愛為題的樂章在我耳畔輕語，快速地釘入我的腦子，不管它們源於報紙、書本雜誌、廣播、電視，或出自專業作家、論壇編輯和小說家之手；因為，我可以把源源不絕的靈感，集結成愛的嘉言錄。為了愛，我的年輕歲月完全變調——讀者諸君，如果你夠細心，會發現我還算有人情味，沒有把這一切歸咎於那本書。

愛是什麼？

愛是遷就。愛是因為愛意。愛是體諒。愛是樂章。愛是溫柔的心。愛是憂傷之詩。愛是鏡中反射的溫柔靈魂。愛如曇花一現。愛是永遠不必說抱歉。愛是修成正果的過程。愛是付出。愛是和他分享一條口香糖。對於愛，你永遠無法一語道破。愛是一個空洞的詞彙。愛是與神融合而一。愛是苦澀的。愛讓你與天使相遇。愛是淚水匯流的溪谷。愛是苦候電話鈴響。愛是整個世界。愛是在電影院中十指緊扣。愛使人沉醉。愛是猛獸。愛是盲目的。愛是傾聽你的心。愛是無聲勝有聲。愛是歌詠的主角。愛讓你有好氣色。

我採拾這些愛的珠璣文句，但沒讓自己被盲目的信念沖昏頭，也沒有陷入犬儒主義的憤世嫉俗中，導致靈魂漂泊無依——那正是我看電視時抱持的態度，在被耍弄時清楚知道自己是冤大頭，或者明明未遭欺瞞卻巴望著被當傻瓜愚弄。因此，我就以此為題，把自己有限但感受強烈的經驗，與大家分享。

愛應該被快速急切地把握，並且同舟共濟。那是一種懷抱另一半，置全世界於度外的激情。它是為靈魂之舟找一個安全港灣停泊的渴求。

你看，我根本是老狗變不出新把戲。但我還是講出自己的想法！我才不在乎這是不是老調重談。我和那些虛榮自負的傻瓜想法完全相反，說出來總比保持沉默好。悶不吭聲有什麼好處？拜託。為何要被動地坐視自己身心受折磨，活像一列慢吞吞駛向目的地的無情火車？我認識一個年齡相近的男人，他曾經暗示，如果要對抗那些把我們打得落花流水的邪惡勢力，那麼保持緘默比掙扎抵抗來得好。我之所以說他意有所指，是因為他從未明講，只會像個乖孩子一樣端坐桌旁，從早到晚安安靜靜地不停抄寫他人的作品。有時候，我會幻想他其實並沒有死，還在持續抄寫工作。我害怕這份死寂在體內擴大，變成一個陰森可怖的人形。

我朝他的胸膛和臉開槍，但是，我真的殺了他嗎？我只賞了他三發子彈，況且在漆黑的戲院裡，放映機的燈光照得我無法目視。

每當我想像他沒死，就會幻想他在房裡抄寫那本書。真是令人無法忍受啊。當我努力打造屬於自己的世界，坐擁心地善良的妻子、貼心可愛的女兒，家有電視、報紙與書可看，在市政府有工作、有同事，可以聽八卦、啜飲咖啡、抽菸，周身有水泥建築物保護，卻得不到慰藉。而他，則能沉溺於全然的沉默中自得其樂。深夜時，我會想起，他在安詳氣氛中帶著信念和謙遜奉獻自我；最令人嘖嘖稱奇的是，當我想像他重寫那本書的模樣，可以感受到他伏案重複同樣的動作，四周的寂靜開始與他對話。我無法解答這個謎團，但在寂靜與黑暗中，能透過熱望和激情憑直覺感受到；只要嘉娜愛的那個男人繼續抄寫，我可以想像，在深深的夜裡，靜默與他之間的耳語是那麼真切，甚至擁有自己的表達模式，儘管我無法聽聞。

15

有一天，我受盡煎熬，因為極度想聽見那寂靜中的低語。我關掉電視，沒把早已就寢的妻子搖醒，靜悄悄地從床頭桌上取走那本書，坐在每天吃晚餐看電視的飯桌旁，開始以全新的熱情讀那本書。記得多年前，在女兒現在熟睡的房間，我第一次讀那本書。我是如此渴切地希望感受那自書頁中湧出，照亮我臉龐的同一光芒。片刻間，我覺得新世界的影像，在體內鼓動翻攪；那陣陣急促的脈動，也許會把黑暗中低語的奧祕洩漏出來，並且領我至那本書的核心。

一切如同第一次讀那本書時一樣，我再度發現，自己走在附近的街頭。在這個秋夜裡，街道又暗又溼，人行道上一些人正走在回家的路上。我到了伊倫庫伊車站廣場，觀察熟悉的雜貨店櫥窗，看見搖搖晃晃駛過的卡車、人行道上菜販覆蓋於裝柳橙和蘋果紙箱的破爛帆布，以及肉店窗戶隙縫透出的藍色燈光，還有藥房裡的舊式大暖爐。見到這些景物仍在原位，我心滿意足。幾名年輕男子在學生出沒的店家看電視，大學時，我也常在這一帶和住附近的哥兒們聚會。當我走過街道，同樣一個電視節目發出的亮光，從尚未就寢住家的半開臥室窗簾透出，光線時藍時綠或轉紅，映照在街道的法國梧桐，以及潮溼燈柱和陽台的鐵欄杆上。

我繼續前行，目光搜尋著從各戶人家虛掩窗簾滲出的電視光線，發現自己站在雷夫奇叔叔的老房子前，已經對著二樓窗台凝視了大半天。那一瞬間，我突然有解放與冒險的感覺，就像我和嘉娜當年任意跳下隨便搭上的巴士一樣。從窗簾之間望進去，我看見閃爍著電視光線的房間，但沒看到雷夫奇叔叔的寡妻；我可以想像她坐在椅子上的模樣。房間的光線隨著電視的影像閃動，有時是鮮豔的粉紅色，有時則是可怕的蠟黃。此時，一個念頭抓住了我，那本書與我人生的祕密，都在那個房間裡。

我毅然攀上前院與人行道之間那堵牆，看見萊蒂比嬸嬸的頭，還有她正在看的電視。她以四十五度角坐姿，面對著亡夫的空椅子；看電視時，她和我媽一樣伸長脖子，弓著身，但不像母親邊看電視邊編織，而是猛抽菸。我觀察她好半天，憶起另外兩個人以前也曾爬上這堵牆，偷窺窗內的動靜。

我在標記著「雷夫奇．雷伊」名牌的入口處按下電鈴，女人的聲音由拉開的窗戶傳來。

「是誰？」

「是我，萊蒂比嬸嬸。」我說著，退後了幾步，讓她能藉著街燈稍微看見我的形貌：「是我，鐵路局員工阿奇夫的兒子奧斯曼。」

「老天爺，是奧斯曼！」她說著，退回房內按下電鈕，門開了。

她微笑著在公寓門口迎接我，親吻我的雙頰。「讓我也親吻你的頭頂吧。」她說。當我彎身低下頭時，她吻了吻我的頭頂，然後像小時候一樣誇張地聞了聞我的頭髮。

起先，她的動作讓我回想起她與雷夫奇叔叔這輩子共同的隱痛，就是他們膝下無兒；接著我又憶及，自從母親過世，過去七年來，沒有人再把我當孩子看待。當我們步入屋內，我突然輕鬆自在起來，在她開口發問前先下手為強。

「萊蒂比嬸嬸，我正好路過，看見妳家的燈光；我知道時間有點晚了，不過我想應該過來打個招呼。」

「你真貼心！」她說：「坐電視對面那張椅子吧。我晚上睡不著，所以才看這玩意兒。你看打字機旁邊那女人，她是個蛇蠍女。咱們年輕的男主角，就是那個警察，碰到很多可怕的事。這些人就要把整個小鎮轟掉了……要來點茶嗎？」

但她沒有馬上離開房間去泡茶，我們一起看了一會兒電視。「你看那個不要臉的爛女人。」她邊說邊指著一身紅的美國美女。那個尤物褪下羅衫，與一個男人熱吻良久；萊蒂比嬸嬸和我看著這對男女在我們吞吐的煙霧中做愛。而現在，嬸嬸也隨著螢幕上的汽車、橋梁、槍械、警察及美女一塊兒消失了。我不記得和嘉娜一起看過這部影片，但曾與嘉娜一塊兒觀賞電影的情景，卻像翻書般從意識中一頁頁快速翻過，令我痛苦不堪。

萊蒂比嬸嬸端著茶出現時，我了解到，如果想解開那本書的謎團，挽救我坎坷的人生，進而紓解我所受的苦楚，就得在這裡找出路。那隻在鳥籠一角假寐的金絲雀，是否就是小時候雷夫奇叔叔在同一個房間款待我們時，總在旁邊性急地跳上跳下的金絲雀呢？或者，牠是前一隻掛掉之後，又買來關進籠子裡的鳥兒？還是再後來才買的新鳥？細心加框的鐵路車廂與火車頭照片，依然高掛在原位，但童年時期我都是在晴朗的白天看到這些照片，聽著雷夫奇叔叔講笑話，絞盡腦汁去解他出的謎題；現在這些照片如已經退役許久的老舊車輛，窩在沒人照管又髒兮兮的相框裡，只能藉電視的閃光發亮，真是令人情何以堪。鑲著鏡子的書櫃，足足有一大半空間被甘露酒占據，另外還有半瓶覆盆子酒，旁邊是鐵路服務獎章和火車頭形狀的打火機，兩者之間立著雷夫奇叔叔的打票機——與父親來訪時，雷夫奇叔叔經常讓我把玩它。而在另外半邊的書櫃裡，浮現在鏡子中的是大約三十本書、列車模型、仿水晶菸灰缸及二十五年期的火車時刻表倒影，一眼瞧見它們時，我的心便開始怦怦狂跳。

這些，應該就是雷夫奇叔叔撰寫《新人生》期間必讀的書了。一股興奮之情襲來，彷彿這麼多年過去、經歷如此多巴士之旅後，我終於追尋到嘉娜的行跡。

我們邊喝茶邊看電視，萊蒂比嬸嬸問起我的女兒，又詢問我妻子的長相。我含糊其詞帶過，有點內疚沒邀請她參加婚禮。我告訴她，其實太太的娘家就在同一條街上。這時我才想起，當年第一次讀完那本書後，第一個看見的女孩，後來變成我的妻子。當時的這些巧合，是不是更饒富興味，而且更加驚人？我是不是在讀了那本書之後的第一天，首次見到那個幾年後娶回家的哀傷女孩？還有，是否因為我坐在雷夫奇叔叔的椅子上，所以記起這番巧合，並在結婚多年之後，才發現自己生命中這個隱而不見的定數？她的家人搬進我家對街空著的公寓，我看見他們在一只強力無罩燈泡的照射下看電視吃晚餐。我記得那個女孩的淡棕色秀髮，還有她家綠色的電視螢幕。

融合著人生、巧合與追憶的溫柔迷亂令我激動莫名，但萊蒂比嬸嬸和我繼續談論鄰居的八卦、新開的肉鋪、我的理髮師、老電影，還有我的一個朋友把他老爸的製鞋生意發揚光大，擴展成製鞋工廠大發利市之後，搬離此地的故事。我們有一搭沒一搭地繞著諸如「人生是破碎的」這類話題打轉，有時陷入尷尬的沉默。電視裡充斥著乒乒乓乓的槍響、激情的做愛場面、尖叫、大吼、飛機由雲端墜落、油輪爆炸，在在傳達一個訊息，那就是「無論如何，凡事必遭摧毀破壞」；不過，我們不認為這個訊息和自己有關。

時間流轉，當電視中夜裡的做愛呻吟聲、謀殺案及死亡威脅在清晨退散之後，螢幕上改播印度洋聖誕島的紅黑螃蟹生態教育影片。高人一等的偵探，也就是在下，逮住機會，像電視裡能察覺周遭情境的螃蟹一樣，開始旁敲側擊一番。

「當年的日子，真是快樂精采啊。」我突兀地說。

「對年輕人來說，生命是神奇的。」萊蒂比嬸嬸說。對於與丈夫共度的年輕歲月，她沒有著墨——或許是因為我向她探詢關於兒童連環畫、鐵路人精神、叔叔的小說，以及他畫筆下描繪的愛情故事。「你叔叔喜歡塗鴉和亂掰的嗜好，剝奪了我們年輕時的快樂。」

其實，對叔叔為《鐵路》雜誌撰文，一開始她是抱持贊成的態度。鐵路稽查員得長途奔波，為雜誌撰文讓叔叔免去舟車勞頓之苦，嬸嬸也不必日日夜夜望著門痴等丈夫回家。沒多久，叔叔想到一個點子，在雜誌後面幾頁為熱愛鐵路的小朋友們繪製冒險故事，看完之後，這些小朋友就會相信鐵路建設才是咱們國家的救星。「有些孩子真的非常喜歡那些漫畫，對吧？」嬸嬸說著，第一次露出笑容。我告訴她，當年自己也非常著迷，印象最深的就是《彼得與伯提夫》系列故事。

「但他應該到此為止就算了！」她打斷我：「他不該當真。」嬸嬸說，插畫冒險故事很受歡迎，她的丈夫千錯萬錯，就是被一個巴布拉里狡猾出版商的提案蠱惑，決定出版一本獨立的兒童雜誌。「從那時候開始，他就必須日日夜夜工作。他常常累得半死從稽查地點或局裡趕回來，就為了馬上回到書桌前工作，一直做到天亮。」

這些雜誌曾經風行了一陣子，但初期小有成就之後便失去吸引力，不敵那些搭上「古代土耳其鬥士大戰拜占庭帝國歷史」熱潮，由此應運而生的歷史愛情連環畫，例如：《可汗》、《卡拉格蘭》和《哈坎》等等。「《彼得與伯提夫》曾經流行一段時間，所以我們賺了點錢。」嬸嬸說：「但真正發大財的，當然是土匪出版商。」那個貪得無厭的書商堅決主張，雷夫奇叔叔不應該再畫土耳其男孩為了美國鐵路的利益扮演牛仔或俠盜角色的故事，而該開始依序繪製《卡拉格蘭》、《可汗》或《正義之刃》這類受歡迎的故事。「故事裡若是沒有火車的場景，我就不畫了。」叔叔很堅持，於是結束了與那個沒良心出版社的合作關係。那陣子他在家埋頭繪製連環畫，尋找其他出版商，但多次遭拒後放棄了。

「那麼，沒出版的冒險故事，現在流落何方？」我一邊問，眼光一邊在屋內逡巡。

她沒有回答，專注地看著螢幕上那隻黑色的母蟹；牠歷盡千辛萬苦，穿過整座島，只為了漲潮期間挑個最幸運的時辰，產下腹中的受精卵。

「很多都被我扔了，」她說：「圖片、雜誌、牛仔故事、關於美國和西方英雄的書，還有他拿來複製漫畫人物行頭的電影雜誌。噢，還有《彼得與伯提夫》的相關東西，滿滿塞了好幾個櫃子，天曉得還有什麼……他愛那些玩意兒，我可不愛。」

「雷夫奇叔叔喜歡小孩。」

「沒錯，他真的喜歡孩子。」她說：「他是個好人，他愛所有人。這年頭，上哪兒去找這種人？」

她掉下幾滴眼淚，也許是因為自己惡言咒罵亡夫引發愧疚感。當她看到螢幕上的幾隻螃蟹平安回到海灘，沒有成為海鷗的大餐，也未落入險惡的大海時，拿出自己巧手編織的手帕，擦乾眼淚，擤了擤鼻子。

「還有，雷夫奇叔叔似乎寫過一本給大人看的書，叫作《新人生》。」在這個當口，細心的偵探問道：「而且，他顯然是以化名出版這本書。」

「我不管你從哪兒聽說這件事，」她打斷我：「這些都不是真的。」

她非難地看了我一眼，一股怒氣就要發作，當下義憤填膺又粗魯地吐出一大口煙，煙霧警報器立刻鈴聲大作。

我們很長時間沒有交談。我仍不能主動告退，因為我還在等待，希望人生隱而不見的那一面，能夠自動現身。

電視上的教育影片播完了，當萊蒂比嬸嬸態度嚴肅又決然地自座椅起身，並以手臂勾住我，把我拖向大書櫃時，我試著說服自己，螃蟹的一生，比人類悲慘多了。「你看。」她說著，轉開鵝頸檯燈。燈光照亮高掛牆上、鑲在相框中的照片。

照片裡是三十五個或四十個男人，打著一樣的領帶，穿著相同的外套、相似的長褲，多數人蓄著一模一樣的鬍子。他們站在通往海達帕夏火車站的階梯上，對著鏡頭微笑。

「他們全部是鐵路稽查員。」萊蒂比嬸嬸說：「他們全都深信，這個國家的發展要仰仗鐵路。」她的手指著其中一個人說：「這是雷夫奇。」

他的模樣與我孩提時的記憶差不多，也和這些年來我想像中的樣子相去不遠。他比一般人高些，比較苗條，長得算帥，面容略顯哀愁。他淺笑著，和這群人在一起，與大家作同樣的裝扮，看上去很快活。

「我在世上沒有親人了，你知道。」萊蒂比嬸嬸說：「我沒能去參加你的婚禮，所以你起碼要收下這個。」她從櫃子取出銀製糖果盤，塞進我的手裡。「有一天，我在車站看見你和太太還有女兒，你太太長得真漂亮，希望你好好待她。」

我一直瞧著手中的糖果盤。如果我說，自己遭到愧疚感與不得體的感受打擊，讀者諸君大概不會相信。這麼說吧，我想起了一件事——雖然並不很清楚那件事究竟是什麼。在如鏡子一般的糖果盤上，萊蒂比嬸嬸、我自己，還有整個房間的影像，變得愈來愈小，變成了圓形，變得扁平。不必透過我們的靈魂之窗，只要憑藉手邊另一種鏡片，就能夠一窺世界全貌，這是多麼神奇啊。矯捷的孩子直覺發現這一點，逗得聰明的大人笑開懷。讀者大人們，我的思緒已經有一半飛到九霄雲外，另一半還死抓著某個東西不放。我不知道你是否遇過這種狀況，當你就要記起某件事，而在弄清楚自己記起了何事之前，卻不知何故，延後了「回憶」的這個動作。

「萊蒂比嬸嬸，」我甚至疏忽了禮數，忘記感謝她贈送糖果盤，只是指著擺在另一邊櫃子裡的書問道：「我可以把這些書拿回家嗎？」

「為什麼？」

「我想讀這些書，」對於自己因為殺過人，夜晚無法成眠一事，我略過不提：「我在夜裡讀書，看電視眼睛會累，不能看太久電視。」

「噢，那好吧。」她狐疑地說：「不過，看完之後，你要拿回來還，不然那邊的櫃子會空空的。我那過世的丈夫一天到晚都在讀那些書。」

之後，我和萊蒂比嬸嬸看了電視上特晚午夜場播放的影片，內容描述在名為天使之城的洛杉磯，幾個壞痞子、幾個不快樂又不介意賣春的潛力女星、熱心的警察，以及漂亮的年輕可人兒與純真的孩子在天堂猴急地做愛，背後卻又以惡毒字眼互道對方不是的故事。看完影片後，夜已經深了，我踏上回家的路。我的雙手提著裝滿書的兩個塑膠袋，那個銀製糖果盤擺在其中一個袋子上方。銀盤表面反射出一整袋書、全世界、街燈、剝落的白楊樹、漆黑的天空、憂愁的夜色、潮溼的人行道，以及我提袋子的手、我的手臂，還有忽上忽下邁開大步的雙腿影像。

我小心翼翼地把書放在桌上排成一列。母親在世時，這張書桌向來放在後面的房間，也就是我女兒的房間，現在則擺在臥室；中學及大學時，我在這張桌子上寫作業，第一次讀《新人生》也是在同一張書桌。糖果盤的蓋子卡住了撬不開，所以我也把它排進書列中，然後點起一根菸，滿意地審視著桌上的擺設。一共有三十三本書，其中有如《神祕主義基本論》、《兒童心理學》、一本《世界簡史》、《偉大哲學家與偉大殉道者》、《圖解夢境大全》、但丁和伊本・阿拉比[25]的作品譯本，以及教育部印行的《世界經典系列集》中里爾克的作品（這些書有時會免費送給部長官員們），另外還有《絕妙情詩大全》、《國土故事集》之類的文選和詩集，加上朱爾・凡納的翻譯作品、封面顏色鮮豔的福爾摩斯與馬克吐溫著作，還有《康提基號海上飄流記》、《天才也是孩子》、《末代車站》、《國內鳥類全集》、《把祕密告訴我》、《一千零一個謎題》等書。

我開始每晚閱讀這些書。從那時起，我不斷發現《新人生》書中的部分情節、文句，以及脫離實際的幻想，要嘛以這些書為靈感，不然就是依樣剽竊過來。雷夫奇叔叔「利用」了這些書寫成《新人生》。這套手法，和他當年把《湯姆・米克斯》、《旋風牛仔佩科斯・比爾》或《獨行俠》[26]等連環畫的精華，移花接木到自己漫畫的伎倆一樣，真是輕鬆自在。

讓你看幾個例子吧：

25　伊本・阿拉比（Ibn Arabi, 1165-1240），穆斯林世界的偉大性靈導師及宗教復興者。

26　《旋風牛仔佩科斯・比爾》（Pecos Bill）為美國傳統德州牛仔英雄。《獨行俠》（The Lone Ranger），美國西部故事的印地安俠客。

「天使無法預言萬物的統領——也就是人類的奧祕。」

——伊本·阿拉比，《智慧聖印》

「我們是心靈伴侶，也是旅途良伴；我們給予對方無條件支持。」

——奈薩提·阿卡蘭，《天才也是孩子》

「所以，我投身回到房中的寂寥裡，開始想著這個迷人的人。當我想著她，我沉沉睡去，一個不可思議的影像，在眼前出現。」

——但丁，《新生》第三章

「難道，我們要把房舍、橋梁、噴泉、甕、閘口、果樹、窗戶，改說成圓柱、高塔等等嗎？……難道，我們要以這些物體本身都不曾表現出的強烈特性，來『形容』它們嗎？」

——里爾克，《杜伊諾哀歌》第九首

「但附近地區已沒有房舍，除了廢墟，什麼都沒有。顯然，這片廢墟並非年久失修導致，而是一連串災難的結果。」

——凡爾納，《無名之家》

「我偶然看見了一本書。如果讀了它，它將以裝訂本呈現；如果沒有讀過，它將變成一匹綠絲綢布……而現在，我發現自己正檢視著書中的號碼與字母，從那本書的字跡中，認出這是崇高的阿列波行政長官艾伯杜拉赫曼之子所寫。當我恢復神智，發現自己正在抄寫你目前閱讀的部分。突然間，我了解到，由艾伯杜拉赫曼之子所寫、曾令我如痴如狂、恍惚失神的篇章，正是這本書中我負責抄寫的部分。」

——伊本．阿拉比，《麥加開場式》

「愛情對我身體的影響如此巨大，我完全交出主導權，像一具行屍走肉。」

——但丁，《新生》第十一章

「我踏上那個沒有希望回返的來生。」

——但丁，《新生》第十四章

16

我想，咱們已經來到這本書的結辯階段。連續幾個月來，我一遍遍反覆閱讀桌上排排站的三十三本書。在泛黃的書頁中，我一一畫線做記號；我在筆記本和紙上加註解；我經常去圖書館報到，門口的警衛老是瞪著讀者看，表情彷彿在說：「你到底來這裡幹嘛？」

就像許多心碎的人一樣，某段期間我會急切地把自己的人生搞得一團混亂。當我交互比較這些書中所提到非現實的幻想文句之後，能夠在字裡行間分辨哪些部分有助於我偵測出其中的暗語，並把蒐羅到的祕密排列成序，在祕密之間構思出其中的相互關係；我對自己打造的細密複雜網絡系統相當自豪。我抱著愚公移山的精神，耐心地工作，巴望藉此彌補自己過去虛擲人生的遺憾。你不必在看到伊斯蘭國家的圖書館架上居然塞滿手抄本和評論文集之際，才驚覺自己的不足，而只消看街道上有那麼多失意人，就明白原因了。

但是，這段痛苦的期間，每當讀到新的句子、意象或見解，我都會發現，這些所謂的新體會，早就被雷夫奇叔叔從另一本書中竊取，融入自己的薄冊裡。起初，我對這種現象非常失望，就如同那個年輕人突然發現天使似乎並非自己夢中天使的模樣時一樣失落；然而，過去就是不折不扣、愛的奴隸的我，還是很想相信，一開始看起來不那麼單純的事，其實都是某個深奧迷人祕密的徵兆，或蘊含無與倫比的重要性。

既然透過向天使的祈求能夠解決一切問題，我拿定主意，一再閱讀《杜伊諾哀歌》和其他書籍。也許正因為如此，我才會對那些與嘉娜為伴、聆聽她談論天使故事的夜晚這麼念念不忘，而不是追懷唱輓歌，並讓我聯想到雷夫奇叔叔作品中天使的那種天使。一長列貨運火車穿過鄰近地區，拖著望不見盡頭的車廂嘎嘎駛在鐵軌上，向東而行。過了良久，在萬籟俱寂的夜裡，我好想聆聽那明亮、激勵人心的召喚，回憶人生中的似水年華。我回頭望著那個銀製糖果盤，它映照出正在播放的電視，也反射出坐在桌旁抽菸的我的影像，紙張和筆記本凌亂地躺在桌上。我走近窗口，從窗簾之間望向窗外的夜色。這是個黯淡的夜，只有路燈或對街公寓的亮光，能暫時把夜的影子反射在滴落窗台的小水滴上。

靜謐中，誰才是能讓我召喚的天使？和雷夫奇叔叔不同的是，除了土耳其文之外，我對他國語言一竅不通；但我還是注意到，周遭全是一些翻譯粗糙、拙劣不堪的譯本，其中充斥著興之所至、隨手拈來、斷章取義、胡亂難解的文字。我假裝自己還在大學求學，向那些怒斥我外行的教授與翻譯名家請益；我蒐集部分德國住址並寄信過去，當一些和藹有禮的人回信時，試著說服自己，我追尋謎團根源的努力已大有進展。

在寫給其波蘭文譯者的著名信件中，里爾克說《杜伊諾哀歌》中提到的「天使」，與基督教天堂裡的天使沒什麼關係，與回教的天使形像亦無關聯；這一點雷夫奇叔叔早就從譯者簡短的序文得知。在里爾克從西班牙寫給露．莎樂美[27]的信中，雷夫奇叔叔也查知里爾克開始寫作《杜伊諾哀歌》的時間，並獲知里爾克讀過《古蘭經》，這點令叔叔「大吃一驚」。有一陣子，我熱中研究伊斯蘭教的天使，但從母親、鄰居老太太或故作博學的同學那裡所聽到關於天使的描述，在《古蘭經》裡都找不到。雖然從許多資料來源皆能找到阿茲拉爾[28]的形貌，例如：卡通、報紙或交通安全海報、自然科學課，但《古蘭經》中甚至沒有提到其名，只稱之為「死亡天使」。至於早已非常著名的「天使長米迦勒」，我同樣找不到更多資料；關於末日審判時會吹號角的「燃燒天使」[29]，我亦無從查得其他訊息。一個德國人乾脆在回信中，寄給我一大疊影印自藝術書籍的基督教天使肖像，以斷絕交流，因為我問他：「《古蘭經》第三十五章伊始，關於天使具有兩翼、三翼或四翼的區別，是否為伊斯蘭教獨有？」除了一些瑣細的差異（例如：《古蘭經》視天使為分隔的另一族群，把地獄的惡魔一族視作天使世系，或者《聖經》中的天使能賦予天主與其創造的萬物更牢固的關係），關於伊斯蘭天使與基督教天使的區別，里爾克的判斷很正確，不必多加證明。

即使如此，我依然認為，即便里爾克並未像《古蘭經》第八十一章「黯黜」中那樣，提到天使長加百利曾以繁星為證，在漆黑的夜與第一道晨曦之間，於「明顯的天邊」一端「現身」先知穆罕默德面前，雷夫奇叔叔可能也在自己作品定稿前的階段，想到了這本充滿天啟莊嚴寓意、「囊括一切」的書。不過我也曾思索，雷夫奇叔叔那本輕薄短小的著作，或許不僅取材自架上那三十三本書，還包羅萬象，無書不抄。因為，愈是思及堆積桌上、文筆拙劣的譯書，愈是思考筆記和影印資料中里爾克提到的天使，或者愈加聯想到伊本·阿拉比所言，天使那種絕非偶然的美，以及天使超脫人類極限與罪惡、高人一等、無所不在、能同時超越時空和生死的能力，我就愈是記起，這些片段不單在雷夫奇叔叔的小書裡看到，也在他繪製的《彼得與伯提夫》冒險故事中讀過。

時序進入春天，一天晚上用過晚餐之後，我第N次讀著里爾克的一封信——天知道我究竟讀了幾遍——那封信上寫道：「即使是我們的祖先，對他們而言，一間屋舍、一口井、一座熟悉的高塔、他們的衣服、外套……這些物事都不能量化，它們更該歸屬於私領域範圍，而非供作計算之用。」

---

27 露·莎樂美（Lou Andreas-Salome, 1861-1937），俄國將軍之女，曾與尼采交往，和里爾克交情深厚。

28 阿茲拉爾（Azrael），伊斯蘭教中手操生死簿的死亡天使，祂將所有人的名字都寫在神座後方生命之樹的葉子上，一個人將死時，寫著其名的葉片枯落，阿茲拉爾拾起葉片讀出上方的名字，此人四十天後就會死亡。

29 燃燒天使（Israphel），伊斯蘭教中審判日吹響號角的天使之一，喚起因審判而沉淪已久的死者靈魂。

我記得，看著周遭的那一瞬間，有一股快活但天旋地轉的感受。數百個黑白天使的影子，不但從放在我舊書桌上的書堆中看著我，還從搗蛋女兒所到之處，包括窗台、滿布灰塵的暖氣裝置、地毯、一支桌腳稍短的床頭桌邊冒出來，映在銀製糖果盤上：這些天使，都是從數百年前歐洲天使油畫的複製品影印而來。我覺得自己比較喜歡複製本，而非原版。

「把天使撿起來，」我告訴三歲的女兒：「咱們去車站看火車。」

「我們可以吃牛奶糖嗎？」

我把她抱進懷裡，到瀰漫著清潔劑與燒烤食物味道的廚房找她母親，告訴她我們要出門看火車。她正埋頭清洗杯盤，抬頭對我們微笑。

在帶著涼意的春天，緊抱女兒徒步到本地的火車站，讓我覺得很開心。我滿心愉悅地想，等我們到家，我會看場足球賽，還可以和妻子觀賞電視上的週日特映電影。車站廣場上的「人生糖果店」早已甩去了寒冬，將窗戶拉低，在店前架設冰淇淋櫃檯，上面擺著冰淇淋筒。我們請店家秤了一百公克的瑪貝爾牌牛奶糖。我剝掉一顆糖的包裝紙，把糖送進女兒猴急的嘴裡。我們走上月台。

九點十六分，本站不停靠的南下特快車還沒有到，沉重的引擎聲就先遠遠傳來，彷彿來自地心最深處。現在露臉的是它的探照燈，光線照在天橋的牆壁及鋼製高壓電塔上；然後車頭逐漸靠近車站，火車似乎安靜下來，只有動力全開、發出刺耳聲響的引擎，勢不可擋地駛過我們這兩個互相擁抱的渺小凡人時，才出現些許喧鬧聲。燈火通明的車廂內，充斥著比較像是人發出的噪音。我們看見旅客向後靠在座椅上，有人背靠窗戶，有人在掛外套、點菸，渾然不覺我們兩人正凝視他們的一舉一動。我們佇立在火車揚長而過吹起的微風中，享受寂靜，久久望著火車尾端的紅色燈光。

「妳知道這班火車會去哪裡嗎？」我一時衝動，突然問女兒。

「這火車會去哪裡？」

「先去伊茲密特，接著是比萊及克。」

「然後呢？」

「然後去艾斯基瑟希，再來去安卡拉。」

「然後呢？」

「去開瑟里、色瓦斯，再去馬拉特雅。」

「然後呢？」一頭淡棕髮色的女兒仍然望著遠方站務員車廂上那個幾乎已經不可見的紅燈，抱著好玩又故弄玄虛的心理，快樂地不斷重複同樣的話。

而她的父親憶及自己的童年，一個接一個喊出記憶中的火車停靠站名；如果是不記得的站名，他也是說，然後呢？下一站呢？

那時我應該是十一歲或十二歲，一天下午，父親帶我到雷夫奇叔叔家。父親和叔叔在下雙陸棋，我手上拿著萊蒂比嬸嬸做的糖餅乾，望著籠子裡的金絲雀，還拍打了看不懂的氣壓計。我從架上抽出一本舊連環畫，正沉浸在熟悉的彼得與伯提夫冒險故事之際，雷夫奇叔叔叫喚我，然後一如每次我們來訪時，開始出題考我。

「把納察提和庫爾塔蘭之間的車站順讀一次。」

我從「納察提、烏魯歐瓦、庫爾克、席夫萊斯、葛辛、馬登」起頭，一路唱名下去，沒有漏掉任何一站。

「阿馬斯雅和色瓦斯之間呢？」

我沒有半點停頓，流暢地念出所有站名，因為我早就把雷夫奇叔叔堅持「每個聰明的土耳其小孩一定要背得滾瓜爛熟」的火車時刻表牢記在心。

「為什麼從庫塔雅出發，途經烏薩克的班車，得先經過阿夫永？」

這個問題，我不是從火車時刻表，而是由雷夫奇叔叔身上得到答案。

「因為不幸的是，政府中止了鐵路政策。」

「最後一題，」雷夫奇叔叔雙眼閃閃發亮說：「我們要從切廷卡亞去馬拉特雅。」

「切廷卡亞、狄米雷茲、阿吉迪克、烏魯岡尼、哈珊赤利比、希金罕、基斯柯波魯……」我起了頭，卻在中途停下。

「然後呢？」

我沉默著。父親手上拿著骰子，正在研究棋盤上的局勢，思索解決棘手困局的方法。

「基斯柯波魯之後呢？」

鳥籠裡的金絲雀尖聲啼叫著。

我倒回幾個站，抱著希望重新來過：「希金罕、基斯柯波魯……」但到下一站，我還是被困住了。

「再來呢？」

我停頓良久，心想自己快要大哭起來了。「萊蒂比，去拿一塊牛奶糖給他，也許他就會記起來了。」這時雷夫奇叔叔說。

萊蒂比嬸嬸給我吃牛奶糖。一如雷夫奇叔叔的提示，一把糖放到嘴裡，我就記起了基斯柯波魯的下一站。

那件事過了二十五年之後，這個人懷抱著可愛的女兒，望著南下特快車車尾的紅燈；咱們蠢笨的奧斯曼，又一次記不住同一個站名。有時候我強迫自己記下來，試著鞭策刺激自己，把聯想到的事付諸行動。我告訴自己，這真是太巧了！一，剛離開的那班火車，明天會經過我記不得的那個站。二，萊蒂比嬸嬸給我的牛奶糖，裝在她送我當禮物的同一個糖果盤裡。三，女兒嘴裡有顆牛奶糖，而我口袋中的牛奶糖略少於一百公克。

親愛的讀者，回憶帶給我無限喜樂。這個春天的夜晚，我的過去與未來，在某個已從記憶移除的關鍵點交錯糾纏；而巧合的是，我再次受困在這個關鍵點上，試圖記起鐵路站名。

隔了良久，懷中的女兒說：「狗狗。」

一隻最髒、最可憐兮兮的流浪狗正嗅著我的褲腳，一陣微風吹來，為這個原本不冷不熱的夜晚，增添些許涼意。我們很快回家，但我沒有馬上去拿那個銀製糖果盤。我要先逗女兒玩，用鼻子磨蹭她，哄她上床睡覺，然後和妻子一起觀賞週日特映電影裡的親吻及殺人情節；接著我要整理桌上的書、紙張，還有天使剪紙，才能開始等待記憶由淡轉濃。我的心怦怦狂跳不停。

那個為了愛、為了一本書犧牲受苦的悲痛男子，開始召喚他的同伴：記憶啊，說話吧。我舉起手中的糖果盤，動作有幾分像一個演戲假惺惺的市立劇院演員，舉起一具骨骸，自以為是倒楣的尤里克[30]，其實卻是某個貧農的骨骸。然而如果考量到結果，那個動作並不算太假。畢竟，這個叫作「記憶」的謎，多麼容易馴服啊：我馬上記起了所有的事。

相信機會與機遇的讀者，以及相信雷夫奇叔叔不會把一切訴諸機會與機遇定奪的讀者，或許已經猜到了，那個車站的名字，就是華倫巴格。

我記起更多事。我望著手上的銀製糖果盤，憶及自己大聲說出「華倫巴格」。雷夫奇叔叔說：「好極了！」

接著，他的骰子擲出了五和六兩個數字，只擲一次就打敗我父親的棋子。「阿奇夫，你的這個男孩聰明絕頂，你知道我這陣子打算幹什麼嗎？」他說。我老爸的注意力都在棋盤上，對這番話根本聽若罔聞，所以雷夫奇叔叔乾脆直接告訴我：「有朝一日，我會寫一本書，男主角就用你的名字。」

「一本像《彼得與伯提夫》那樣的書嗎？」我問道，心頭怦怦狂跳。

「不，不是圖畫書，而是故事書。」

我默不作聲，滿腹懷疑，無法想像這種書會是何等模樣。

這時萊蒂比嬸嬸出聲了：「你又在騙小孩了。」

這段情節是真的嗎？還是，這只是我那好心、善良的記憶之友當場編造的故事，以便安

30 《哈姆雷特》中的弄臣。

慰我這傷心的男人？我無法釐清這一點。但我並不想衝出門，再去盤問萊蒂比。我手上拿著糖果盤，走到窗邊望著街道，迷失在思緒裡。不過，我不知道這樣的行為，是否可以正確稱之為「思考」，或者只是說夢話。一，有三戶人家的燈光同時亮起。二，車站那隻可憐的狗兒走過，看來神采奕奕，十分快活。三，心神混亂的當兒，無論是什麼力量支配了我的手指，我的指頭開始行動——噢，你瞧！——卡住的蓋子居然輕而易舉地打開了！

我招認，自己思考了半晌，以為糖果盤裡會像神話故事一樣，藏有護身符、魔法戒指或者有毒葡萄，但裡面只有七顆新人生牌牛奶糖。這個牌子我從小就有印象，但現在即使在最偏遠的鄉下小鎮，都已經買不到了。每顆糖的包裝紙上都有天使註冊商標，加起來共有七個天使，優雅地坐在「Life」的大寫L字母上緣，天使們完美的腿略微延展到New與Life兩字之間；它們感激地看著我，溫柔微笑，感謝我把它們從禁錮二十年的黑暗糖果盤中釋放出來。

我極度小心又艱難地剝掉包裝紙，以免殃及天使。這麼多年後，糖果已經硬得像彈珠。每張包裝紙內都有一首拙劣的押韻詩，這些詩對於了解那本書或人生是否有任何助益，我說不上來。比如這一首：

餐館的後面
青草綠油油
我只想要你
給我縫紉機

此外，我甚至開始在夜裡反覆念這些沒有意義的玩意兒。在完全發瘋之前，我躡手躡腳走進昔日的房間，無聲地拉開舊梳妝台最下層的抽屜，仗著觸覺，摸到小時候使用的多用途……的什麼來著，把它當救命稻草。這個東西一邊是尺，另一邊是拆信刀，不鋒利的尾端則是一片放大鏡。我就像在桌燈下檢查偽鈔的財政部官員，把牛奶糖包裝紙上的天使圖案，好好瞧個仔細：它們長得既不像欲望天使，不似波斯細密畫中靜靜佇立的四翼天使，和多年前我在巴士窗邊期盼遇上的天使完全不同，也不像穿黑衣白衣的影印版天使。我讓自己努力回憶，但仍徒勞無功，這些圖案只讓我想起當年還小時，許多小朋友充任小販在火車上叫賣這種牛奶糖。正當打算下結論，認為包裝紙上的天使圖案是挪用自歐洲出版品之際，我才把注意力集中到包裝紙一隅、不斷對我送秋波的製造商資訊上。

成分：葡萄糖、糖、蔬菜油、奶油、牛奶、香草
新人生㊣牛奶糖由天使糖果與口香糖公司生產
地址：艾斯基瑟希市，布魯明戴爾街十八號

隔天晚上，我搭上前往艾斯基瑟希的巴士。我告訴市政府長官，有個獨居的遠房親戚生病了；我對妻子解釋，我那神經病老闆派我去幾個偏遠又荒涼的鬼地方。你們了解我嘛，對不對？如果人生不是一個由白痴陳述的空洞故事，如果人生並不只是小孩筆下的隨性塗鴉之作（像我三歲的女兒就常幹這種事），如果人生不僅是一連串慘痛、沒有意義的蠢笨行為，那麼，人生中所有的樂趣與高低起伏，一定存在著某種邏輯，讓它們巧妙地現身；但是，寫作《新人生》時，雷夫奇叔叔對這些因子置之不理。如果真是如此，那麼這位偉大的策畫家一定然會在我途經之地，刻意讓我與天使相遇，無論是在各處，或是在遠方。如果一個像我一樣平凡又傷心的男主角，多年後終於能從當事人口中成功探知訊息，那麼就去談吧，去找那位決定把天使圖案印在男主角童年熱愛的牛奶糖包裝紙上的商人，直接打開天窗說亮話吧。然後，在秋天的夜裡，當哀痛鋪天蓋地襲向他，提醒他人生仍有多少未完之事，並不只是在人世間殘酷的巧合上大作文章，這時，他或許會找到些許慰藉。

提到巧合，我狂跳的心比雙眼先發現一件事，那就是駕駛這輛新款賓士巴士、帶我前往艾斯基瑟希的司機，十四年前曾經載著我和嘉娜從大草原上一個有清真寺的小鎮，駛向一座雨水氾濫、最後積水盈尺，變成水鄉澤國的城市。我的眼睛和身體都忙著適應近來巴士上增添的新式配備，例如：嗡嗡的空調聲、座椅上方的專用小燈，及隨車服務員穿著飯店服務生的工作服，以托盤盛裝奉上，用鮮豔小塑膠袋包裝、味如嚼蠟的食物，還有紙巾上印著旅行社的有翼徽章；另外只要按個鈕，座位就可變成床，斜倚在後方倒楣鬼的膝蓋上。如今，這些「特快」巴士都直接由某個特定地點，到達另一個定點，中途也不會停靠蒼蠅滿天飛的餐館；有些巴士還設置了附隔間的廁所，讓人回想起過去在路上因意外塞車時，大家最痛恨的電動椅。在車上，有一半時間電視螢幕都播放著這家旅行社的遊覽車廣告，順著柏油路，巴士將領我們至大草原中心；搭乘這些巴士旅行時，可以睡覺或看電視，也可以反覆看著關於「搭乘本車舒適愉快，可小睡片刻，也可看電視」的廣告。當年我和嘉娜曾隔著窗戶向外望見無人荒地，現在拜充斥的香菸與輪胎廣告看板之賜，荒地已被描繪為「親近宜人」。為了擋太陽，巴士窗戶都染過色——有時是深棕色，有時是伊斯蘭國家慣用的深綠色，有時則像原油的顏色，讓我想到墓地。這些顏色，反而為這片大草原增添幾分宜人的色彩。我愈來愈靠近人生的祕密了。即使以文明世界的角度來看，我的人生早已滑脫軌道，但到了這個被埋

幣上蓋上印記。文中追憶，在雜貨店和菸草鋪裡，新人生牌牛奶糖曾被當作零錢使用；接著《馬拉特雅晚報》上出現以天使為主角的廣告，在人們荷包愈來愈滿之際，牛奶糖也準備重新大展身手，但此時大型跨國公司生產的水果口味糖果在電視上大作廣告，女主角是個嘴唇性感的美國小明星，新人生牌牛奶糖就此走向終點。我在當地報紙上發現販售大型容器、包裝設備及商標的公司廣告。從創辦人女婿的親戚提供的資料中，我試圖拼湊這位蘇利亞先生離開馬拉特雅之後的行蹤。調查工作將我引入國土東方，到達一些中學地圖上都不會出現的荒涼小鎮。就像很久以前人們為了躲避黑死病四處竄逃一般，這位蘇利亞先生與家人遠遠逃到窮鄉僻壤，彷彿要躲開掛上外國名字的花稍消費商品。因著電視與廣告強力推銷，這些來自西方的產品就像致命傳染病一樣，席捲全國。

我搭上巴士又下了車，遊走各巴士站，行遍購物區，四處搜尋公司登記處及分區辦公室，在小巷裡打探，走過有噴水池、貓和咖啡館的廣場。過了一段時間，在落腳的每個小鎮、在所有走過的人行道、在每家停下來買茶飲的咖啡館逗留後，我認為自己追查出關於這樁無情陰謀的線索，發現上述地點與十字軍、拜占庭帝國及鄂圖曼帝國有所關聯。看到對面街上的小孩，他們把我當成觀光客，意圖兜售新壓印拜占庭幣，我縱容地對他們微笑；當理髮師傅把顏色像尿一樣的新烏拉圖牌古龍水倒在我的脖子上，我拔腿就跑；我發現過去如雨後春筍冒出的露天市集壯觀的出入口如今被拆卸，堆得像西台廢墟——我毫不驚訝。我的想像力像腳底下的柏油路一樣，已經被午間烈日烤軟，但還不致揣測札基科學驗光中心門口，那座真人大小眼鏡招牌上的十字軍騎士，揚起的灰塵有啥玄機。

但另外幾次，我發現那些要這片土地拒絕改變的保守反動陰謀，就將垮台了；因為我知道把洗好的衣服高高掛起的市集、附近的雜貨店和街道，這些十四年前我和嘉娜曾認為堅強穩固如塞爾柱帝國碉堡的地方，現在將被來自西方的狂風吹垮。省會餐館裡向來用以凸顯其尊貴的水族箱、其中的魚，以及室內的沉靜氣氛，如同有人暗中下了指令般，突然間全部消失了。過去十四年來，到底是誰決定不僅主要街道，甚至塵灰的小巷弄也伴隨體面塑膠看板上張牙舞爪的商品訊息一起萌芽？是誰下令砍伐鎮民廣場上的綠樹？看看凱末爾雕像，它被一棟棟看起來活像監獄外牆的水泥公寓包圍。我懷疑究竟是什麼人，規定各家陽台欄杆要單調統一。是誰教這個小孩對巴士丟石頭？哪個人想出使用有毒防腐劑清潔飯店房間？是誰把盎格魯撒克遜美女兩腿夾著卡車輪胎的月曆，分發到全國各角落？什麼人規定，大家在不熟悉的地方，如電梯、外匯兌換櫃檯、等候室，必須對他人流露敵視的神情？

我未老先衰。我很容易疲倦，步行愈來愈少。我不知道如何在川流不息的人潮中拖著身軀前進，並逐漸從他們之中消失；對那些以手肘推擠我的人，在窄小的人行道以牙還牙時，我不會去看他們的臉，而且很快忘了他們的模樣，就和那一個個從塑膠廣告看板上跳出來、數不清的律師、牙醫、金融顧問一樣。當年，嘉娜與我對那些活脫由細密畫中走出的純樸小鎮及附近街道為之著迷，我們快樂地四處走逛，感覺它們彷彿是得到好心老太太恩准而得以進入玩耍的後花園；現在這些地方為何變成恐怖的舞台布景？而且每個都像極其他地方的複製品，充斥著危險信號和驚嘆號。

我看見酒吧與啤酒屋在清真寺，以及退休之家附近等最不可能開設的地方開張。我親眼看見一個斜視的俄羅斯模特兒提著一箱衣物走過一個個小鎮，在巴士上、戲院或市集表演一人服裝秀，再把展示過的服裝賣給面罩遮臉、戴著頭巾的我國婦女。我發現在巴士上兜售微縮版《古蘭經》（比我的小指還小）的阿富汗移民，已經被叫賣塑膠棋盤、酚醛樹脂製雙眼望遠鏡、戰爭勛章、裏海魚子醬的俄羅斯及喬治亞家庭取代。我曾碰到一個看來一直在尋找女兒的男人，那個穿著牛仔褲的女孩已在雨夜的車禍中與心愛的他攜手赴黃泉，嘉娜和我則幸運生還。我看見因為那場未宣而戰的戰爭而廢棄的陰森庫德族村莊，還見到步兵團對著遠方崎嶇山頭的漆黑處狂轟猛炸。在一座遊蕩失業年輕人與當地天才齊聚，測驗誰比較行、誰比較幸運、誰比較猛的錄影帶商場，我目睹一種集滿兩萬五千點後，粉紅色的電玩天使就會現身對你甜甜一笑的電玩遊戲（日本人設計，義大利人將其實體化），彷彿是要許好運給我們這些坐在霉味沖天、灰塵滿布房間裡，摸黑拚命按鈕的歹運人。我看見一個渾身散發濃烈OP牌刮鬍皂味道的男人，張嘴朗誦已故記者吉拉爾．薩里克死後才被發表的專欄作品。我看見剛剛轉會過來的阿爾巴尼亞和波士尼亞足球員，還有他們漂亮的金髮妻子，坐在新近發跡的小鎮廣場咖啡館喝可口可樂；這個小鎮的舊式木造宅邸被拆卸一空，改建鋼筋水泥公寓大樓。我也在小客棧和人潮多如跳蚤的市集，看見那些不安的影子，據我推測是精工或舍奇索夫；在展示彈性繃帶和疝氣病人圖片的藥房窗戶上，或者對街商店的櫥窗上，也看得見他們的身影。無論在飯店房間或巴士上，夜裡有時我沉浸在快樂的美夢中，有時卻被惡夢籠罩。

趁我們還沒離題過頭，一定要提及抵達最後一站桑帕札爾之前，我曾在偏遠的卡提克小鎮短暫逗留，過去妙醫師希望在那裡定都。但我發現，受到戰爭、移民、零散的記憶流失、一大群人，以及恐懼和臭味的影響，小鎮變化很大——因為我的無能，你一定得用猜的，才能拼湊出為什麼在街上如無頭蒼蠅亂竄的人潮中，我的腦袋會失去作用——我變得焦慮，害怕唯一保有的關於嘉娜的記憶，可能隨之流失。藥房窗口陳列的日本製電子表可以作證，基於事實和我眼見為憑，妙醫師的大陰謀論，以及受他差遣的手表密探組織，早已瓦解；雪上加霜的是，擁有軟性飲料、汽車、冰淇淋與電視機經營權的業者，已在購物區櫛比鱗次，一排接一排，展示他們的舶來品。

即使如此，我這個不幸又愚蠢的男主角，還是在這片為失憶症所苦的土地上，努力挖掘人生的真諦。我想，自己得去找個涼快的安靜蔭涼處，為保住我的夢想找個藏身處，才能重新想起記憶中嘉娜的容顏，憶起她的一顰一笑，以及她說過的話語；因此，我朝妙醫師與他可愛女兒們曾居住的大宅走去，那株桑椹樹，或許就是助我回憶的地點。電纜和電線桿為這座山谷帶來電力，但附近地區已沒有房舍，除了廢墟，什麼都沒有。顯然，這片廢墟並非年久失修導致，而是一連串災難的結果。

看見AK銀行的字母廣告牌被顯著地置於一座我和妙醫師攀登過的山丘上時，我開始慌亂地想，殺死嘉娜的前任愛人可是大功一件（那個人相信，透過連續幾年不斷反覆抄寫同樣的句子，他能夠臻於心境的永恆平靜，並獲致人生的奧祕——你要稱之為人生或別的都行。）畢竟，我拯救了他的兒子，讓他免於目睹這所有醜惡的景象，不必在氾濫的錄影帶與廣告看板中溺斃，也不會在這個失去色彩和光輝的世界變得盲目。但然後呢？誰能在刺眼光芒中裹住我，誰能把我從這個荒誕、膽怯的殘忍境地解救出去？在我的想像夢境中透著燦爛色彩的天使，那位我能以心靈對她傾訴的天使，如今，卻沒能給我半點信息。

前往華倫巴格的火車，因為庫德族叛亂暫時取消通行。雖然事隔多年，殺人凶手仍無意重回犯罪現場，可是我得經由華倫巴格才能到達桑帕札爾。根據我的資料，構想出牛奶糖包裝上天使標誌的蘇利亞和他的孫兒住在一起，所以搭一天巴士穿越庫德族游擊隊活躍的區域，是絕對必要的。透過窗子向外望，我可以看看華倫巴格——這裡值得回憶的地方全部不見了；但是為免有人看見殺人凶手而想起什麼，等待搭乘離開的巴士時，我把腦袋深埋進《國民報》的內頁中。

當巴士開始北上，在第一道晨光中，尖挺的山巒高聳入雲。我無法判定巴士內如此寂靜，是因為恐懼，還是因為在險峻的山區不斷繞路，讓大夥兒頭暈目眩所致。我們經常停車，有時是軍事檢查站要驗乘客的身分證件，或是讓必須單獨步行的乘客下車，一路只有白雲相伴，回到連鳥兒都不願駐足的村落。我禁不住心中的敬畏之意，凝視窗外沉靜的山巒，幾世紀來它們親睹戰爭的殘酷，卻仍安之若素。在各位讀者揚眉讀著前一句，並反感地把結局將近的書抛到一旁之前，讓我告訴你，逍遙法外的殺人凶手，獲准能寫這種俗氣的句子。

我推測，桑帕札爾不在庫德族游擊隊的活動區域內。可以說，這個小鎮也沒有受到現代文明影響，因為我踏出巴士的那一刻，只有一片神奇的寂靜迎面而來，這種寧靜像極從某個幸福蘇丹與祥和城市的神話裡所描繪的靜謐。眼前沒有任何事能讓我思考，只有「我在這裡四處走動」，像以前一樣抵達目的地。這裡看起來如同其他地方，銀行、廣告招牌排山倒海而來對我打招呼，賣冰淇淋、冰箱、香菸和電視機的業者也一應俱全。我看見一隻貓。牠在小餐館格子涼亭的寧靜蔭涼處悠然地舔著身體，看來非常自得。小餐館居高臨下俯視街道的交叉口處，那裡一定就是鎮民廣場。肉店前有個快樂的肉販，雜貨店前方有個無憂無慮的雜貨商，農產品攤位前有個睡眼惺忪的農產品商人和同樣想睡的蒼蠅，他們坐在和煦的晨光中，與世無爭地融入金色街燈，彷彿認知人世間最平凡不過的活動，就是祈禱。至於他們眼角瞥見的那位初至本鎮的陌生訪客，立刻被這神話仙境般的景象迷住，幻想他曾經發狂愛慕的嘉娜雙手捧著屬於列祖列宗的鐘表及一捆舊連環畫，唇邊漾起一抹促狹的微笑，在街上第一個轉角現身。

我沿著第一條街步行，開始覺察到心中的平靜；到了第二條街，一株垂柳撫觸著我；在第三條街遇見一個面孔如天使般可愛的長睫毛孩童時，我想從口袋掏出那張記著地址的字條，請他領路。我潦草的字跡，會不會讓他如讀無字天書？還是說，這孩子根本不識字？我不知道。在此地以南兩百公里遠的一位公務員，給了我這張紙條抄地址，但當望著字條，我才發現上面的字跡幾乎無法辨識。我想一個個大聲念出每個音節，就在準備說出「雷丘街」之際，一個乾癟的醜陋的阿婆從她家緊閉的陽台上探出頭來說：「那邊，就在那邊，沿這條街往上走。」

17

一輛滿載盛滿水金屬水桶的馬車趕過了我，轉向那條街，我暗忖，路的盡頭應該是上坡路。這些水大概是送去上坡某幢正在施工的建築物那裡。望著隨馬車上行而濺出水桶的水花，我疑惑著為什麼水桶要用鍍鐵製的而非塑膠。難道，塑膠製品在這裡沒有出頭天嗎？和我眼神交會的，不是忙碌的馬車駕駛，而是那匹馬，我被牠看得羞愧萬分。牠的鬃毛被汗水打溼；牠憤怒無助；牠拖著沉重負荷，牠所承受的才配稱作真正的苦楚。我在牠大而哀傷、苦惱的眼中看見了自己，讓我登時頓悟，這匹馬的處境比我悲慘多了。我們攀上雷丘街，相伴的只有鐵製水桶發出的鏗鏘碰撞聲、輪子駛過石子路的嘩啦啦聲，以及我爬上坡時單調的吁喘聲。馬車轉進一個小庭院，工人正在混合灰泥，陽光閃入烏雲背後之際，我走進庭院，接著步入新人生牌牛奶糖開山祖師漆黑又神祕兮兮的住所。我在那座被庭院環繞的石屋中，足足待了六小時。

這位紳士的大名是蘇利亞。他是新人生牌牛奶糖的創辦人，今年高齡八十多，每天要抽兩包薩姆遜牌香菸，好像菸草中含有延年益壽的長生不老藥似的。他或許能給我打開人生祕密的鑰匙。他熱情地歡迎我，好像我是他孫子的多年死黨或家族友人。他對我講述一年冬天，有個匈牙利間諜跑到他在庫塔雅的公司，彷彿是繼續談著昨天沒說完的故事一樣。然後他詳述關於布達佩斯的糖果店，談起一九三〇年代的伊斯坦堡，婦女都戴著相同的帽子出席舞會的細節。他告訴我，為了愛美，土耳其女性犯下哪些錯誤；他還提到那位不斷出入房間、與我年齡相仿的孫子，婚姻多麼不順，鉅細靡遺聊到孫子訂婚兩次，但都沒有下文。他很高興聽到我已婚，並說像我這樣的年輕保險員離開妻女長途跋涉，就為了組織我們的國家，並向人民示警，引領他們對抗大災難的來臨，實在是愛國主義的真正表現。

對談的第二個小時結束時，我告訴他自己不是賣保險，而是對新人生牌牛奶糖很好奇。他在椅子上略微挪了挪身子，將臉轉向穿過陰暗庭院灑入的灰暗光線處，突然問我懂不懂德文。「Schachmatt。」我還沒回答，他便說了一個詞，然後對我解釋那個字是「將軍」之意，是波斯文的國王「shah」及阿拉伯文的被殺「mat」這兩個字合成的歐洲字。我們是教導西方人下棋的民族。在西洋棋的戰爭舞台上，黑白兩軍為我們靈魂中的正邪勢力奮戰。他們做了什麼？他們以我們設計的「大臣」為藍本，設計出「女王」，還把我們的「大象」改成「主教」；但這不是重點。重要的是，他們把西洋棋視作自己的發明，視它為他們世界中代表理性主義的新產物。如今，在他們所謂的理性方法灌輸下，我們無從了解自身的感性文化，還以為這才是文明化的象徵。

我是否曾經注意到——他的孫子注意到了——春末北徙及八月南遷回到非洲的鸛鳥，牠們飛行的高度，比過往快活的時候更高一些？這是因為牠們飛越的這些城鎮、山巒、河流都在受苦受難，面對這片悲慘的土地，鳥兒們不願意再多看一眼。講到對鸛鳥的愛，他提及五十年前曾經到伊斯坦堡演出的法國女飛人，她的腿就像鸛鳥腿一般細。他還回顧起從前的馬戲團和市集，細細描述那裡賣的糖果，言談中對地方色彩的感受，多過懷舊之情。

我受邀和他們共進午餐，當我們邊用餐邊喝著冰涼的圖堡啤酒時，老先生說了一個關於第八次十字軍東征時期，一群騎士受困於安那托利亞的故事。他們經由一處位於卡帕多西亞的洞穴隱入地下。幾個世紀來，他們的影響力持續增加，其子孫擴大洞穴的規模，在地下挖了更多通道，發現新的洞穴，建立了地下城市。這些ＭＰＣＡ（所謂「十字軍世系大隊人馬」）住在陽光照耀不到迷宮中，有時他們會派出密探，以不同的裝束探出地表，滲透到我們的鎮上與街頭，開始對我們洗腦，宣揚西方文明的偉大。那些ＭＰＣＡ藉著在我們的地盤上軟土深掘，對我們暗中搞破壞，並靠著侵蝕我們的根基，殷勤地浮出地表。他問我我可知道這種密探稱作ＯＰ？但你可知道，某個牌子的刮鬍皂，也叫作ＯＰ？

我不太記得，關於「凱末爾將軍認為，過度沉迷烤鷹嘴豆是可怕的國家災難」這個故事，是出於我的想像，還是蘇利亞提過。我也不太記得，是他主動提到妙醫師，還是我在提及其他相關人等時順口對他暗示。他說，妙醫師錯在身為一個唯物論者，卻對物質灌注過度的信賴，自以為只要把物體保存起來，便能夠防止它們與生俱來的靈魂放蕩外露。如果這個道理說得通，那麼跳蚤市場就會沐浴在心靈的啟蒙之中。啟蒙、光芒、發亮的、輝煌的……以這些字眼命名的許多產品都是假的——電燈泡、墨水等等。認知到自己無法藉由避免物質流失，來挽救吾人失落的靈魂時，妙醫師訴諸恐怖主義。當然，這一套和美國人很配，中情局搞下流手段首屈一指。但如今，他昔日宅邸的所在地只剩下呼呼狂風；如花似玉的女兒們一個個逃之夭夭；兒子早就被殺了；至於他的組織，和大帝國的瓦解過程一樣，已經分崩離析，每個殺手自立為主。這也是為什麼，這個透過殖民主義天才的精明策略得以立國、被封為「中東」的壯麗王國，會充斥著宣示主權獨立的無能殖民地王子——暗殺者。他拿在手上的菸對準我身邊的空椅（而不是瞄準我），強調著其所謂的「殖民主義的矛盾」：我們已身處與殖民土地關係密切的自治歷史尾聲。

夜色降臨在陰影幢幢、猶如墓地的庭院，隨著夜幕低垂，更添幾分寂靜，他突然開口提到那個我等了幾個小時、早就想說的話題。之前他一直談著自己在開瑟里附近遇見、試圖於清真寺中庭對眾人洗腦的日本天主教傳教士，這時突如其來改變了話題：他說不記得自己如何想出「新人生」這個商標，但認為這個神奇的名字很合適，因為牛奶糖與長期居住在這片土地上的人們，有著密不可分的關聯；人們將他們逝去的過往與新口味結合，創造出新的覺醒。他還說，caramel（牛奶糖）這個字，或是這種糖果，不是法國舶來品或仿造而來。這種說法和一般人的認知完全相反。當kara（或cara）這個字移入歐洲語系時，早已是在本地生活了一萬年的人們最基本的字彙，以它為字首的字，光字典裡就有很多頁，意指「深暗的東西」，正反面的用法都有；所以他把這個字放入每一張糖果的包裝紙上，因為他的糖果顏色深暗，但是又很好吃。

「那麼，天使的典故呢？」這位不幸的旅者、有耐性的保險業務員兼倒楣的男主角再次發問。

老先生朗誦了包裝紙上一萬首拙劣押韻詩中的八首，代替回答。不會造假，也和我童年回憶無關的誠實天使，從蹩腳的詩文中，向我傳達訊息。詩句裡，天使們被比喻為一流美女，有時是懶散、困倦的年輕女子，渾身充滿神話故事般的魅力，與生俱來的天真純潔讓我無法抵擋。

老先生坦承，他背誦的詩詞都是自己的作品。新人生牌牛奶糖包裝紙上的一萬首詩當中，他一個人就寫了將近六千首。在牛奶糖神奇供不應求的黃金時期，他幾天內就想出了二十首詩。鑄造第一枚拜占庭帝國貨幣的阿納斯塔修斯一世[31]，也把自己的畫像印在硬幣正面，不是嗎？老邁的糖果製造商對我詳述，他如何把私家創作放進秤盤與收銀機之間的玻璃瓶裡，上百萬人將帶有他印記的產品放入口袋，還提到這些糖果曾被充作零錢使用；另外，他告訴我，他一生品嘗過許多發明自己貨幣制度的帝王所享用的珍品，例如：財富、權力、好命、美女、名聲、成就和快樂。因此，他沒有必要辦人壽保單；但為了彌補這位年輕的保險業務員好友，他會解釋為何把天使的影像放進自己的牛奶糖中。年輕時，他經常去電影院報到，尤其愛看瑪蓮・黛德麗的片子。他對*Der Blaue Engel*這部電影，也就是《藍天使》特別著迷，片子改編自德國作家海里希・曼的小說。老先生曾經讀過原著，書名叫作《垃圾教授》。艾彌爾・亞寧斯飾演的拉特教授是謙遜的高中教師，愛上了一個具大方美德的女性；雖然這名女子看起來如天使般美麗聖潔，但實際上……。

是屋外的強風，把樹吹得沙沙作響嗎？或者，是我的心神被風掃過？有那麼一瞬間，我的人在，心卻飛到了九霄雲外；就像和藹的老師說的，上課作夢和愚鈍的學生，頭腦已經很不清楚了，就由他們去吧。第一次閱讀《新人生》時，童年的影像被書中急升的光芒覆蓋，那道光影滑過我的眼前，像是從神奇之船發出的熾熱光輝，但卻不可觸及，消失在黑夜深

31 阿納斯塔修斯一世（Anastasius I），曾任東羅馬帝國皇帝。

處。在我降落的這片寂寞天地，這種狀態並不意味我沒有察覺老先生正在告訴我電影的悲傷情節，只是我宛如聽而不覺、視而不見。

現實生活中，他的孫子進屋開燈；在那一刻，我同時理解到三件事。一，懸在天花板上的枝狀吊燈，與華倫巴格帳棚劇場裡，每晚由欲望天使頒贈給幸運贏家絕世嘉言，並送上的吊燈一模一樣。二，屋內變得很暗，我沒法看清楚糖果商人的面孔，而他的名字「蘇利亞」，意思就是七姊妹星團。三，他看不見我，因為他是盲人。

正當各位好鬥、傲慢的讀者嘲弄我智力與注意力有問題，竟然要花六個小時才發現對方是盲人之際，我可否以同樣挑釁的態度請教各位，在這本書的每一個轉折點，你們有投注全副注意力用心思考嗎？咱們來看看，你是不是真的記得對幾個場景的描述：比如說，書中第一次提到天使是在哪個段落？你能夠馬上說出雷夫奇叔叔寫作《新人生》時，從舊作《鐵路英豪》得到哪些靈感嗎？在我的文章中，你有沒有發現，於戲院射殺穆罕默德時，其實我早已明白，當時他正思念著嘉娜？許多和我一樣失序脫軌的人，在人生中以憤怒表達哀痛之情，希望藉此巧妙而聰明地讓痛苦消逝，但總是聰明反被聰明誤。

我從自己的哀傷中回過神來，看到老人抬頭望著吊燈的樣子，這才明白，他已經瞎了。

我第一次對他心生尊重，敬畏有加，或者應該老實說，是心存豔羨。他高大、瘦削而優雅，以年紀來看，他的身體很健康；他能巧妙運用手與手指，腦筋依舊靈動、有活力；連續聊了六個鐘頭之後，他依然對面前這位心不在焉的殺人凶手感興趣，而且固執地認為對方是保險業務員；年輕時，他已有了成就，生活洋溢著歡快與興奮，即使這份成就消失在好幾百萬人的肚子裡，即使寫作的六千首蹩腳詩淪落到垃圾桶，這些卻都令他樂觀地假設自己在世上占有一席之地；另外，一直到高齡八十多歲，他還有能耐每天抽兩包菸，日子快活自在。

在沉默中，他憑藉盲人特有的敏銳覺察力，感受到我的哀傷。他試圖安撫我說：這就是人生，其中有意外，有幸運，有愛，有寂寥，有喜悅，有悲傷，有光明，有死亡，以及隱約的快樂；不應該把它們全部抹煞。到了八點，他的孫子開了收音機，廣播播著新聞。我是否願意和他們共進晚餐？

我向他們道歉，聲稱華倫巴格很多人等著我去幫忙申辦人壽保單。在他們還弄不清楚狀況前，很快閃人，出了大門穿過庭院，來到街上。到了屋外，我才知道春夜的空氣多麼冷冽；可以想像，這裡的冬天一定很難捱。我發現自己站在路上，比庭院裡陰鬱的柏樹還要孤單。

今後我要何去何從？我得到了必要的——和沒用的——資訊，在這場可能是我自行虛構的冒險苦行及神祕旅程中，我已經抵達終站。我人生接下來的片段，姑且稱之為「未來」，將被隱蔽在黑暗之中，就像山腳下那個只有幾盞燈光的桑帕札爾小鎮一樣，被世間遺忘，隔絕於璀璨的夜生活、興奮愉悅的人群，以及燈火通明的街道之外。但是，當一隻狗對我不停狂吠著該辦正事了，我走下山丘。

等待那一班巴士把我帶回充斥著銀行、香菸和汽水的廣告看板，以及電視機喧囂的花花世界時，我漫無目的地望著這個位於世界盡頭小鎮的街道。如今，我已不再對探尋世界、探尋那本書和自己人生的意義及真諦，抱持任何希望，也不再有渴求。我發現，自己身處逍遙自在的人群中，不會明示什麼，也不會暗示或意有所指。從一戶人家敞開的窗戶望進去，我瞧見那家人齊聚一堂，正在吃晚餐。人們就是這麼過日子，和你所知沒有差別。我看見清真寺牆上釘著一張海報，註載《古蘭經》讀經班的時間表。在有涼棚的小餐館，我不經意發現，支流牌汽水依舊在這裡不屈不撓地抵擋可口可樂、百事可樂與史威士等外來品牌的入侵。我望著對街腳踏車店前方正藉著店內光線調整車胎的修理工人，他身旁的朋友邊抽菸，邊跟他閒扯——我怎麼會認為他們是朋友呢？他們或許在衝突中鬧翻，彼此懷恨在心、憤恨難平。但另一個可能性是，他們不是極端有趣，也不是絕對無趣。覺得我太悲觀的讀者們，讓我把話說明白，坐在有涼棚的小餐館裡，我寧願多看他們幾眼。

巴士來了。我懷抱著上述感觸，離開了桑帕札爾。我們繞啊繞上崎嶇的山區，焦躁地聽煞車嘎嘎作響，駛向下坡路。因軍方巡邏站之故，我們的巴士多次被攔下，大夥兒得掏出身分證件檢查。當我們出了山區和軍隊管區，不必再驗明身分，巴士逐漸隨性加速，瘋狂失控地疾馳在漆黑的寬廣平原上。我的耳朵開始認出這首由引擎咆哮聲及輪胎快活抖顫所合奏的樂曲。

或許因為這輛巴士是嘉娜和我以前搭過的，噪音大、老舊但堅固耐用，是瑪吉魯斯公司碩果僅存的一部車；或許因為我們的車行駛在高低不平的柏油路面，車胎每秒鐘轉動八次，製造特殊的呻吟音效；或者因為我的過去與未來在紫灰色的螢幕上演：葉斯爾坎片廠出品的影片中，互有誤會的愛侶落下眼淚，說著「我不知道為什麼，我不知道怎麼搞的」的台詞；也可能因為某種本能引導我發現人生潛藏的機遇，我坐在三十七號座位上——或許因為斜靠在她曾經坐過的位子上，我看見深暗天鵝絨般的夜色，這過去也曾出現、既神祕又吸引著我們的景象，彷彿如光陰、夢想、人生，以及那本書一般，永遠沒有盡頭。當比我還悲情的雨水開始啪嗒啪嗒打在車窗上，我整個人仰靠在座位上，沉溺於記憶和樂曲裡。

雨勢開始加大，和我心中漸增的哀傷不相上下。夜半時分，它轉成了傾盆大雨，挾帶著猛撲向巴士車身的強風，伴隨我腦海中綻放的悲情之花，還有同樣色調的紫色閃電，凶猛來襲。雨水從車窗滲入座椅，老舊的巴士經過一座加油站，但在豪雨和大水肆虐的泥濘村落裡，根本看不清楚。巴士放慢速度，轉進一處休息站。我們沐浴在戀戀記憶餐廳的藍色霓虹燈光暈中，疲憊不堪的司機宣布：「這裡是強制停車的休息站，休息三十分鐘。」

我不打算離開座位，只想獨自觀賞我稱之為「我的回憶」的悲傷電影。不過，驟降在瑪吉魯斯公司巴士車頂的雨勢太猛烈，放大了心中的悲戚之情，我恐怕承受不住。和其他乘客一樣，我以報紙和塑膠袋遮住頭，彎身跳上泥濘的地面。

我想，身處人群中，對我或許是好事；我會喝點湯，吃個布丁，分心去享受人世間真實的滿足。因此，與其激動地審視已成過往的人生，或許我應該打起精神，調高腦中的理性電波，集中精神在眼前延伸的道路上。我向上跨了兩個台階，拿手帕擦乾頭髮，走進瀰漫油煙和香菸氣息、燈火通明的室內。我聽見一陣令我震撼的音樂。

就好像體弱多病的人會感受到自己即將心臟病發一樣，我記得自己無助地掙扎，意圖採取防禦措施，打倒當前的危機。但我要怎麼做？我沒辦法要求——可以嗎？——要人家關掉收音機，只因為嘉娜和我當初各自出車禍後再次巧遇時，我們手牽手聽著同一首歌。我不能大聲呼喊，要他們取下牆上的電影明星照片，只為了自己和嘉娜在如假包換的同一家戀戀記憶餐廳，曾經愉快地看著這些照片，笑著一塊兒用餐。由於口袋裡沒有任何能夠對抗心臟問題的亞硝酸鹽錠，我只好在托盤上盛了一碗扁豆湯和一點麵包，還有一杯雙份茴香酒，退到角落一張桌子那裡。當我以湯匙攪拌熱湯時，鹹鹹的眼淚開始點點滴入湯裡。

別讓我成為模仿契訶夫的那些作家，他們放下人類的尊嚴，企圖抽出我的痛楚，以便與所有讀者共享；我應該像個東方作家，藉機說個寓言故事。簡言之：我渴望離群索居，我有個與眾不同的目標。但在這裡，這被視為永遠無法獲得原諒的罪。我告訴自己，我因為小時候讀過的雷夫奇叔叔漫畫作品，做了一個不真實的怪夢。所以我再次思量，喜歡擷取故事寓意的讀者，到底會怎麼想；童年時期的讀物，讓《新人生》注定對我影響甚劇。但我和昔日的說故事高手一樣，不相信故事真的能有寓意，因此我的人生遭遇，只能成為我自己的故事，而且無法平息我的苦痛。這個殘酷的結論，很久以前我就猜到了，但現在才漸漸領悟。聽著收音機流洩的音樂，我無法控制地落下淚來。

我知道正在喝湯、狼吞虎嚥大吃肉飯的同車旅客，對我的失態一定不會有好印象，所以偷溜進廁所。我打開水龍頭，有些暖意的混濁自來水飛濺而出，打溼了我的臉，也溼透我的衣裳。我從容地揩了揩鼻子，然後回到餐桌旁。

沒多久，當我以眼角瞥向同車乘客，看見同樣用眼角偷瞄我的同車乘客臉上，透出如釋重負的神情。此時，一個剛剛也偷窺我良久的年長小販，拎著一個草籃走過來，直視著我。

「放輕鬆！」他說：「這一切將會過去的。來，拿幾顆薄荷糖，無論有什麼苦惱，吃了會讓你好過點。」

「多少錢？」

「不，不用，這只是我送的小禮物。」

被這樣一位好心腸、彷彿拿糖果給街上哭泣小孩的「老伯」一安慰……我像那個拿糖的孩子一樣，望著這位賣糖「老伯」的臉，心中滿懷愧意。稱他老伯，只是語意用法，或許他年紀沒比我大上那麼多。

「今天咱們都被打垮了，」他說：「西方勢力吞沒了我們，順道傷害我們。他們侵入我們的湯、糖果、內衣；他們毀滅了我們。但是總有一天，也許是一千年以後，我們會揭竿復仇；我們會把他們從咱們的湯、口香糖，還有我們的靈魂中驅逐出去，終結這場陰謀。現在，吃下這顆糖果吧，莫作無謂後悔。」

難道，這就是我尋找許久的慰藉？我不知道。但是，就像街上哭泣的孩子，認真聽完好心人說的故事之後，我開始思考他的安慰之詞，回想起早年文藝復興時代作家，以及艾祖隆的依斯馬依．哈基均曾經討論過的觀念。我想到了撫慰自己的方法，思忖他們所謂「悲傷，是一種由胃傳送到腦部的物質」的想法，決定多注意眼前的食物。

我撕開麵包扔進湯裡，再舀起來吃，小心翼翼啜飲茴香酒，又要了一片甜瓜。我像個擔心自己胃有毛病的謹慎老頭，把注意力轉移到食物和飲料上，直到上車時間已至。我登上車，坐在原來的位子上，想著這件事再明顯不過了：我想把平常喜歡的三十七號座位，連同所有與過去相關的一切，全部拋諸腦後。

我睡得像嬰兒一樣沉，這一覺睡得漫長，沒有被打斷。我醒來時，已近破曉，巴士開進一座現代化的休息站，堪稱回到文明社會的前哨。看見牆上張貼的銀行及可口可樂廣告中那些漂亮又合我品味的美女，還有月曆上的風情，以及五彩繽紛、花稍地誘惑我的廣告，加上玻璃櫃中溢出圓形麵包外的多肉「漢堡」，都令我心曠神怡。室內一隅，有個標誌機靈地寫著：「自助式」，在冰淇淋的圖案上，時髦地出現唇膏紅、雛菊黃和夢幻藍三色。

我為自己倒了咖啡，坐在角落。在這個採光明亮的地方，三台電視正在播放節目。我看見一個打扮漂亮的小女孩，她沒辦法將裝在塑膠瓶裡的新品牌番茄醬倒在薯條上，還得勞動母親幫忙。我桌上也擺了一瓶同是「美味牌」出品的塑膠瓶裝番茄醬，瓶身上的黃色字體向我保證，如果三個月內集到三十個瓶蓋寄到下列地址，就有機會參加抽獎，得獎者可以去佛羅里達迪士尼樂園暢遊一星期。不過，瓶蓋很難打開，剛剛那個小女孩最後雖然成功了，卻也弄得一身髒。現在，中間那台電視播放的足球賽裡，有一隊進了球。

我看著電視播放進球的慢動作，其他男人不是坐在桌邊，就是排隊買「漢堡」。這個畫面讓人感覺樂觀主義一點也不是表面工夫，而是非常理性的想法，因為它與在前方準備以待的人生那麼相稱。我喜歡看電視轉播的足球賽，星期天懶懶地窩在家裡，偶爾傍晚喝得醉醺釀，帶女兒去火車站看火車，試吃各種新品牌番茄醬，讀書，和妻子聊八卦及做愛做的事，一口口抽著菸，心境平和地坐著，像現在一樣到處喝咖啡，還喜歡其他好幾千種事。如果好好照顧自己，能夠活得久一點，例如：像那位以七姊妹星團命名的牛奶糖製造商一樣，那麼，我幾乎還有半個世紀的光陰好好享受這些事帶來的快樂……這一瞬間，我感覺到一股強烈的渴望，我想家，我想妻子和女兒。我幻想著，星期六約中午回到家之後，要怎麼陪女兒玩，要在車站的糖果店買什麼給她；到了下午，她在外頭玩耍時，我和妻子要真槍實彈、熱情如火地認真做愛，然後一家大小一塊兒看電視，在女兒身上哈癢，一起笑開懷。

這杯咖啡真的令我清醒過來。天將破曉前，一陣深濃的寂靜突然湧向巴士，除了司機之外，車上唯一醒著的人，就是坐在他正後方偏右的我。我嘴裡含著一顆薄荷糖，雙眼睜得斗大，凝視著橫越無垠大草原、鋪著柏油的平坦道路，專注地望著道路中線上一條條破折號，以及偶爾飛掠的卡車車燈，性急地等待黎明。

不到半小時，我便開始在右側窗上辨出了清晨到來的訊息，這意味著我們正朝北行駛。天地交會處的輪廓起初還很模糊，矇矇矓矓。接著，天地接壤邊緣呈現一縷光亮的緋紅色彩，但漆黑的天空只缺了一角，不足以照亮整片大草原。那道透出的深紅色弧線是多麼優美、多麼細緻、多麼不凡，讓這輛不屈不撓、野馬般在黑夜中強行穿越大草原的瑪吉魯斯公司巴士，以及它搭載的乘客，全部一頭栽進某種無法自制、習慣性的狂亂狀態，但沒有人發現，連司機也未曾察覺。

幾分鐘之後，自地平線放射而出的微弱光芒已經漸漸轉為深紅，東方的深暗雲層，從下方到邊緣地帶，似乎也被照亮了。在微弱的光線中，我看著那不可思議的形狀，這才了解，就是這一大片凶猛的雲層導致雨勢徹夜拍打著巴士車頂：由於大草原仍籠罩在黑暗中，我可以藉巴士的微弱燈光，看見自己的臉和身體反射在正前方的擋風玻璃上；與此同時，我看見那道神奇的紅暈、不可思議的雲層，以及公路上一節接一節不斷重複的中線。

在巴士大燈的照射下，望著不連續的公路中線，讓我聯想到詩歌的疊句。同樣的疊句，從這部疲倦巴士上每一個困頓而沮喪的乘客靈魂深處揚起，輪胎以同等的節奏轉動，引擎以相同的步調運行，人生亦以同樣的節拍反覆再反覆。這人生的話題，也在公路電線桿上不斷重複：人生是什麼？是一段光陰。光陰是什麼？是一場意外。意外是什麼？是一段人生，一段新的人生……。這就是我的疊句。但同時，我也納罕，大草原朦朧的樹影或羊圈的陰影要到什麼時候才看得見，我反射的影像何時才會從擋風玻璃上消失。就在那神奇的一刻，巴士內的燈光與窗外光線處於均勢的同時，一陣強光，突然照得我眼花目眩。

在那道出現於擋風玻璃右側的陌生強光中，我看見了天使。

天使和我若即若離。即使如此，我還是心中雪亮：這道深邃、明晰的強光為我而來。即便瑪吉魯斯公司巴士全力朝大草原奔馳，天使依舊離我不遠不近。明亮的光線，令我無法確實看清天使的相貌，但是心中浮現出嬉鬧、靈活和自在的感受，都讓我知道，自己認出了天使。

這天使看起來一點也不像波斯細密畫中的天使典型，不像牛奶糖包裝紙上的天使，同樣不像影印的天使圖樣，甚至不像這些年來我夢中盼望聆聽她聲音的那位天使。

在那瞬間，我渴望開口，和天使說話……或許，因為我心中仍感受到隱約的趣味與驚喜之故。但我沒有發出聲音，開始焦躁起來。從看見祂的第一刻起，我所感受到的友愛、吸引力與溫柔，仍然在內心活躍。我希望從這些感受中找到心靈的安寧，以為這是長久以來自己期待的一刻；但是，為了減輕內心那份滋生速度超過車速的恐懼，我盼望這一刻能為我帶來關於光陰、意外、平靜、寫作、人生與新人生的解答。

天使依舊無情冷淡，又令人吃驚。並不是祂甘願如此，而是因為除了見證之外，祂什麼都不能做。美妙曙光中，天使看見我困惑、焦慮地坐在前排座椅上，搭乘錫罐般的瑪吉魯斯公司巴士，穿越天色已半亮的大草原，如此而已。我感受到一股無法忍受的殘酷力道，已經不可避免地襲來。

當我本能地轉向司機，看見一道離奇的強光洶湧襲向整片擋風玻璃。兩輛卡車在離我們約莫六、七十碼外互相超車，遠光燈都對著我們，很快就要撞上我們的巴士。我知道，意外已無可避免。

我憶起多年前車禍生還後那份期盼安詳的心情……猶如電影慢動作重播的、車禍後轉變的心情。我憶起那些無關緊要、忙碌無憂的同車乘客，彷彿我們在天堂共享美好時光。不久，所有熟睡的乘客都會醒來，幸福的尖叫聲與放肆的哭喊將畫破清晨的寧靜；而在兩個世界的入口，我們會像處在無重力的太空，發現永恆這笑話的確存在，我們會一起困惑與激動地發現帶血的內臟、四濺的水果、斷裂的屍體，還有從破損皮箱中四散飛落的梳子、鞋子及童書。

不對，不能算全體一塊兒發現。因為能在這非凡時刻逃過接下來這場驚人騷亂而生還的幸運兒，將是坐在後半段座位的乘客。至於我自己，躲在前排座位裡，直視著兩輛卡車逼近時照射的強光，我因恐懼和驚奇而為之目眩。這情景，猶如當年望著那本書中轟然衝出的奇特強光一樣，我很快就會被送到另一個世界。

我知道，這將是我人生的終結。但是，我只想回家；我一點都不想死，也不想跨入另一個新人生旅程。

伊斯坦堡，一九九二年至一九九四年

帕慕克年表

一九七九年　第一部作品《謝福得先生父子》（*Cevdet Bey ve Ogullari*）得到Milliyet小說首獎，隨即於一九八二年出版，一九八三年再度贏得Orhan Kemal小說獎。

一九八三年　出版第二本小說《寂靜的房子》（*Sessiz Ev*），並於一九八四年得到Madarali小說獎；一九九一年，這本小說再度得到歐洲發現獎（la Découverte Européenne），同年出版法文版。

一九八五年　出版第一本歷史小說《白色城堡》（*Beyaz Kale, The White Castle*），此書讓他享譽全球。紐約時報書評稱他：「一位新星正在東方誕生——土耳其作家奧罕．帕慕克。」這本書得到一九九〇年美國外國小說獨立獎。

一九九〇年　出版《黑色之書》（*Kara Kitap, The Black Book*）為其重要里程碑，此書使他在土耳其文學圈備受爭議，卻也同時廣受一般讀者喜愛。一九九二年，他以這本小說為藍本，完成Gizli Yuz的電影劇本，並受到土耳其導演Omer Kavur的青睞，改拍為電影。

一九九七年　《新人生》（*Yeni Hayat, The New Life*）的出版，在土耳其造成轟動，成為土耳其歷史上銷售速度最快的書籍。

一九九八年	《我的名字叫紅》（*Benim Adim Kirmizi, My Name Is Red*）出版，奠定他在國際文壇上的文學地位，並獲得二〇〇三年IMPAC都柏林文學獎（獎金高達十萬歐元，是全世界獎金最高的文學獎）。
二〇〇四年	出版《雪》（*Kar, Snow*），名列《紐約時報》十大好書。
二〇〇六年	獲諾貝爾文學獎。
二〇〇九年	出版《純真博物館》（*Masumiyet Müzesi, The Museum of Innocence*），為《紐約時報》「最值得關注作品」，西方媒體稱此書為「博斯普魯斯海峽之《蘿麗塔》」。於土耳其出版的兩天內，銷售破十萬冊。
二〇一〇年	獲「諾曼・米勒終身成就獎」。
二〇一四年	出版《我心中的陌生人》（*Kafamda Bir Tuhaflık, A Strangeness in My Mind*），榮獲二〇一六年俄羅斯Yasnaya Polyana文學獎外語文學獎、二〇一六年曼布克文學獎入圍、二〇一七年國際IMPAC都柏林文學獎決選。
二〇一六年	出版《紅髮女子》（*Kırmızı Saçlı Kadın, The Red-Haired Woman*），榮獲二〇一七年義大利蘭佩杜薩文學獎。

03
帕慕克作品集
Orhan Pamuk

新人生

國家圖書館出版品預行編目資料

新人生／奧罕．帕慕克（Orhan Pamuk）著；蔡鶥如譯. -- 二版. -- 臺北市：麥田，城邦文化出版；家庭傳媒城邦分公司發行，2020.7
面；　公分. --（帕慕克作品集；3）
譯自：Yeni Hayat
ISBN 978-986-344-768-9（平裝）

864.157　　109004989

原著書名 • Yeni Hayat
作者 • 奧罕．帕慕克 Orhan Pamuk
翻譯 • 蔡鶥如
封面設計 • 廖　韡
責任編輯 • 李培瑜

國際版權 • 吳玲緯
行銷 • 巫維珍、蘇莞婷、何維民
業務 • 李再星、陳紫晴、陳美燕、馮逸華
副總編輯 • 巫維珍
編輯總監 • 劉麗真
總經理 • 陳逸瑛
發行人 • 凃玉雲
出版社 • 麥田出版
城邦文化事業股份有限公司
104台北市中山區民生東路二段141號5樓
電話：(02) 25007696　傳真：(02) 25001966
發行 • 英屬蓋曼群島商家庭傳媒股份有限公司城邦分公司
台北市中山區民生東路二段141號11樓
書虫客戶服務專線：(02) 25007718 ; 25007719
24小時傳真服務：(02) 25001990 ; 25001991
讀者服務信箱：service@readingclub.com.tw
劃撥帳號：19863813　戶名：書虫股份有限公司
香港發行所 • 城邦（香港）出版集團有限公司
香港灣仔駱克道193號東超商業中心1樓
電話：(852) 25086231　傳真：(852) 25789337
馬新發行所 • 城邦（馬新）出版集團【Cite (M) Sdn Bhd】
41-3, Jalan Radin Anum, Bandar Baru Sri Petaling, 57000 Kuala Lumpur, Malaysia.
電話：(603) 9056 3833　傳真：(603) 9057 6622
讀者服務信箱：services@cite.my
印刷 • 前進彩藝有限公司
初版一刷 • 2004年11月
二版一刷 • 2020年07月
定價 • 400元

城邦讀書花園
www.cite.com.tw